Dieses Buch ist der unveränderte Reprint einer älteren Ausgabe.

Erschienen bei FISCHER Digital

Hedderichstr. 114, D-60596 Frankfurt am Main

Printed in Germany
ISBN 978-3-596-30821-7

Fischer

Weitere Informationen finden Sie auf
www.fischerverlage.de.

Über dieses Buch Eng am Stoff der griechischen Sage entlang, aber in sehr freier Interpretation, erzählt Rolf Schneider die Geschichte des Zeus-Sohnes Herakles, der – halb Mensch und halb Gott – so gern ein ganzer Gott werden wollte.

Die Geschichte beginnt mit der Erschaffung der Welt aus dem Chaos und dem Streit der Götter und Titanen um die Herrschaft der Welt, ein Streit, den der Erzähler nach allen Regeln der Dialektik zugunsten des späteren Herakles-Vaters Zeus löst.

Rolf Schneider erzählt mit spürbarer Freude am ironischen Fabulieren und rechnet dabei, quasi augenzwinkernd, mit den Heldenmythen der Vergangenheit ab.

Der Autor Rolf Schneider, geboren 1932, aufgewachsen im Harz, seit 1957 freier Schriftsteller, Mitverfasser des Schriftsteller-Protestes gegen die Ausweisung Wolf Biermanns, wurde vom Vorzeigeautor seines Staates fast zur persona non grata der DDR. Seine Bücher ›Die Reise nach Jaroslaw‹ (1974; BRD 1975; 1982) und ›November‹ (1979; 1981) wurden in mehrere Sprachen übersetzt; seine Theaterstücke ›Prozeß in Nürnberg‹ und ›Sommer in Nohant‹ gingen über viele Bühnen.

Im Fischer Taschenbuch Verlag erschienen außerdem die Hörspiele ›Marienbader Intrigen‹ (Bd. 7093).

Die Abenteuer des Herakles

Nach alten Sagen
neu erzählt
von Rolf Schneider

Fischer Taschenbuch Verlag

Veröffentlicht im Fischer Taschenbuch Verlag GmbH,
Frankfurt am Main, Juli 1987

Lizenzausgabe mit freundlicher Genehmigung
des Altberliner Verlags, DDR, Berlin

Umschlaggestaltung: Rambow, Lienemeyer, van der Sand
unter Verwendung einer Illustration von Horst Bartsch
Gesamtherstellung: Clausen & Bosse, Leck
Printed in Germany
980-ISBN-3-596-28224-1

I Also, wir wollen von Herakles erzählen. Herakles war halb Mensch und halb Gott. Zu fragen ist sofort, von welcher Art Mensch hier die Rede ist und von welcher Art Gott, sofern wir überhaupt bereit sind, an Götter zu glauben. Götter, so viel wissen wir alle, sind übermächtige Wesen; sie vermögen allerlei zaubrische Dinge zu tun, sind meistens unsichtbar, meistens auch unsterblich, und meistens wohnen sie zu unseren Köpfen, irgendwo über den Wolken, im Blau des irdischen Himmels oder in der Schwärze des Weltraums, zwischen einer Galaxis und der nächsten.

Es gibt zahllose Götter. Sie heißen Wotan, Jahwe, Amon, Zeus, zum Beispiel. In allen vier genannten Fällen handelt es sich um einen männlichen Gott; er ist immer ein wenig mächtiger als die anderen bekannten Götter, vorausgesetzt, er duldet überhaupt noch andere Götter neben sich, denn Jahwe duldet die ausdrücklich nicht. Derart dürfte es, wenn es Jahwe gibt, weder Zeus noch Wotan geben. Aber dort, wo es Amon gibt, dürfte es wiederum nicht Wotan und Zeus geben, denn sowohl Amon als auch Wotan behaupten von sich, der höchste aller Götter zu sein. Es ist ein ermüdendes, dabei eigentlich unentwirrbares Spiel, dem sich allenfalls dadurch beikommen läßt, daß dort, wo Jahwe herrscht, für Zeus kein Platz ist, wie auch umgekehrt, wie es jeweils auch zutrifft für jeden der beiden restlichen Götter.

Zeus und Jahwe, Amon und Wotan behaupten nun jeder von sich, Herr der Welt zu sein, und vielleicht führt dies uns weiter? Unter Welt verstehen wir, sozusagen, das Insgesamt alles Vorhandenen, Erde und Weltraum und alles im Weltraum Enthaltene, das wir gerne mit dem Wort Kosmos umschreiben. Ist aber nun einer unserer vier Götter Herr dieser Welt? Ist er es, kann es nicht gut der andere auch sein. Es wäre denn, wir teilten die Welt unter ihnen auf, womit es aber dann nicht mehr die Welt unseres ursprünglichen Verständnisses wäre, denn ein Weltenteil ist keine Welt, und sein Herr dürfte nicht von sich behaupten, daß er Herr sei der gesamten Welt. Wie aber, wenn er es dennoch behauptet?

Unser Fragespiel führt uns, wie zu sehen, nicht weiter, und so sollten wir wohl besser zunächst nicht nach dem Gotte, sondern nach dem Menschen fragen. Sofort entwirrt sich alles. Denn der Mensch, der an Jahwe glaubt, ist ein anderer als jener, der an Wotan glaubt, und unbestritten ist Zeus Herr der ganzen und ungeteilten und unteilbaren Welt, wenn wir nur hinzufügen: für jenen Menschen, der an Zeus glaubt. Unsere eingangs gestellte Frage läßt sich nunmehr beantworten: Herakles ist halb Gott und halb Mensch, wobei Gott von der Art ist, wie ihm jener Mensch als Gläubiger anhängt, aus welchem Herakles zur anderen Hälfte ist. Der Gott trägt übrigens einen Namen, den wir bereits kennen: Zeus. Von welcher Beschaffenheit aber der Mensch ist, der an Zeus glaubt, sei im folgenden beschrieben.

II Wir bleiben zu diesem Zwecke auf unserem Erdteil. Wir wenden unsere Aufmerksamkeit, vielleicht unter Zuhilfenahme einer atlantischen Karte, dem östlichen Teil Europas zu, genauer: dem südlichen Osten. Wir erkennen jene Halbinsel, die nach ihrem mächtigen Gebirge Balkan heißt; es befinden sich auf ihr die Länder Jugoslawien, Albanien, Rumänien und Bulgarien, das südlichste Land aber heißt Griechenland. Wir erkennen, immer noch auf der atlantischen Karte, daß Griechenland über eine gewissermaßen ausgefranste, in zahllosen Buchten verlaufende Küste verfügt sowie über ein Heer von Inseln der verschiedensten Größen.

Griechenland ist ein Land von Fischern, Seeleuten, Bauern und Hirten. Griechenland ist kein reiches Land. Griechenland stöhnt in den Sommern unter einer erbarmungslosen Sonne, die von den kahlen Steinen der Gebirge reflektiert wird. Das kahle Gestein ist zu guten Teilen das Ergebnis von Erosionen und Verkarstungen, was besagt: früher wuchsen Wälder hier; sie wurden ausgeplündert und abgeholzt, die Stämme wurden zum Schiffbau verwendet in Zeiten, da man Schiffe noch aus Holz verfertigte. Wir starren die kahlen Steine an. Wir blinzeln vorm grellen Licht. Wir atmen den Geruch von Thymian und Anis, den die Hitze aus den Sträuchern dorrt. Wir haben uns unmerklich von der Küste entfernt, wo das Meerwasser über die Kiesel rinnt und Salz, Muschelschalen, Tang zurückläßt. Wir bewegen uns längst auf schmalen Bergpfaden. Wir sehen Gebirgsziegen, struppige Schafe, magere Rinder. Die Hirten hocken im Schatten, überlassen die Aufsicht ihren Hunden; die Hirten essen Brot und Käse, sie trinken Rotwein dazu. Die Hirten sind Nachfahren von nicht mehr zählbar vielen Generationen, die alle dies auch waren: Hirten, die alle so im Schatten auf der Erde saßen, um Brot, Wein, Käse zu sich zu nehmen. Wir entfernen uns von der Küste. Wir entfernen uns aus der Gegenwart. Der Weg geht nach Norden. Die Wärme treibt davon unter kälteren Winden. Die Landschaft, die wir sehen, heißt Thessalien. Das Gebirge, das wir sehen, heißt Olympos. Seine Gipfel sind von Wolken umhüllt, und dort, an dieser Stelle, hinter diesem Einstieg durchs Gewölk, den der Berghang bezeichnet, wohnte Zeus, der oberste der Götter.

Zeus, so dürfen wir hiermit festhalten, ist ein griechischer Gott, wohnend in Thessalien und verehrt von Leuten, welche Griechen sind.

Und es handelt sich bei diesen Griechen um die Vorfahren jener Hirten, Bauern, Fischer und Seefahrer, welche heute das Land bewohnen. Und diese Vorfahren waren gleichfalls Hirten, Fischer, Seefahrer, Bauern, und daneben waren sie Soldaten, Handwerker, Gelehrte, Künstler, die es, natürlich, im heutigen Griechenland auch wieder gibt.

An dieser Stelle sollten wir genauer die Zeit bezeichnen, von der wir reden. Sie liegt runde drei Jahrtausende zurück.

Die Schiffe damals, das wissen wir bereits, waren aus Holz gefertigt; sie bewegten sich mit Hilfe von Rudern und von Segeln. Griechenland, anders als heute, war kein einheitlicher Staat, sondern zerfallen in zahlreiche voneinander unabhängige Gemeinwesen. Was sie vereinte, waren die gemeinsame Sprache, die gemeinsame Religion und alle vier Jahre die Olympischen Spiele, also der Sport; so gering wogen solche Gemeinsamkeiten, daß man sich untereinander blutige Kriege lieferte. Das Meer, in welches das Land wie mit vielen Fingern hineingriff, war das Mittelmeer; seine Wasser boten den wichtigsten Verkehrsweg und, im Kriegsfalle, die wichtigste Aufmarschstraße; die hölzernen Schiffe beförderten Soldaten mit Helm, Schild, Lanze und außerdem Kaufleute mit Tonkrügen voller Wein, Olivenöl und Getreide; griechische Flotten fuhren nach Kleinasien, zu den Küsten am Fuße des Libanon, nach Nordafrika, Kreta, Sizilien, Italien; die vorstellbare Welt der Griechen war gerahmt durch die mittelmeerischen Küsten; was jenseits davon lag, im Atlantik, in den Tiefen Afrikas oder Asiens, verdämmerte in ihrem Bewußtsein, war keine Welt mehr, war Nebel, Einöde, die Barbarei, das Nichts.

Über dies also herrschte Zeus mit seiner Götterfamilie. Ihr wurden die Tempel mit den flachen Dächern und den verzierten Säulen errichtet, die, abgewaschen vom Regen, manchmal zerfallen, Leben und Traum jenes Griechenlands bezeugen bis jetzt, zwei- und dreitausend Jahre danach.

Erster Teil

Von einem gierigen Gott, von Kühen, Kriegen und der Herstellung eines künftigen Helden

II Beginnen wir mit einer Stadt, die Tiryns hieß. In ihr regierte ein König namens Alkaios, der seinerseits Bruder eines Mannes namens Elektryon war. Elektryon herrschte über ein Gebiet namens Mykenä; es war berühmt für seine blühende Hauptstadt und seinen Königspalast, dessen Eingang von steinernen Löwen flankiert wurde.

König Alkaios von Tiryns hatte einen Sohn, Amphitryon, einen wohlgewachsenen, kräftigen, streitlustigen Burschen. Amphitryon neigte zum Jähzorn, und unübersehbar war sein Hang zu allen Gegenständen, mit denen man Krieg führen konnte: Helmen und Brustpanzern, Steinschleudern, Pfeilen, Rammböcken, Bögen, Lanzen, Beinschienen, Schilden. Sagen wir es rundheraus: Amphitryon war ein Raufbold, ein Streithammel, eine angehende Schlachthyäne – in einem Zeitalter freilich, da die fahrenden Sänger auf den Märkten und die blinden Sagenerzähler an den Tafeln der Fürstenhöfe kein besseres Thema kannten als blutige Kriegstaten und Heldentum. Derart waren Amphitryons Anlagen die denkbar günstigsten, und er durfte sich für die Zeit, in der er lebte, aufs allerbeste gerüstet fühlen.

Auch des Alkaios Bruder, König Elektryon von Mykenä, hatte ein Kind, ein Mädchen indessen, und ihr Name lautete Alkmene.

Sie war sehr schön, und das sagt man so leichthin. Von Mädchen wird gerne behauptet, sie seien schön, dabei ist nur ihre Jugend gemeint, wenn auch zuzugestehen ist, daß Jugend einen wichtigen Aspekt der Schönheit stellt. Von Fürstentöchtern nun zumal wird gerne behauptet, sie seien schön; es handelt sich hierbei um eine der üblichen Schmeicheleien, die eigentlich den fürstlichen Vätern gelten.

Alkmene wäre auch schön genannt worden, hätte ihr Vater nicht die Königswürde besessen, und sie war noch schön selbst zu Zeiten, da sie nicht mehr jung war. Alkmenes Schönheit war derart, daß, ging sie durch die Straßen ihrer Heimatstadt Mykenä, die Leute in ihren Gesprächen innehielten, da Alkmenes Anblick ihnen die Münder verschloß; den jungen Burschen schoß das Blut in die Stirnen, ihre Gliedmaßen verhedderten sich; den Greisen juckten und tränten die Augen; selbst den Fischweibern auf dem Markte, die bekannt waren für ihre Unerschütterlichkeit und ihren Redefluß, wurden beim Auftritt Alkmenes die Lippen alsbald starr vor Erstaunen und Bewunderung.

Oder wie ein Dichter eher zurückhaltend dichtete:

Wie überragte sie doch der blühenden Frauen Geschlechter
An Gestalt und Größe, an Geist auch glich ihr nicht eine
Von den sterblichen Frauen, die Sterblichen Kinder
geboren.
Auch von ihrem Haupte und dunkelbeschatteten Wimpern
Wehte ein Hauch, als käm er von Aphrodite,
der goldenen...

Genug: Alkmene war schön, und welche Wirkung sie mit ihrer Schönheit erzielte, wird im folgenden sehr ausführlich zu bedenken sein.

König Elektryon hatte außer Alkmene noch Söhne gehabt, insgesamt acht. Wir sparen uns hier eine Aufzählung der Namen, die zum Beispiel Perilaos oder Eurybios lauteten, denn alle acht hatten sehr rasch und etwas schmerzlich aus unserer Geschichte ausscheiden müssen, noch ehe die eigentlich begann.

Zu den Umständen muß man wissen, daß Mykenä eine bekannte Rinderzucht besaß. Mykenische Kühe waren in ganz Griechenland berühmt für ihre Stärke, ihr Feuer, ihr Fleisch, für die Güte und Menge der Milch in ihren Eutern. Mykenäs Kühe waren der Grund für Mykenäs Reichtum, und Mykenäs Reichtum erregte den Neid der Nachbarn. Zu denen gehörten die Traphier, ein Volk, das sich besonders auf den Umgang mit Schiffen verstand. Auf dem Seewege begaben sich Traphier nach Mykenä, um mykenische Rinder zu rauben.

Ihr Vorhaben blieb nicht unbemerkt, Mykenä wehrte sich. Zwar blieb der übergroße Teil der Rinder Mykenä erhalten, aber der Preis war, daß sämtliche acht Söhne des Königs Elektryon im Gemetzel umkamen. Von neun Kindern besaßen König Elektryon und Königin Lysidikes nur noch eines; das war ein großer, ein tragischer Verlust, und er hatte erbracht werden müssen, weil Mykenä so wundervolles Rindvieh besaß.

In seinem väterlichen Schmerz wandte sich König Elektryon an seinen Bruder Alkaios von Tiryns um Unterstützung und Zuspruch. König Alkaios schickte seinen Sohn Amphitryon nach Mykenä. Dies war ein sehr weiser Entschluß; dem von Söhnen entblößten Hofe des Elektryon wurde ein junger Mann aus allernächster Verwandtschaft gestellt, dem von Viehdieben bedrohten Mykenä ein erstklassiger Kämpe.

Amphitryon war in Mykenä. Zu mittäglicher Stunde schlenderte er über den Hof des Palastes mit dem berühmten Löwentor. Sein Schritt war träge, dabei kraftvoll. Seine Muskeln spielten und vibrierten unter der gebräunten Haut seines breiten Rückens. Er setzte sich auf eine Mauer. Er ließ sich von der prallen Sonne bescheinen. Er rieb sich langsam und genußvoll die starken Gliedmaßen mit Zedernöl, und seine Zähne, weiß, stark, wölfisch, blitzten das Sonnenlicht zurück. Manch eine der Mägde von Königin Lysidikes blickte sehnsüchtig seufzend auf dieses prachtvolle Mannsbild. Nicht nur die Mägde der Königin Lysidikes blickten so, auch der Königin Lysidikes einzige Tochter, die schöne, knöchelschlanke Alkmene, wurde von solchem Anblick ihres starken Cousins bis zur Atemlosigkeit verwirrt.

Wir überspringen hier einige Wochen. Wir verschweigen die Spaziergänge, die nächtlich-heimlichen, von Base und Vetter in den königlichen Gärten. Wir wissen nicht, welche Worte sie wechselten unter Pinien und Lorbeerbäumen und was sie noch wechselten außer Worten. Wir vermögen nicht zu entscheiden, welche Haltungen sie einnahmen, als das Licht des silbernen altgriechischen Vollmondes sie berührte;

wie ihre Umrisse zum Himmel standen, wenn das Lied der Nachtigallen in den Ölbäumen erscholl.

Wir sagen nur, daß, nach einigen Wochen, Amphitryon und Alkmene Hand in Hand vor König Elektryon von Mykenä erschienen und zu heiraten begehrten, wozu sie königliche Erlaubnis und väterlichen Segen erbaten. Beides wurde ihnen gewährt.

Solche Heiraten zwischen allernächsten Verwandten waren zu jener Zeit nicht unüblich und nicht selten, zumal wenn es sich um vermögende Verwandte handelte. Die möglichen biologischen Schäden für die Nachkommenschaft wurden völlig ausgeglichen durch den Vorteil, daß auf diese Weise familiäre Macht und familiärer Reichtum in einer Familie konzentriert blieben, statt sich durch Aussteuern, Brautgelder und Morgengaben in die verschiedensten Richtungen zu zerstreuen. Im Fall des Königs Elektryon von Mykenä war mit dem Neffen, der Schwiegersohn wurde, auch gleich die Frage nach der Fortsetzung der Königswürde in Mykenä entschieden. Alles würde in der Familie bleiben; und da eine Mitgift auszusetzen war, da sich außerdem König Elektryon, der früher einmal den Beinamen eines Feindeszerstreuers getragen hatte, inzwischen gealtert und geschwächt fühlte durch den Verlust von acht blühenden Söhnen, gab er als Mitgift seine Königswürde davon. Nach der Hochzeitsnacht sollte Amphitryon König von Mykenä werden. Es war eine überaus hochherzige Gabe, wie es jedermann schien.

Die Hochzeit fand statt und war glanzvoll. König Alkaios eilte von Tiryns herbei, die schöne Nichte an sein schwiegerväterliches Herz zu drücken; auch Sthenelos eilte herbei, Bruder des Alkaios wie des Elektryon, ein bewährter Haudegen und finsterer Krieger. Man stand, saß und lag in den Gemächern des königlichen Palastes und schüttete sich goldgelben Wein aus Korinth in die geöffneten Münder; zarte mykenische Kälber hingen am Spieß überm offenen Feuer; Tänzerinnen bewegten sich anmutig zu den Weisen von Doppelflöte und Lyra; Liedersänger traten auf, sie priesen Alkmenes Schönheit, Amphitryons Stärke, und sie sangen die beliebten alten Gesänge vom göttlichen Liebeslager des Kronos mit der Rhea.

Am Abend war Amphitryon so übervoll der gehörten Lieder und Musiken, des genossenen Fleisches mykenischer Kälber und des goldgelben Weins aus Korinth, daß er wie ein gefällter Eichenstamm aufs hochzeitliche Lager fiel und fest, traumlos, ununterbrochen schlief bis in den nächsten Mittag. Seine schöne Gattin Alkmene aber lag neben ihm, hörte auf seinen Atem, der mit sanften Schnarchtönen versetzt war; aus großen, schönen Augen blickte sie ins Dunkel und dachte an die Lieder, welche die Sänger gesungen hatten, jene vom göttlichen Beilager des Kronos mit der Rhea.

Nachdem sich anderntags Amphitryon von seinem Lager erhoben hatte, mit schwerem Kopf und trägen Gliedern, wurde er zum König von Mykenä ausgerufen. Das geschah in aller Öffentlichkeit. Das Volk von Mykenä drängte sich vor dem Palast mit dem Löwentor, es jubelte dem neuen Herrscher zu, es pries dessen Jugend und Stärke. Man darf solchen Jubel nicht zu ernst nehmen. Er gehörte zum Ritual. Für besonders guten Jubel wurden die Leute mit Geldstücken entlohnt, während bei Verweigerung von Jubel die königlichen Aufseher mit Peitschen drohten.

Nachdem er derart also König war, befahl Amphitryon, aus Anlaß seiner Krönung ein gewaltiges Fest zu feiern. Wieder bewegten sich Tänzerinnen anmutig zur Musik von Doppelflöte und Leier, rösteten Kälber überm offenen Herd, floß in Strömen goldgelber Wein aus Korinth, und die Liedersänger, noch etwas heiser von der Arbeit am Tag zuvor, priesen die Stärke und die Macht des jungen Königs Amphitryon von Mykenä, und sie sangen vom Beilager des mächtigen Zeus mit der Europa, nachdem Zeus sie entführt hatte in der Gestalt eines Stieres. Abends dann sank Amphitryon übervoll all des Genossenen, auf sein Lager, er sank wie ein geborstenes

Schiff ins Meer; traumlos und ohne Unterbrechung schlief er bis in den folgenden Morgen, während seine Gattin Alkmene, die schöne, die knöchelschlanke, neben ihm lag und an Zeus dachte, der sich in einen Stier verwandelt hatte, um sich mit Europa zu vermählen.

Am nächsten Tag stand Amphitryon auf den Zinnen des Palastes von Mykenä. Hinter seiner Stirn nistete ein dumpfer mittelpunktloser Schmerz, und seine Augen tränten, wegen des Rauches der offenen Feuer, in die er zwei halbe Tage und zwei halbe Nächte geatmet hatte. Aus tränenden Augen blickte Amphitryon von der Zinne des Palastes über die Stadt. Er sah die Häuser, die Tempel, und er sah, jenseits der Stadtmauer, die saftigen grünen Weiden mit ihren Kuhherden, die bewacht wurden von Hirten und Hunden. Lange starrte Amphitryon aus tränenden Augen in schmerzendem Kopf auf die Kühe. Er sah ihre Bewegungen. Er sah sie grasen. Er hörte die Rufe der Hirten und das Gebell der Hunde. Wolken gingen tief und machten die Farben von Tieren und Wiesen dunkel. Da spie Amphitryon neben sich. Er stapfte die Zinne entlang, ging polternden Schrittes die Stufen hinab, ging durch mehrere Gänge des Palastes und riß zuletzt den Vorhang beiseite, der zum Gemach des Elektryon gehörte, des ehemaligen Königs von Mykenä.

Elektryon hockte auf dem Boden und hielt ein zierliches Stierkalb auf seinen Knien. Elektryon war dabei, dem Stierkalb Milch einzuflößen, um es derart zu kräftigen und am Leben zu erhalten. In seiner Tätigkeit gestört durch die polternden Geräusche, welche ausgingen von Amphitryon, hob Elektryon, Mykenäs ehemaliger König, den Kopf und sagte:

Amphitryon, mein Sohn, ich sehe deine Stirn umwölkt, deine Augen leuchten trübe, und deine Haltung verrät insgesamt wenig Fröhlichkeit.

Ich habe, sagte Amphitryon heiser, keine Kühe.

Mein Sohn, sagte Elektryon, wobei er dem gierig blökenden Stierkalb erwärmte Milch einlöffelte, was willst du, mein

Sohn, mit Kühen? Hast du nicht seit gestern ein Königreich? Bist du nicht Herrscher über ganz Mykenä?

Amphitryon erwiderte: Mykenä ist, was es ist, durch seine Kühe. Ich bin König von Mykenä und habe keine Kühe. Ich will welche.

Ei, fragte Elektryon, und woher?

Von dir, sagte Amphitryon, denn du hast genug.

Mehr als eintausend, sagte Elektryon stolz, mehr als irgendwer sonst in Mykenä.

Also, sagte Amphitryon. Was spricht dagegen, wenn du mir welche abgibst?

Meine Unlust, sagte Elektryon. Kühe sind in Mykenä bares Geld und bare Macht. Was ist ein König? Ein männlicher Kopf mit einem Stück Metall darauf. Der wahre König von Mykenä ist der Mann mit den meisten Kühen und ist es auch dann, wenn er nicht König von Mykenä heißt.

Ich will Kühe, sagte Amphitryon.

Elektryon zuckte die Schultern. Er löffelte erst einmal etwas Milch in das blökende Maul des hungrigen Stierkalbs, dann sagte er:

Meine Tochter hast du bekommen, Amphitryon, meine Krone hast du bekommen, meine Kühe behalte ich selber.

Ich will Kühe! sagte Amphitryon und stampfte drohend mit einem Fuß.

Was willst du mit Kühen, sagte Elektryon. Du hast den Umgang mit ihnen nicht erlernt. Du verstehst nicht die Sprache ihrer Bewegungen. Du stammst nicht aus Mykenä. Du hast den Umgang mit Schwert, Lanze und Bogen erlernt. Du taugst ausgezeichnet zur Verteidigung unserer Kühe, nicht zu ihrem Besitz.

Ich will Kühe! sagte Amphitryon und stampfte drohend mit beiden Füßen.

Sei nicht kindisch, sagte Elektryon, das Stierkalb im Arm. Willst du, sagte er, den Stier zur Kuh führen, die Kuh zum Stiere? Was verstehst du von dem Zeitpunkt, da man sie zueinandertreiben muß? Nichts verstehst du, Amphitryon, mein Sohn. Kümmere dich lieber, damit du es verstehen lernst, um Alkmene, meine schöne, knöchelschlanke Tochter, die ich seit zwei Nächten traurig seufzen hören muß.

Ich will Kühe! schrie Amphitryon, packte zu und versuchte dem Elektryon das Stierkalb zu entreißen. Das Stierkalb blökte herzzerreißend laut, und der alte Elektryon entwikkelte überraschende Kräfte: genügend jedenfalls, daß er das blökende Stierkalb nicht freiließ, und so geschah es, daß Amphitryon das Stierkalb und Elektryon umherzerrte und eine Lösung nicht abzusehen war. Zorn loderte in Amphitryon; unentwegt schrie er, daß er Kühe wolle, und als er aus dem Munde des alten Elektryon auch noch ein höhnisches Gekicher zu vernehmen meinte, übermannte es ihn derart, daß er Stierkalb nebst daran befindlichem Elektryon hochhob und gegen die granitene Wand des Palastes von Mykenä schlug.

Es gab Geräusche von splitternden Knochen und plätscherndes Blut. Dem Stierkalb war das Rückgrat gebrochen; nie mehr würde es blöken. Dem alten Elektryon aber war der Schädel zertrümmert, die Kopfhaut geplatzt, und aus diesen Wunden plätscherte es.

Mörder! schrie es gellend von der Tür, wo Lysidikes stand, die frühere Königin, des Elektryon Frau, die nach acht blühenden Söhnen nun auch noch ihren Mann verloren hatte: alle männlichen Glieder ihrer Familie, und das alles wegen der Rinder.

Lysidikes lief schreiend durch den Palast von Mykenä, jenen mit dem Löwentor; furchtbar hallten ihre Schreie an den Mauern, wurden gehört und aufgenommen und weitergetragen, eilten so durch die Straßen der Stadt Mykenä und durch die Tore in den Stadtmauern, bis dorthin, wo Sthenelos, des Elektryon Bruder und Amphitryons Oheim, bereits wieder auf dem Rückweg war von Hochzeitsfeier und Krönungsfest. Kaum vernahm Sthenelos, was sich an Blutigem ereignet hatte im Palast mit dem Löwentor, wendete er sein Pferd, und seine Männer, alles finstere Haudegen wie er, taten desgleichen.

Des Sthenelos Gefolge ritt wieder ein durchs Stadttor in Mykenä. Des Sthenelos finstere Haudegen rannten zähnebleckend durch die Straßen von Mykenä und verkündeten, wie sie den Mörder Amphitryon zurichten würden, an welchen Gliedmaßen, mit welchen Instrumenten. Amphitryon, seinerseits ein begeisterter Haudegen, stand unterdessen vorm Löwentor des Palastes von Mykenä, er hielt sein Schwert gezogen und forderte mit lauter Stimme sein Volk zur militärischen Unterstützung auf gegen den Angreifer Sthenelos. Niemand hörte ihn. Niemand folgte ihm. Allein stand Amphitryon unterm Löwentor mit gezücktem Schwert, während die Leute von Mykenä, die gestern noch ihm zugejubelt hatten als ihrem König, nunmehr dem Sthenelos zujubelten, des toten Elektryon Bruder.

Da erkannte Amphitryon, daß er verloren hatte. Er rannte, zerrte die träumende und seufzende Alkmene von ihrer Ruhestatt; er setzte Alkmene auf ein Pferd und bestieg selber ein anderes. Durch eine geheime Pforte verließ er den Palast und die Stadt, ritt mit Alkmene über sanfte Weiden, an mykenischen Rinderherden vorbei, ritt und ritt, bis Mykenä weit hinter ihm lag, ritt nach Theben, das eine mächtige Stadt war mit sieben Toren. Dort machte er halt. Theben hatte gute Verwendung für alle Arten von Kriegern.

IV

Dies ist der Zeitpunkt, ausführlicher von Zeus zu sprechen, dem obersten aller Götter.

Er lagerte, während Amphitryon mit seiner schönen Gattin Alkmene in die Stadt Theben einritt, im Kreise der anderen Götter. Er nahm die Götterspeise zu sich, die Ambrosia heißt und Unsterblichkeit verleiht; mithin das, was (neben anderem) Götter überhaupt erst zu Göttern macht. Er lagerte, nahm Ambrosia zu sich und trank Nektar. Es handelt sich bei letzterem um jenen Saft, welchen die Blüten entwickeln, auf daß sie Insekten anlocken; den Bienen dient er als Rohstoff für Honig. Nektar kommt bei jeder Blüte nur in winzigsten Tröpfchen vor; Zeus und die anderen Götter tranken ihn aber gleich literweise, woraus erhellt, daß der Nektar der Götter aus geradezu gigantischen Blüten gewonnen wurde: Götterblumen, zaubrischen, unirdischen. Die den Nektar in die Trinkschalen der Götter goß, war übrigens Hebe, eine Tochter des Zeus, ein gelocktes und anmutiges Wesen, nebenher noch die Göttin der Jugend; mit einem Krug in der Hand ging Hebe von einem Gotte zum anderen und schenkte aus.

Zeus lagerte im Kreise der Götter, aß Ambrosia, trank Nektar und dachte nach. Worüber dachte er nach? Dachte er vielleicht über Amphitryon nach, den jähzornigen, den habgierigen Töter des Elektryon, oder dachte er nach über Alkmene, die schöne, die knöchelschlanke Gattin jenes Amphitryon und darum wie dieser ruhelos und auf der Flucht von Mykenä nach Theben? Wir nehmen an, daß er über die beiden nachdachte; und wiewohl dies alles sein Werk war, Amphitryon und Alkmene samt deren gemeinsamem Schicksal, fühlte er doch ausgesprochenes Wohlgefallen an Alkmene, der Schönen, weniger an Amphitryon, dem Elektryon-Töter; aber Amphitryon ließ sich nicht vergessen, wenn jemand an Alkmene dachte, da Amphitryon ihr Gatte war.

Zeus lag und blickte hinab vom Olymp auf Alkmene. Sie hatte während vergangener Nächte so nachhaltig gedacht an Flucht und Beilager des stiergestaltigen Zeus mit Europa, daß Zeus gar nichts anderes übriggeblieben war, als auf Alkmene aufmerksam zu werden, sofern Zeus überhaupt noch dieses Anlasses bedurfte, aufmerksam zu werden auf die schöne Gattin des rauflustigen Amphitryon. Das Wohlgefallen und Wohlbefinden ging als sanftes Gekräusel über das mächtige Götterantlitz des Zeus. Es erregte, wie sanft es auch war, oder gerade weil es so sanft war, die Aufmerksamkeit der anderen

Götter. Die süße Musik der Sphären wurde süßer darunter. Eine warme Woge von Zärtlichkeit ging durch die Hallen des Olymps. Jeder unter den Göttern empfand dies als ausgesprochen angenehm. Besonders Hebe, die Göttin der Jugend mit dem Nektarkrug, dehnte und rekelte sich wie in einer unklaren, gleichwohl süßen Vorahnung. Lediglich Hera befiel das allertiefste Mißtrauen; sie war die Gattin des Zeus und verantwortlich für Ehe, Familie, familiäre Ordnung auf Erden, gleichermaßen im Olymp, mithin auch bei Zeus und Hera.

Sie war nicht die erste Gattin des Zeus, und wenn Gattin bedeutete, die Mutter zu sein von jemandes Kindern, war sie auch nicht die letzte. Überhaupt waren des Zeus und der anderen Götter Familienbeziehungen von der verzwicktesten Art. Da nun jedes Wesen, selbst ein Gott, selbst ein Gottvater, in Geist und Wesen das Produkt ist jener, die vor ihm waren und ihn erschufen, müssen wir den Vorfahren des Zeus einige Aufmerksamkeit widmen. Geist und Wesen des Zeus sind für den Fortgang unserer Geschichte nämlich von beträchtlicher Wichtigkeit.

Gehen wir also zurück. Begeben wir uns zum Anfang von allen Anfängen. In ihm war das Nichts, aber es war kein nichtendes, sondern ein erfülltes Nichts, ein Noch-Nichts, in welchem Kräfte, Partikel, Energie beieinander waren wie in einem Strudel, dem Chaos. Allmählich klärte es sich und schied es sich und schied sich in Himmel und Erde. Und der Himmel war Uranos, der war der Gott des Himmels und der Himmel selbst, wie auch Gaia die Erde war und die Göttin der Erde, und beide, aus einem geboren, aus dem Strudel, der Chaos hieß, und geschieden, um Himmel und Erde zu werden und Uranos und Gaia, sie strebten auch wieder zusammen und vermählten sich, wurden eins, doch es war dies das Einssein der Vermählung, das kurz ist und immer wieder Trennung bedeutet und immer wieder auch Drang zu neuerlicher Vermählung und deren Vollzug.

Aus der Ehe des Uranos und der Gaia entstand Nachkommenschaft. Es gehörte dazu Okeanos, der Urstrom, gleichsam das Urgewässer, umgebend alles, was die Erde Gaia war, seine Mutter. Aber Uranos befand, daß seine Nachkommenschaft ihm Platz streitig machte; und da er immer wieder sich vermählte mit Gaia, der Erde, war die Nachkommenschaft zahlreich, und er meinte Angst haben zu müssen vor den Nachkommen, die, da sie sein Teil waren, auch seine Macht besaßen und mit ihrer Macht der seinen gefährlich werden konnten. Was also tun? Uranos entschloß sich zu einem drastischen Verfahren. Er vergrub die meisten seiner Nachkommen wieder in der Erde, woher sie gekommen, und das hieß: er stopfte sie Gaia, ihrer Mutter, zurück in den Bauch.

Die Erdmutter Gaia nun wollte, wie alle Mütter, ihre Kinder nicht auf ewig im Leibe behalten, sondern auf die Welt bringen, auf der Welt behalten, zum ersten oder andern Mal, sie wollte sie springen und wachsen sehen und war unzufrieden mit Uranos', ihres Mannes, Tun und Ängsten. Unter ihren und des Uranos Sprossen war der jüngste Kronos, ein kleiner Finsterling. Diesem ließ sie eine gezahnte Sichel zukommen. In der Erde lagert in Mengen Metall für Sicheln. Kronos sollte sich der seinen bedienen, was auch geschah.

Wir gelangen nunmehr zu einem Ereignis, das überaus blutig und alles in allem äußerst heikel ist.

Kronos besaß die gezahnte Sichel. Er hatte sie von Gaia, seiner Mutter. Sicheln sind Schneidegeräte, und tatsächlich würde Kronos schneiden. Was aber würde er schneiden und bei welchem Anlaß?

Ach, es war ärgerlich. Es war über alle Maßen peinlich und skandalös und eigentlich unaussprechlich. Wir werden es dennoch aussprechen, damit unsere Geschichte fortgehen kann, und so erteilen wir, da uns nichts anderes einfällt, einem Dichter das Wort, einem griechischen, alten, Angehörigen jener Religion, zu deren Inhalten Uranos und Gaia und Kronos gehören.

Unser Dichter also dichtete:

An kam mit der Nacht der gewaltige Uranos, sehnend
Schlang er sich voller Liebe um Gaia und dehnte sich
endlos
Weit. Da streckte der Sohn aus seinem Verstecke die linke
Hand und griff mit der rechten die ungeheuerlich große,
Schneidende, zahnige Sichel und mähte dem eigenen Vater
Eilig ab die Scham und warf im Fluge sie wieder
Hinter sich...

Und der solcherart amputierte Körperteil taumelte ein wenig durchs All, bis er in den Ozean fiel und dort mächtigen Schaum erregte. Aus diesem aber stieg dann eine Göttin auf: Aphrodite, die Göttin der Liebe.

Zugleich aber krochen Kronos und seine Geschwister aus Gaias Bauch ans Licht der Welt. Kronos, der Vater-Schänder und Sichel-Schnitter, wurde ihr Fürst, und das war ganz natürlich, denn ihm und seiner Tat verdankten sie ihre Freiheit. Kronos nahm sich seine Schwester Rhea zur Frau; andere Frauen denn Schwestern waren nicht vorhanden. Kronos war finster, aber friedlich. Eigentlich war es kein unangenehmes Zeitalter. Später entdeckte man, daß es sogar ein überaus angenehmes Zeitalter gewesen war, und nannte es rückblickend das Goldene.

Dann aber begann infolge des Beilagers von Kronos und Rhea (das sehr viel später die Liedersänger besangen bei der Hochzeit von Amphitryon und Alkmene), es begann Rhea Kinder zu bekommen. Kronos wußte aus einer Weissagung, das letzte seiner Kinder werde ihn um seine Herrschaft bringen. Kronos war, wie wir wissen, ein Finsterling. Kronos war außerdem des Uranos Sohn und hatte von Uranos das Bedürfnis geerbt, seine Nachkommenschaft verschwinden zu lassen. Da er aber nun auch wußte und besser als andere, wie Uranos just dadurch entmannt und entmachtet worden war, daß er seine Kinder bei Gaia verschwinden ließ, mußte eine andere

Methode überlegt werden. Was tat Kronos? Er selbst verschlang seine Kinder. Kaum war Rhea eines Säuglings genesen, eilte Kronos herbei, riß den Rachen auf und ließ das Kind darin verschwinden. Kind um Kind gebar Rhea, und Kronos verschlang sie allesamt.

Rhea war bekümmert darüber, ebenso wie einst des Kronos Mutter Gaia bekümmert gewesen war, und wie diese sann Rhea auf Abhilfe. Als sie zu neuerlichem Male schwanger wurde und ihre Niederkunft nahe sah, ging sie heimlich davon. Sie versteckte sich auf der Mittelmeerinsel Kreta. Sie genas eines Sohnes, den sie Zeus nannte. Sie verbarg Zeus in einer Grotte und schob ihn einer Ziege zu, von deren Milch er sich nähren konnte. Als dann Kronos nahte, sein nächstes Kind zu verspeisen, reichte sie ihm einen Windelpack, darin sich statt des lebendigen Zeus bloß ein großer Stein befand. Kronos verschlang den Pack mit dem vermeintlichen Säugling.

Hinterher wurde ihm elend. Ein Stein besteht nicht aus Fleisch und Blut, und er drückt im Magen. Immer elender wurde es dem finsteren Kronos, er begann zu japsen, er begann zu würgen, Krämpfe suchten ihn heim und nahmen ihn her, er würgte so lange, bis er den Stein wieder herausbrachte. Danach aber war des Würgens noch immer kein Ende, die Krämpfe dauerten fort, es krümmte sich Kronos und spie etwas aus, und das war eines der einst verschlungenen Kinder, und mit der Zeit und nacheinander würgte er sie alle wieder heraus.

Inzwischen aber war Zeus, so jung er noch war, schon gekräftigt durch die Milch der Ziege, seiner Amme, wie umgekehrt Kronos durch die anhaltenden Würgekrämpfe geschwächt war. So kam es zur Erfüllung der Prophetie. Zeus machte sich zum Rächer und Anwalt seiner aufgefressenen und wieder ausgespienen Geschwister. Ein kurzer Ringkampf war zwischen Zeus und Kronos, zu dessen Abschluß Kronos von Zeus in den Tartaros geschleudert wurde, das ist die Hölle, das absolute Jenseits, das nichtende Nichts, aus dem es keine Rückkehr gibt.

Es existierten nunmehr zwei Arten von Göttern auf der Welt: die Uranos-Kinder und die Kronos-Kinder. Beide fanden offenbar, daß nur für eine der beiden Arten Platz sei, und so kam es zwischen den Kronos-Kindern und den Uranos-Kindern, die sich der leichteren Unterscheidung wegen Titanen nannten, zu erbittertem Kampf. Der währte zehn Jahre und war mit schrecklichem Gepolter verbunden; die Kronos-Kinder blieben schließlich die Stärkeren. Die Titanen wurden an unterirdische Felsen geschmiedet, wo sie seufzten, rumorten, ächzten und Flüche entließen.

Die Kronos-Kinder aber wählten erst einmal einen Anführer. Dies konnte nach Lage der Dinge und entsprechend seinem Verdienste nur Zeus sein. Er hatte zwei Brüder: Poseidon und Hades; letzterer übernahm die Herrschaft über die Unterwelt, während Poseidon Herr der Meere wurde. Zeus heiratete Hera, seine Schwester, nachdem er vorher schon zwei andere Damen aus seiner allernächsten Verwandtschaft zur Gemahlin genommen und mit ihnen Kinder gezeugt hatte. Überhaupt waren alle Kronos-Kinder eifrig mit der Herstellung von Nachkommen beschäftigt. Auf geheimnisvolle Weise waren auch aus früheren Generationen noch Götter unbeachtet und unvernichtet geblieben und vermehrten sich ihrerseits. Längst nicht alle bewohnten den Olymp, sondern hausten beispielsweise in Quellen oder auf Inseln. Weit über hundert Götter aller Arten und Ordnungen existierten und machten sich gelegentlich die Ränge streitig.

Zeus aber blieb ihr höchster und wichtigster, und dort, wo Zeus wohnte, war im allgemeinen olympische Ruhe, war Frieden, war die Harmonie der Sphären, aß man Ambrosia und trank Nektar dazu. Ernst und streng achtete Hera, des Zeus dritte und rechtmäßige Gemahlin, auf allgemeine Ordnung und familiären Ausgleich. Sanft ging es zu im Olymp. Es war alles unerhört vollkommen. Es war auch alles von einer gewissen zarten und sehr erhabenen Langeweile. Selbst Zeus, Herr über das Ganze und gewissermaßen dessen Garant, litt unter ihr. Zwar, Zeus konnte Wolken schieben, Donner erzeugen und Blitze ablassen. Einer seiner Onkel, ein Titan, hatte ihm zu dieser Fähigkeit verholfen, ehe es zum Streit gekommen war zwischen Kronos-Kindern und Titanen. Blitz und Donner können eine Abwechslung bringen, schicken explosive Lichter und Laute in die sphärische Harmonie; aber man kann nicht immer donnern, denn auch dauernder Donner ist am Ende bloß langweilig.

Zeus war, sagten wir, in dritter Ehe mit Hera verheiratet, der strengen Hüterin der Familie. Zeus war der Sproß aus wirren, unordentlichen Verhältnissen. Die ererbte Unberechenbarkeit gehörte zu seinem Wesen. Sie war ererbt von Kronos, seinem Vater, und Uranos, seinem Vatersvater. Zeus zeigte die Neigung, seiner Gattin Hera, der strengen, der ordentlichen, heimlich zu entweichen und andere Liebschaften einzugehen. Die waren immer kurz, denn Hera, wenn sie die Liebschaften schon nicht gänzlich verhindern konnte, achtete darauf, daß sie wenigstens rasch endeten. Immer wieder versuchte Zeus zu entweichen, und immer war Hera diesbetreffend auf der Hut. In abenteuerliche Verkleidung mußte sich Zeus begeben, um überhaupt entweichen zu können und nicht sofort aufzufallen Hera, seiner gestrengen Gattin. Der Europa, wir hörten davon, mußte er sich in Gestalt eines Stieres nähern. Es handelte sich dabei um eine zusätzliche Kränkung der Gottesmutter, da Rinder das heilige Getier der Hera waren. (Wir dürfen hier anmerken, daß es in unserer Geschichte von Kühen geradezu wimmelt: unentwegt laufen sie uns durch die Erzählung.) Dann ist noch zu sagen, daß Europa keine Göttin, sondern eine Menschenfrau war, woraus hervorgeht, daß Zeus, wenn ihm nach Liebschaften zumute war, auch sterbliche Frauen nicht verschmähte. Eine andere von denen war Leda, der sich Zeus in der Verkleidung eines männlichen Schwanes näherte.

Jedesmal, man kann es verstehen, war Hera über solche Ereignisse ergrimmt, und Hera ließ ihrem Grimme freien

Lauf, und es gab Ärger und Trübsal im großen Stil. Der Begegnung des Zeus mit der Leda, nur als Beispiel, entstammte die schöne Helena, und man weiß, was um ihretwillen geschah: zehn Jahre blutigster Krieg in Troja.

Aber Zeus, Uranos-Enkel und Kronos-Sohn und Kronos-Bezwinger, König der Götter und Beherrscher der Menschen, blieb, was er war: der unberechenbare, jähe, selbstische Zeus. In der paradiesischen Ruhe des Olymp lagerte er jetzt, trank Nektar und aß Ambrosia und blickte voll Wohlgefallen hinab auf die Erde, wo in einer Stadt namens Theben die schöne Alkmene, Gattin des Amphitryon, gerade vor sich hin starrte und von Zeus träumte, dem König der Götter.

V Theben war eine bemerkenswert große und großzügige Stadt in der griechischen Landschaft Böotien. Theben besaß eine Burg, mit Namen Kadmaia, außerdem eine Stadtmauer mit insgesamt sieben Toren.

Theben war reich. Die sieben Stadttore ermöglichten viel Handel und Wandel. Sie machten freilich gleichermaßen das reiche Gemeinwesen verletzlich: sieben Stadttore sind schwieriger zu verteidigen als bloß vier oder gar zwei. Derart war die Freizügigkeit Thebens Ursache sowohl für den Wohlstand wie für die Gefährdung dieser Stadt, und Gefährdung war ständig gegeben: die sieben Stadttore reizten angriffslustige Nachbarn; der durch diese Tore strömende Reichtum reizte ihren Neid. Theben war ständig damit beschäftigt, irgendwelche Kriege und Scharmützel zu bestehen; dies verschliß Soldaten in beträchtlicher Zahl.

Man mag es unter solchen Umständen für einen Zufall halten oder nicht, daß der begeisterte Krieger, der König ohne Königreich, der junge Ehemann Amphitryon, auf der Flucht vor seinen Verfolgern sich ausgerechnet nach Theben begab. Er langte dort an mit Staub auf den Kleidern, mit zwei Pferden, mit seiner Frau, der schönen und knöchelschlanken Alkmene. Er gelangte nach Theben durch eines der sieben Stadttore, das wurde nachlässig bewacht von zwei Lanzenträgern, die, statt Passanten eindringlich zu beäugen, den Himmel angähnten, ohne wenigstens die Hand vor die Lippen zu heben. Der Himmel entließ eben die abendliche Sonne zum Untergang und zeigte rosenfarbene Schäfchenwolken her.

Amphitryon gähnte seinerseits, denn er war müde. Er fand neben dem Stadttor eine Schenke. Er betrat die Schenke und fand sich zwischen phönikischen Stoffhändlern und korinthischen Eselstreibern. Amphitryon ließ sich Wasser und süßes Brot reichen; während er kaute, fiel sein Blick auf ein rotnäsiges Subjekt, das sich grinsend und händereibend zwischen den anderen Gästen bewegte; mit jener hündischen Witterung, die Tagedieben und Schnorrern eigen ist, suchte das Subjekt alsbald die Nähe des kauenden Amphitryon. Das Subjekt tat den Mund auf, rülpste süßen Weingeruch und begann ein Gespräch.

Das Subjekt trug den Namen Sosias und nannte sich einen freigelassenen Sklaven. Aus Gründen, die er verschwieg, die sein übler Mundgeruch immerhin anzudeuten vermochte, hatte sich Sosias von seiner alten Herrschaft entfernt; er suchte eine neue. Sosias war gebürtiger Thebaner. Als er vernahm, daß Amphitryon ein erfahrener und erfolgreicher Krieger aus königlichem Geblüt war, rülpste er abermals, um sofort auch anerkennend mit der Zunge zu schnalzen: Leute mit Amphitryons Gaben und Herkunft, dies wußte er, waren in Theben stets willkommen.

Unverzüglich brach er mit Amphitryon aus der Schenke auf. Alkmene, die Schöne, die Knöchelschlanke, saß immer noch auf dem Rücken ihres Pferdes; Müdigkeit und Langeweile hatten ihren Rücken gekrümmt, ihren Kopf vornübergeneigt; sie blinzelte kaum; Amphitryon ließ sie so. Er folgte dem hüpfenden, häufiger noch taumelnden Sosias auf die Burg Kadmaia; dort gelang es Sosias mit Hilfe verschiedener Diener, die er gut kannte, daß Amphitryon noch binnen Stundenfrist vor dem königlichen Herrscher Thebens stand, Labdakos, aus dem Geschlecht der Kadmiden.

König Labdakos von Theben brütete gerade über der Tatsache, daß der bisherige General der thebanischen Streitkräfte, Menökeus, in einem Scharmützel gegen die Danaer sein rechtes Bein eingebüßt hatte und keinen Wert mehr darauf legte, General der thebanischen Streitkräfte zu bleiben. Das Auftreten des starken und raufflustigen Amphitryon mußte König Labdakos, dem Kadmiden, wie ein Zeichen der Vorsehung erscheinen. Er breitete die königlichen Arme aus, den königlichen Besucher an sein Herz zu drücken; er schrie: Dich schickt Zeus, der Göttervater!; zweimal schrie er es, ohne dabei recht zu wissen, was er da schrie; wir aber sollen es in Bälde erfahren.

König Labdakos von Theben, aus dem Geschlechte der Kadmiden, und König Amphitryon von Mykenä, der aus seinem Königreich hatte fliehen müssen, wurden beide noch an diesem Abend handelseinig. Amphitryon würde in der Nachfolge des nunmehr einbeinigen Generals Menökeus Feldherr der thebanischen Streitkräfte werden; zum Entgelt erhielt er einen standesgemäßen Palast innerhalb Thebens, nahe der Burg Kadmaia, als ständigen Wohnsitz; außerdem eine standesgemäße Entlohnung; außerdem alle Macht und Vollmacht, die einem thebanischen Feldherrn zustanden. Der entsprechende Vertrag wurde sofort aufgesetzt und beschworen von Labdakos, dem thebanischen König, von Amphitryon, dem neuen thebanischen Feldherrn, in Gegenwart von Teiresias, der oberster Priester in Theben war und ein sehschwacher Greis. Als Amphitryon dann hocherhobenen Hauptes die Burg Kadmaia verlassen wollte, stand der rotnäsige Sosias unterm Portal und hielt schnorrend die Hand hin. Amphitryon wußte, was er Sosias verdankte. Er wollte ihn nicht mit bloßer Münze abspeisen. Er machte Sosias zu seinem Diener.

Gemeinsam mit Sosias holte er seine schlaftrunkene Gattin

ab von der Schenke am Stadttor und brachte sie in den Palast, seinen neuen Wohnsitz. Alkmene blinzelte. Das Dienstpersonal stand um sie herum und krümmte sich. Alkmene wies an, man möge ihr ein warmes Bad richten, angereichert mit den Wässern der Rose und den belebenden, die Sinne schärfenden Säften des Sandelholzes. Die Mägde führten sie davon.

Amphitryon aber verließ mit Sosias den Palast. Er verließ mit Sosias die Stadt und begab sich ins Lager der thebanischen Streitkräfte, das unmittelbar vor den Mauern aufgeschlagen war. Während Alkmene, seine knöchelschlanke Gattin, die nackten Glieder umspülen ließ von warmen, duftgesättigten Wässern, saß Amphitryon im Kreise seiner Soldaten, atmete dankbar den Dunst der schwitzenden, ungewaschenen Männerleiber, er trank mit den Männern Honigwein, er sang mit ihnen Lieder. Während sich Alkmene von ihren Mägden die Haut trocknen ließ, mit weichen, weißen Tüchern, hatte Amphitryon eben unter den Soldaten die beiden Lanzenträger entdeckt, die bei seinem Eintritt in Theben nachlässig den Abendhimmel angegähnt hatten. Amphitryon schrie sie an. Er verbat sich eine Wiederholung. Er drohte für den Fall der Wiederholung mit schrecklichen Strafen. Amphitryons Verhalten erzeugte sofort Furcht und Respekt bei den Untergebenen. Nichts ist für einen ehrgeizigen Feldherrn so wichtig wie Furcht und Respekt. Nichts außer Furcht und Respekt ist für einen ehrgeizigen Feldherrn so wichtig wie Liebe und Vertrauen der Untergebenen. Liebe und Vertrauen von Soldaten ist erwerbbar durch gemeinsamen Genuß von Honigwein, durch gemeinschaftliches Absingen soldatischer Lieder.

Alkmene lag bereits in ihrem Bett. Der Mond stand kirschblütenweiß am Himmel und gab Licht. Im Garten des Palastes sangen die böotischen Nachtigallen. Alkmene lag, bewegte ihre schönen Glieder, deren Haut prickelte vom Saft des Sandelholzes, in dem sie gebadet; die Kissen knisterten, die Nachtigallen sangen, doch Amphitryon, der in diesem Augenblicke gleichfalls sang, befand sich im Kreise seiner

Soldaten, weit fort von Alkmene, die dann endlich einschlief, die mit den Händen ins Leere griff und schlafend von Zeus träumte, dem Herrn der Schöpfung, dem stürmischen Liebhaber irdischer Frauen; Alkmene träumte von Danae, der sich Zeus genähert hatte in der Gestalt eines güldenen Regens. Amphitryon saß im Kreise seiner Soldaten bis in den frühen Morgen; er trank Honigwein und sang Lieder. Sosias wich nicht von seiner Seite und tat es ihm in beidem gleich, besonders aber im Trinken. Amphitryon wußte es zu würdigen. Er machte Sosias zu seinem Adjudanten.

Nun war es, daß zu den neidischen Nachbarn und kriegerischen Gegnern der reichen Stadt Theben in jener Zeit die Danaer gehörten, und es gehörten dazu die Argiver, und es gehörten auch die Traphier dazu.

Man erinnert sich? Die Traphier hatten einst die Stadt Mykenä angegriffen, Alkmenes Heimat, um mykenische Kühe zu rauben; ihr Angriff war abgeschlagen worden, aber Alkmene hatte alle ihre Brüder dabei verloren. Alkmene war nicht nur die Frau des Amphitryon, sie war auch dessen Cousine, und also waren Alkmenes Brüder des Amphitryon Vettern gewesen. Er hatte zwar keinen von ihnen persönlich gekannt, aber er war ihr Verwandter. Er hatte, da er aus Mykenä hatte fliehen müssen, mit Mykenä eigentlich nichts mehr im Sinn: kaum etwas durfte ihm gleichgültiger sein als ausgerechnet Mykenäs Opfer und Mykenäs Friede.

Ein ehrgeiziger Feldherr bedarf für seine Handlungen aber auch eines Antriebs, und kein besserer Antrieb für einen ehrgeizigen Feldherrn ist denkbar als ein guter, begründeter Haß. Amphitryon beschloß, die von Traphiern getöteten Brüder seiner Frau, seine Schwäger und Vettern, blutig zu rächen an ihren Mördern, den Traphiern. Er schwor, daß er nicht eher ruhen, vor allem nicht eher bei Alkmene, seiner schönen Frau, liegen wolle, ehe er solche blutige Rache auch ausgeführt hatte. Dergleichen schwor und beschwor Amphitryon ausdrücklich und in Gegenwart des greisen, des sehschwachen Teiresias, des höchsten Priesters in Theben. Amphitryon beschwor es im Tempel und vorm Altare des Zeus, und wir dürfen annehmen, daß dieser Schwur dem Zeus wohlgefällig war.

Amphitryon vereitelte, zwischendurch, mit seinen Truppen zwei Angriffe der Danaer auf die reiche Stadt Theben. Danach probte er mit seinen Truppen. Er exerzierte seine Lokrer im Nahkampf. Er ließ seine Phaker mit der Lanze trainieren und seine heroischen Böotier mit Keule und Schwert. Danach wehrten sie einen massiven Angriff der Argiver ab, zersplitterten deren Streitmacht, vernichteten einige der fliehenden Haufen bis zum letzten Mann und erreichten so, daß ein Friede abgeschlossen wurde zwischen Thebanern und Argivern, der für die Thebaner äußerst vorteilhaft, für die Argiver äußerst demütigend war. Der Friede wurde beschlossen und beschworen in Gegenwart des greisen Priesters Teiresias, im Tempel und vor dem Altare des Zeus, dem, wie wir wieder annehmen wollen, dies alles wohlgefällig blieb.

Amphitryons Ansehen in Theben war jetzt bereits außerordentlich. Die Männer grüßten ihn ehrfürchtig, wenn er durch die Straßen schritt. Die Weiber blickten ihm scheu hinterdrein; sie bestaunten seine starken, gebräunten Arme, seine breiten muskulösen Schultern; das blendende Weiß seiner wölfischen Zähne verfolgte sie bis in den Schlaf und jagte ihnen selige Schauder über die Haut. Solche Schauder teilten sie mit Alkmene, der schönen Frau des Amphitryon, die sie glühend beneideten, ohne doch Grund dafür zu haben, was sie freilich nicht wissen konnten. Alkmene sah ihren Mann selten. In ihren einsamen Nächten hatte sie längst von allen Liebeslagern des Göttervaters Zeus geträumt; keines war mehr übrig, und so mußte sie, wollte sie weiter davon träumen, wieder von vorn beginnen, und so begann sie mit Europa, der sich Zeus genähert hatte in der Gestalt eines feurigen Stieres. Amphitryon weilte überwiegend unter seinen Soldaten. Ein ehrgeiziger Feldherr, der Erfolg haben will, muß sich anstrengen; außerdem, wie wir wissen, hatte Amphitryon einen Schwur getan, und gegebene Schwüre will man halten. Amphitryon unternahm mit seiner thebanischen Streitmacht zwei kleinere Manöver. Zum Abschluß unternahm er ein großes Generalmanöver. Dann brach er mit seinen Soldaten nach Traphis auf.

Vorher verabschiedete er sich von seiner Frau, der schönen Alkmene. Er tat dies öffentlich: vor dem Portal seines Palastes, im Angesicht einiger Soldaten und vor viel gaffendem Volk. Er umarmte Alkmene, küßte sie auf beide Wangen, worauf Alkmene ihn dem Schutz und der Obhut von Zeus empfahl, dem obersten der Götter. (Wir werden sehen, was Zeus daraus gemacht hat.) Einige der Leute applaudierten dem Feldherrn. Amphitryon bestieg sein Pferd und ritt der winkenden Alkmene davon.

Er führte Thebens Soldaten einen Tagmarsch und bis an die Grenzen von Traphis. Zur Nacht überfiel man die Grenzwache, metzelte sie nieder, drang in traphisches Land vor und verwüstete einige Dörfer. Die traphische Hauptstreitmacht, schnell und überraschend zusammengerufen, wartete in einem Tal. Amphitryon, ganz Feldherr, stand auf dem Gipfel eines Berges; von dort dirigierte er seine Loker auf die eine Seite, seine Phaker auf die andere Seite des Tals, von den Hängen herunter sollten sie stürmen. Seine schwert- und keulenbewaffneten Böotier aber schickte er als erste gegen die Traphier. Deren Streitmacht wurde derart von drei Seiten bedrängt, sie erlitt Verluste und wehrte sich blutig. Vom Morgen bis zum Abend wogte die Schlacht. Immer neue Böotier schickte Amphitryon ins Getümmel. Schließlich wankten die Traphier und wendeten sich zum Abzug. Hier aber sandte Amphitryon endlich seine Reiterei aus; der Abzug der Traphier geriet zu wilder Flucht, in welche die nachsetzenden Böotier mit Schwert und Keule blutig dreinhieben.

Amphitryon sah es. Amphitryon war glücklich. Er atmete eine Luft, die gesättigt war mit dem Rauch brennender Dörfer, mit dem Dunst von Kot, totem Fleisch und aufgerissener Erde. Er sah die lachenden Soldaten mit ihren blutigen Händen. Er hörte die Schreie der Sterbenden. Er war glücklich.

Dann wendete er sich, immer noch auf dem Gipfel seines Feldherrnhügels; er blickte hinter sich, wo er Sosias wußte, seinen rotnäsigen Adjutanten. Sosias hatte einen Tonkrug an die Lippen gesetzt und trank mit heftig bewegtem Kehlkopfknorpel, mit lautem Geräusch.

O Sosias, sagte Amphitryon, ich sehe, du säufst, wie gewöhnlich.

Nein, mein Feldherr, so sagte Sosias.

Ei, sagte Amphitryon, wie nun nicht?

Ich trinke, so Sosias, keinen Honigwein, wie gewöhnlich, sondern den roten Korinther, und ich trinke, sagte Sosias, diesmal aus Anlaß des glänzendsten deiner Siege.

Du säufst, sagte darauf Amphitryon, aber sauf nur, wenn es dir schmeckt.

Danke, sagte Sosias.

Er setzte den Krug wieder an, trank und rülpste.

Leer? fragte Amphitryon.

Leider, sagte Sosias.

Dann eile, sagte Amphitryon, reite zurück nach Theben, tritt ein in die Räume meiner Alkmene und verheiße ihr meine baldige Rückkehr. Mein Gelübde ist erfüllt. Traphis liegt blutend am Boden. Alkmene soll mir das Lager richten mit kühlem flüsterndem Linnen. Sie soll mir ein Bad bereiten, warm und den Sinnen schmeichelnd. Sie soll sich die Glieder salben, sich in spinnendünnen Stoff tun und mich also erwarten.

O Feldherr, ich eile, so sagte Sosias.

Zwischen dem Schlachtfeld und Theben lag die Entfernung eines Tagesmarsches, das ist die Strecke eines halben Tages für ein Maultier und die Strecke eines Vierteltages für ein Pferd. Sosias benutzte ein Maultier.

Amphitryon schritt von seinem Berge hinab in das Tal. Er wollte seinen Soldaten zusehen, wie sie die gefangenen Traphier zusammentrieben, die sie auf dem thebanischen Markt als Arbeitssklaven verkaufen würden; den verwundeten Traphiern aber hieben sie die Köpfe ab und plünderten deren Taschen.

Währenddessen saß Sosias auf seinem Maultier und ritt den anderen Berghang hinab, in die sinkende Abendsonne hinein und seiner Heimat Theben entgegen.

Währenddessen lauschte Amphitryon, auf dem Schlachtfeld, dem Geröchel der Sterbenden, und er betrachtete das Zucken der blutbeschmierten Schwerter.

Währenddessen traf Amphitryon ein vor dem Palast, den er in Theben bewohnte gemeinsam mit seiner Gattin Alkmene.

Wie aber das? War Amphitryon nicht eben noch auf dem Schlachtfeld gewesen? Er war es gewesen und war es weiterhin. Er befahl seinen Leuten, daß man die gefallenen thebanischen Soldaten zusammentrug und ihnen einen gemeinsamen Scheiterhaufen richtete, und also geschah es.

Trotzdem und zur selben Zeit, trat Amphitryon ein in seinen thebanischen Palast, und er schickte Sosias, seinen Adjutanten, in die Gesinderäume.

Wie nun das wieder? Saß nicht eben Sosias auf dem Rücken seines Maultieres, um erst noch nach Theben zu gelangen?

So war es in der Tat. Sosias ritt durch die Dämmerung und betrachtete den Flug der Fledermäuse.

Gleichzeitig aber saß Sosias unter den Mägden Alkmenes, berichtete vom letzten und größten Sieg des Feldherrn Amphitryon, jenem über die Traphier, und ließ sich von Charis, einer der Mägde, einen Becher mit Rosinenwein reichen.

Hinter mehreren Mauern des Palastes aber, in den Räumen der Herrschaft, standen Amphitryon und Alkmene einander gegenüber: der siegreiche Feldherr und die Schöne, die Knöchelschlanke.

Er sei also schon zurück? fragte Alkmene, Überraschung im Gesicht und mit heiserer Stimme.

Zur Bestätigung winkelte Amphitryon die Arme ab und hielt seine Handflächen vor.

Ob er denn wieder gesiegt habe, wollte Alkmene wissen.

Darauf nickte Amphitryon, feierlich und mit Nachdruck.

Ob denn damit, fragte Alkmene, sein, Amphitryons, Gelübde erfüllt sei in allen Dingen und Punkten?

Wieder nickte Amphitryon, diesmal lächelnd, und er breitete seine Arme aus.

O mein Gebieter! jauchzte da unvermutet und sich selbst zur Überraschung Alkmene, sie sprang in die Luft und lag alsbald an Amphitryons Brust. Unaussprechliche Glückseligkeit lief wie in kleinen Fiebern durch ihre Adern; noch niemals hatte sie dergleichen empfunden; noch niemals, freilich, hatte Amphitryon sie derart auch in die Arme geschlossen, und so wunderte sie sich nicht.

Währenddessen trank in den Gesinderäumen Sosias Rosinenwein und kitzelte der kichernden Magd Charis den Nakken.

Währenddessen ritt Sosias durch die Nacht und rülpste.

Währenddessen brannte in Traphis der Scheiterhaufen mit Thebens Gefallenen; Amphitryon sang gemeinsam mit den anderen Überlebenden ein feierliches Lied.

Es ist alles unglaublich. Es geht nicht mit den rechten Dingen zu. Mit welchen Dingen aber ging es denn zu? Amphitryon sprach in diesen Sekunden, wobei er Alkmene auf starken Armen durch den Traum trug:

Ich möchte dir, mein süßes Licht,
Dies Wesen eigner Art erschienen sein,
Besieger dein, weil über dich zu siegen
Die Kunst der großen Götter mich gelehrt.
Was ich dir fühle, teuerste Alkmene,
Das überflügelt, sieh, um Sonnenferne,
Was ein Gemahl dir schuldig ist...

Dies waren zweifelsfrei Verse. Es waren fünffüßige Jamben. Seit wann sprach Amphitryon in fünffüßigen Jamben oder überhaupt in Versen? Alkmene hätte sich nicht erinnern können, aber Alkmene dachte überhaupt nicht nach. Alkmene achtete nicht darauf, daß Amphitryon in Versen sprach, da ihre Aufmerksamkeit völlig beansprucht war von dem, was Amphitryon sagte; und auch dies wurde ihr bald gleichgültig, da sie sich getragen fühlte von Amphitryons starken Armen, was ihr bisher noch niemals widerfahren war; und Amphitryon trug sie auf seinen starken Armen, quer durch die Räume des Palastes, bis an ihr Bett, und er legte sie dort nieder. Und die Nachtigallen, die böotischen, begannen immer lärmender zu schlagen, der Mond machte sein Licht weißer, machte es milchweiß, hautweiß, augenweiß, daß die Lerchen aufwachten, daß sie dem Mond entgegenstiegen, zu singen begannen unter dieser unwirklichen Sonne, es verwirrte sie, vieles ging aufeinander zu, ineinander auf, Taggeräusch und Nachtgeräusch, Sonnengesang, Mondgesang, die Zikaden schrien, das Laub der Zypressen knisterte wie Stoff, knisterte zusammen mit Stoff, Nachtfalter fuhren gegen die blakenden Öllampen, sie versengten sich, sie fielen klatschend zu Boden. Mit feuchter Haut und todmüde, todselig lag Alkmene auf ihrem Lager, schloß die Augen, wollte schlafen, während Amphitryon sich leise, behutsam von ihrer Seite erhob.

Während sich Amphitryon, nahe dem nächtlichen Schlachtfeld in Traphis, von einem Angehörigen seiner Garde das Pferd satteln ließ, um alsbald aufzuspringen und im gestreckten Galopp zurückzureiten, in die bestirnte Nacht und seinem thebanischen Palast entgegen.

Während vor dem Portal dieses Palastes eben Sosias anlangte auf seinem Maultier. Er rutschte aus dem Sattel, er rieb sich die schmerzenden Schenkel und band das Maultier fest. Dann betrat er den Palast, um die Botschaft, die ihm aufgetragen hatte Amphitryon, sein Herr und Feldherr, weiterzugeben an Alkmene, Amphitryons Frau. Sosias betrat den Palast, ging durchs Vestibül, und vor der nächsten Tür, zu der eine Stufe führte, saß, sah Sosias, eine Person, und diese Person war Sosias.

Sosias blieb stehen. Sosias blickte auf Sosias, und der blickte zurück. Sosias war ohne jeden Zweifel, daß er sich sah. Die gleiche rote Nase, der gleiche graue Bart, die gleichen Augen: blaßgrau und wäßrig. Aus letzteren sah er sich in dieselben. Stand er vor einem Spiegel? Er stand vor einer Tür, die keinen Spiegel trug. Sosias kniff sich in die Wade, wozu sein Spiegelbild, das kein Spiegelbild war, bloß affig gähnte. Sosias hüpfte, und sein Abbild blieb sitzen. War Sosias betrunken? Sosias war zwölf Stunden auf einem Maultier geritten und hatte bei alldem keine Gelegenheit gehabt zum Trinken. Sosias trank sonst. Leute, die viel und seit langem Wein in sich trinken, wußte Sosias, neigten dazu, sich geistig aufzulösen, sie sahen weiße Ratten und Käfer, warum nicht am Ende sich selbst? Verfolgt von Sosias' höhnischem Blick, rannte Sosias zurück zum Portal, rannte aus dem Palast, vor Ratten und Käfern und Sosias davon; er hetzte durch Thebens nächtliche Straßen, bis in eine Kaschemme, wo Diebe und Schmuggler beieinander saßen und zechten; aufatmend stellte Sosias fest, daß ihm Sosias nicht gefolgt war; seinen Auftrag an Alkmene hatte er unter dem Schrecken vergessen; heiser bestellte er sich einen großen Krug mit Honigwein und begann zu trinken.

Derweil Amphitryon auf seinem Pferd durch das nächtliche Böotien jagte, Theben zu und seinem Palast und seiner Gattin Alkmene.

Derweil Amphitryon leise aus dem Zimmer Alkmenes trat, dem wartenden Sosias winkte, der immer noch auf seiner Stufe saß; gemeinsam mit Sosias verließ Amphitryon den Palast.

Derweil Sosias, in der Kaschemme, nach dem hastigen Genuß von zwei Krügen Honigwein bewußtlos unter den Tisch fiel und dort liegenblieb.

Da langte Amphitryon endlich an vor dem Tor seines Palastes. Er sprang aus dem Sattel und band sein Pferd fest neben dem Maultier seines Adjutanten Sosias. Er betrat das Vestibül. Da war Dämmerung. Niemand erwartete ihn. Er ging rasch, zuletzt unwillig, durch mehrere Räume, darin auch keiner ihn erwartete, denn sie waren menschenleer; so betrat er den Raum, wo seine Gattin Alkmene lag.

Alkmene lag auf zerwühltem Leinen und schlief. Eine Öllampe flackerte; draußen lärmten die Nachtigallen. Amphitryon trat neben Alkmene und betrachtete sie. Alkmene atmete sanft, sie lächelte, ihre Lider zuckten einmal. So rosig, so anmutig, so unaussprechlich und geradezu göttlich schön dünkte den siegreichen Feldherrn Amphitryon plötzlich seine Gattin Alkmene, daß er das eben glücklich bestandene Gelübde noch im nachhinein verfluchte als frevelhaft, daß er den ausgebliebenen Empfang nicht mehr vermißte, denn dieser Anblick, der ihn nun empfangen hatte, wäre durch nichts zu überbieten gewesen; auch das erwünschte Bad mit Duftwässern vergaß er; verschmutzt und staubig, wie er war, sank er zu Alkmene aufs Lager, und Alkmene rekelte sich, blinzelte und lächelte und flüsterte: So viel auf einmal; und dann fuhr sie Amphitryon mit der Hand übers Haar, über die verschwitzten Schultern, und Amphitryon seufzte, da er in so viel Zärtlichkeit, Liebe, Verzückung versank, als versinke er in einem Meer.

VI

Der Sieg der Stadt Theben über ihre Erbfeinde, die Traphier, war vollkommen und glanzvoll gewesen: dank der überlegenen Feldherrnkunst des thebanischen Oberkommandierenden, der eigentlich ein König war und Amphitryon hieß.

Rennende Boten, Fackeln in der Hand, hatten erste Nachricht von dem Sieg über Traphis gebracht nach Theben. Bald darauf kehrten in losen Haufen die ersten thebanischen Streitkräfte zurück, übervoll beladen mit Plündergut, im Gefolge eine Schar kräftiger Männer und reizender Jungfrauen: frische Angebote für den thebanischen Sklavenmarkt.

Den Amphitryon weckte am Morgen nach seinem Sieg der Lärm einer begeisterten Menge, die sich eingefunden hatte vor dem Portal seines Palastes, die ihn zu sehen begehrte. Aufgeregte Mägde der Alkmene, voran die Magd Charis, überbrachten den Wunsch des wartenden Volkes. Amphitryon erhob sich mit schmerzenden Gliedern. Der Schmerz in den Gliedern hatte mancherlei Ursache. Gähnend verließ er seine Gattin Alkmene, die weiterhin schlief und im Schlafe lächelte: rosig, satt, süß. Amphitryon ließ sich mit mehreren Krügen kalten Wassers übergießen, legte festliche Kleidung an und begab sich hinaus zu der Menge, die enthusiastisch schrie, Amphitryon hochhob, davontrug und auf lange Zeit nicht wieder freigeben wollte.

Sosias erwachte mit bohrendem Kopfweh auf dem Fußboden einer übel beleumdeten thebanischen Kaschemme. Er lag in einer Lache aus Wein, Straßendreck und Erbrochenem. Seine Taschen waren vollständig ausgeplündert. Stinkend und mit Brechreiz hinterm Gaumen, schlich Sosias davon, fest entschlossen, sich der diesem Morgen unmittelbar vorausgehenden Ereignisse nicht mehr zu erinnern, sie nach Möglichkeit gar zu vergessen, was ihm beides, wenn auch nach einiger Anstrengung, schließlich und vollkommen gelang.

Theben feierte den Sieg. Amphitryon mußte unentwegt an Festmählern teilnehmen, mal mit, mal ohne Alkmene. Bei einem dieser Essen, auf der Burg Kadmaia und in Gegenwart des thebanischen Königs Labdakos, wurde Alkmene plötzlich von Übelkeit heimgesucht; sie taumelte, flache Hand vor den Lippen, aus dem Festsaal und der nächsten Tür zu, wo sie Gegessenes ausspie und hinterher japste. Eine alte Frau, Dienerin im Hause des Königs, belehrte sie über ihren Zustand.

Amphitryon war stolz, da er von Alkmenes Schwangerschaft erfuhr aus Alkmenes Mund. Er wünschte sich einen Sohn. Er würde ihn auch bekommen. Wenn man es großzügig nimmt, bekam er ihn sogar zweimal.

Bei einem Dankopfer im großen Zeustempel zu Theben, da Amphitryon, neben sich Alkmene, unmittelbar vor dem Altare des Zeus stand – ein Tempeldiener stach gerade ein Widderlamm ab, der andere schürte die Glut der Holzkohle –, drehte sich plötzlich der Zeus-Priester und Zeus-Kenner Teiresias um, sank in die Knie, faßte die Falten von Alkmenes Gewand und stammelte: Göttlich! Göttlich! Worauf er in Ohnmacht fiel.

Spätestens hier hätte man nachdenklich werden können. Wurde man nachdenklich? Ach, man wurde es nicht. Man meinte, Teiresias, ein alter Mann, sei schwach geworden vor Alkmenes Schönheit, die unbestreitbar, die unüberbietbar war; ohnmächtige Gier, so meinte man, sei über ihm zusammengeschlagen, und er habe gehandelt nach wirrer Alt-Männer-Art.

Bald darauf breitete sich freilich in Theben das Gerücht aus, Alkmene, die schöne, die knöchelschlanke Gemahlin des siegreichen Feldherrn Amphitryon, sei nicht von ihrem Manne schwanger, oder doch nicht allein von ihm, vielmehr von einem anderen, einem großen und listenreichen Verführer.

Niemand forschte nach dem Ursprung dieses Gerüchtes. Hätte man danach geforscht, wäre man auf eine Frau gestoßen, die dergleichen ausgestreut hatte auf dem Früchtemarkt von Theben. Die Frau hatte eindrucksvolle Augen und eine ausdrucksvolle Brust besessen; niemand hatte sie gekannt; auf geheimnisvolle Weise war sie aufgetaucht, auf ebenso geheimnisvolle Weise wieder verschwunden. Niemand forschte, wie gesagt, nach dem Ursprung dieses Gerüchtes, an dem viel interessanter als der Ursprung auch das Ziel war.

Wobei das Ziel, hätte man nur darüber nachgedacht, seinerseits wieder Auskunft gegeben hätte über Wesensart und

Herkunft der geheimnisvollen Frau vom Früchtemarkt. Das Ziel waren nämlich Ohr und Hirn des Feldherrn Amphitryon. Der, so konnte man sich denken, würde von Eifersucht und Wut erfaßt werden und seiner Gattin Alkmene vielleicht tätlich kommen, daß sie am Ende gar ihre Leibesfrucht verlor. Betrogene Ehemänner sind unberechenbar, betrügende Ehefrauen sind gefährdete Personen. Gefährdeter sind allenfalls noch die Verführer; hier aber handelte es sich um einen, der groß und listenreich war, damit befand er sich außerhalb aller Gefahr.

Amphitryon hörte das Gerücht, lachte schroff und wollte es nicht glauben. Das Gerücht kehrte wieder, nistete sich ein in Amphitryons Ohr und ließ sich nicht ausschütteln, da es über genügend Widerhaken verfügte, die stachen in Amphitryons Gehirn. Wurde Amphitryon jetzt vielleicht wütend? Er wurde es nicht. Hatte die geheimnisvolle Frau vom thebanischen Früchtemarkt darauf gezählt, so hatte sie jedenfalls falsch gerechnet.

Statt wütend zu sein, wurde Amphitryon nämlich nachdenklich. Er hatte seine junge Frau, die schöne Alkmene, nach der Hochzeit sehr vernachlässigen müssen, das war geschehen teils aufgrund eines Gelübdes, teils auch ohne ein solches. Er hatte sie alleinlassen müssen, um siegreiche Schlachten zu schlagen. Wie nun, wenn sie sich in Zeiten seiner Abwesenheit die Gesellschaft eines anderen Mannes gesucht hätte?

Amphitryon stellte Alkmene zur Rede. Die schöne, knöchelschlanke Frau und werdende Mutter wurde rot im Gesicht: nicht aus Scham oder Überraschung oder Entsetzen, so sagte sie, einzig aus Zorn, und der entsprang ihrer unantastbaren Würde. Amphitryon brach das Gespräch sofort ab und versicherte seine Frau seines uneingeschränkten Vertrauens.

Das Gerücht nistete dennoch weiter in Amphitryons Ohr. Es sandte neue Widerhaken aus und andere, bohrende Spieße. Amphitryon befragte seinen Knecht und Adjutanten, den rotnäsigen Sosias, nach auffälligen, unvermuteten oder verdächtigen Ereignissen. Daraufhin begann Sosias unter Zögern und Gestotter eine Geschichte zu erzählen von einem Doppelgänger; Amphitryon wurde aus dieser Geschichte nicht klug und mußte den Eindruck haben, daß auch Sosias aus seiner Geschichte nicht klug wurde.

Ein dunkles Gefühl des Argwohns blieb ihm, zusammen mit dem widerhakenbewaffneten Gerücht, in seinem Ohr. Er nahm beides mit in die Abende. Er nahm beides mit in das Bett.

Eines Nachts widerfuhr dem Amphitryon dann dieser Traum:

Er sah in einem freundlichen, mit Schäfchenwölkchen bestückten Himmel eine Gestalt. Sie war von Lichtstrahlen umgeben, die weder der Sonne noch dem Monde entstammen konnten, da es Strahlen von eigener Färbung waren und eigener Art. Die Gestalt aber erwies sich beim näheren Hinsehen als eine Spiegelung von ihm selbst, Amphitryon; und wie man in Träumen überraschend scharfsinnig zu denken vermag, so dachte jetzt auch Amphitryon: Sieh an, derart wirkt des Sosias wirre Erzählung von seinem Doppelgänger bei mir nach! Die Gestalt, die strahlenumflossene, die wie Amphitryon aussah, tat unterdessen den Mund auf und sagte zu Amphitryon:

Zeus hat in deinem Hause sich gefallen,
Amphitryon, und seiner göttlichen
Zufriedenheit soll dir ein Zeichen werden.
Es sei. Dir wird ein Sohn geboren werden,
Des Name Herakles: Es wird an Ruhm
Kein Heros sich, der Vorwelt, mit ihm messen –

Hier fuhr Amphitryon aus dem Schlafe auf und war in Schweiß gebadet.

Die Worte, die er im Traum gehört, hingen noch in seinem Gedächtnis. Er wiederholte sie sich. Er wiederholte sie sich mehrmals. Er entdeckte einen eigentümlichen Rhythmus in diesen Worten. Er ging dem Rhythmus nach; wie von selbst schossen dabei seine Finger vor, einer nach dem anderen, nach jeder zweiten Silbe. Amphitryon entdeckte, daß er Verse zählte, und zwar zählte er fünffüßige Jamben.

Da überfiel es ihn siedendheiß zusätzlich zu seinem Nachtschweiß. Jemand wie er träumte nicht in Jamben. Er war kein Lautenschläger, sondern ein Krieger. Wenn er in Jamben träumte, so war es ein höheres Wesen, das ihn in Jamben träumen ließ, um sich ihm zu erkennen zu geben. Hatte Zeus seine, Amphitryons, Gestalt angenommen, um Alkmene zu lieben, und Alkmene hatte den Irrtum vielleicht überhaupt nicht bemerkt? Amphitryon erinnerte sich einiger Dinge, eigentlich waren sie unwichtig und überhaupt nicht der Rede wert – Alkmenes schlaftrunkene Worte nach Amphitryons Heimkehr aus Traphis, das Verhalten des alten Teiresias vor Alkmene –, die aber nun, zusammen mit diesem Traum, einen überraschenden Sinn bekamen.

Amphitryon überfiel es mehrmals siedendheiß. Er überlegte, ob, als Ehemann von einem Gott betrogen worden zu sein, eine Schande bedeute oder nicht.

Er überschlug im Geiste die ihm bekannte Theologie. Es gab da vielerlei von Göttern geschwängerte Frauen; besonders Zeus hatte sich dabei hervorgetan; in keinem ihm bekannten Falle aber war die Rede von einem betrogenen Ehemann. Er, Amphitryon, wäre demnach der erste. War noch größer als die Schande (wenn es denn eine war) vielleicht der Triumph, daß Zeus sich seiner, Amphitryons, Gestalt bedient hatte, um Amphitryon zu betrügen? Amphitryon wußte es nicht. Amphitryon mochte es nicht entscheiden. Amphitryon entschied, daß Träume, auch jambische Träume, durchaus lügen können. Er beschloß, keinem Menschen von seinen Träumen zu erzählen: auch Alkmene nicht, die neben ihm lag, rosig aussah, offenbar nicht von jambischen Träumen heimgesucht wurde und nur seufzte, wenn in ihrem schwangeren Leib Bewegung war.

Sechs Wochen nach diesem Traum kam Alkmene nieder,

und sie gebar zwei Söhne: den einen, erstgeborenen, nannte sie Herakles (um ihn der Göttermutter zu empfehlen), den anderen nannte sie Iphikles. Das Befinden von Mutter und Kindern war gut.

VII An dieser Stelle müßten wir eigentlich die Szene wechseln. Es wäre dringend geboten, unsere Blicke zum Olymp zu wenden, dem Sitz der Götter, wo von interessanten Konflikten zu berichten wäre. Wir wollen uns das an dieser Stelle versagen. Wir wollen lediglich erwähnen, daß Hebe, die Göttin der Jugend, gleichsam noch jugendlicher wirkte seit dem Augenblick, da Herakles, Sohn der Alkmene, das Licht der Welt erblickt hatte; und die Veränderung in Hebes Verhalten fiel jedem der anderen Götter auf, selbst notorischen Finsterlingen und Hypochondern wie dem ächzenden Waffenschmied Hephaistos.

Lassen wir es bei dieser Erwähnung. Die interessanten Konflikte werden an anderem Ort nachzutragen sein. Wenden wir unseren Blick wieder nachdrücklich und ausschließlich nach Theben, wo in diesem Augenblick die vom Wochenbett genesene Alkmene ihre Zwillingssöhne, beide fast drei Wochen alt, in den thebanischen Tempel des Zeus trägt. Dort soll für sie der Schutz des Göttervaters erfleht und der Segen des Priesters Teiresias eingeholt werden.

An Alkmenes Seite schreitet Amphitryon, der erfolgreiche Feldherr und würdige Vater. An Alkmenes Seite schreiten weiterhin Labdakos, König von Theben, Gönner des Amphitryon, sowie Kreon, des Labdakos ältester Sohn.

Im Innern des Tempels, am Altare, macht sich Teiresias zu schaffen, der greise Priester; er zündet Weihrauch an und murmelt Rituelles.

Hinter ihn treten jetzt Alkmene, die beiden Säuglinge im Arm, sowie die drei sie begleitenden Männer.

Teiresias, etwas betäubt vom frommen Rauch, wendet sich da, tut unerwartet einen kleinen Schrei und fällt vor Alkmene in die Knie.

Es ist wie vor einem Dreivierteljahr. Bloß daß der Tempel nicht voll Volkes ist. Bloß daß Teiresias nach ersten gestammelten Worten jetzt nicht in Ohnmacht fällt wie damals, sondern immer fortfährt im Stammeln, die Augen geschlossen, mit denen er auch, wenn er sie geöffnet hält, kaum noch sieht; er stammelt und stammelt; es ist, ihm zuzuhören, sehr anstrengend, aber wenn man sein Gestammel erst einmal zusammenfügt zu dem, was er seiner Behauptung zufolge vor seinem geistigen Auge sieht, ergibt sich höchst Sensationelles.

Teiresias sieht vor seinem geistigen Auge, wie Zeus, der Göttervater, die Gestalt des Amphitryon annahm, wie auch Hermes, der Götterbote mit den Flügelschuhen, fremde Gestalt annahm, und zwar jene von Sosias, dem Knecht und Adjutanten des Amphitryon.

In solcher Gestalt begaben sich beide, so stammelt es Teiresias, nach Theben, in des Amphitryon Haus, wo Zeus mit Alkmene den Herakles zeugte, während Hermes vor beider verschlossener Tür die Wache hielt.

An dieser Stelle sehen König Labdakos und Sohn Kreon erst einander und dann gemeinsam den Amphitryon an. Amphitryon ist ganz steinerne Gelassenheit. Offenbar empfindet er es als theologische Auszeichnung, Stiefvater eines Göttersohns zu sein; auf seine Weise, denken sich Labdakos und auch Kreon, mag er denn sogar recht haben.

Teiresias ist mit seinem Gestammel inzwischen zu der Mitteilung gelangt, daß er vor seinem geistigen Auge Hera sehe, die Göttermutter. Die sei voll gottesmütterlichen Zorns wider Herakles, die Frucht aus der Verbindung Zeus', ihres Gatten, mit der verhaßten irdischen Nebenbuhlerin Alkmene; alles werde sie daransetzen, Herakles zu vernichten, dessen Namen sie zusätzlich als Hohn empfinden müsse; Zeus aber, so sieht das der Priester Teiresias vor seinem geistigen Auge, um es stammelnd zu verkünden, habe mit seinem Sohne Herakles möglicherweise Bedeutendes vor.

Hier tut Alkmene einen schrillen Schrei. Sie wankt, Amphitryon muß sie halten. Die göttliche Bedrohung ihres Erstgeborenen erfüllt sie mit tödlichem Schrecken, man sieht es ihr an, man hat es gehört aus ihrem Schrei. Die Mitteilung, daß sie von Zeus auserwählt worden ist vor anderen Weibern, einen Sohn des Göttervaters zu empfangen, hat sie dagegen zu keinem Schrei, hat sie überhaupt zu keiner Reaktion veranlaßt. Ist es am Ende keine Überraschung für sie gewesen? Hat sie es alles gewußt oder wenigstens geahnt? Labdakos fragt es sich, Kreon fragt es sich, und vor allem fragt es sich Amphitryon.

Aber diese Frage ist zweitrangig. Alkmene hatte von der Drohung gehört, die Hera ausgestoßen wider ihr Kind; dies bestimmte fortan erst einmal ihr gesamtes Denken, Tun und Fragen.

Drei Tage wachte Alkmene stündlich über Herakles. Drei Nächte schloß sie vor Angst keine Auge. Jedes Geräusch, jede Mücke oder Maus erschreckten sie tödlich. Dann hielt sie es nicht mehr aus. Sie wußte, daß sie, würde sie so weiterleben, sich zu Tode martern und darben und also sterben würde, ihrem Erstgeborenen dann erst recht kein Schutz mehr wäre; und ohnehin gab es gegen die üblen Absichten der Götter keine wirksame menschliche Gegenwehr.

So nahm Alkmene den drei Wochen alten Säugling Herakles aus seinem Bett. Es war früher Morgen. Die Sonne kroch eben über den Horizont, die Straßen waren leer, die meisten Menschen schliefen, und auch Herakles schlief; der Säugling war rosig und sückelte schlafend an seinen Fingern. Alkmene trug ihn durch die leeren Straßen. Sie gelangte an ein Stadttor. Die Wache grüßte ehrfürchtig die Frau des Feldherrn Amphitryon. Alkmene ging hinaus in die böotische Landschaft; Vögel pfiffen, und die Sonne kroch höher den Himmel hinan.

Alkmene gelangte zu einer Wiese mit einer Anhöhe. Es wuchsen vereinzelte Büsche hier, und es gab auch einen Baum, eine einzige Zeder. Hier hielt Alkmene an. Sie legte das Bündel mit dem schlafenden Säugling zu Boden. Sie selber kniete sich dann ins Gras, hob Gesicht und Handflächen zum Himmel und betete.

Sie betete zu Zeus, dem Vater und mächtigsten der Götter. Sie erinnerte ihn an das gemeinsame Liebeslager und dessen Frucht, das war Herakles, der rosige, schlafende, an seinen Fingern sückelnde Säugling. Sie machte Zeus aufmerksam auf den rührenden Liebreiz des gemeinsamen Kindes. Sie erzählte Zeus von den Drohungen Heras. Sie empfahl den drei Wochen alten Säugling Herakles der Obhut seines Vaters; sie selber stürbe nämlich vor Angst, wenn das Kind weiter in ihrer Nähe bleibe; sie stürbe auch vor Entsetzen, wenn dem Herakles ein Leid geschehe; sterben aber wolle sie nicht, dürfe sie nicht; sie habe noch einen anderen Sohn, der ihrer Fürsorge bedürfe und den sie keinem göttlichen Schutz überantworten könne, da sein Vater kein Gott sei.

Nach dem Abschluß dieses Gebets küßte Alkmene ihr schlafendes Kind, die Tränen liefen ihr dabei. Sie rückte das Bündel mit dem Herakles sorgfältig in den Schatten der Zeder. Dann stand sie auf, weinend, und heftig weinend ging sie davon und zurück in Richtung auf Theben.

Die Sonne stieg weiter den Himmel hinan. Ihre Strahlen wurden greller. Die Schatten wanderten, auch der Schatten der Zeder wanderte, unter der Herakles lag. Irgendwann lag er nicht mehr im Schatten, vielmehr in grellheißer Sonne. Er erwachte, gähnte, fuchtelte etwas mit den Fäusten und begann zu schreien. Immer heftiger und lauter schrie er, färbte sich krebsrot unter der Anstrengung, unter der Wärme, die Sonne brannte unbarmherzig weiter in sein Gesicht, und er schrie verzweifelt.

Diese Schreie wurden vernommen von zwei Frauen, die nahebei des Weges kamen, eine ältere und eine jüngere. Die ältere hatte eindrucksvolle Augen und eine ausdrucksvolle Brust; sie war vor etwa sieben Monaten vorübergehend auf dem Thebaner Früchtemarkt erschienen und geheimnisvoll, wie sie gekommen war, wieder verschwunden.

Hera! sagte die jüngere der Frauen zu der älteren.

Ja, liebste Athene? entgegnete diese.

Hier schreit, sagte die jüngere, höchst jammervoll ein Kleinstkind.

Ich vernehme es wohl, sagte die ältere.

Ergreift das nicht, fragte die jüngere, dein Herz, welches das Herz der größten, der obersten, der mütterlichsten aller Mütter ist, und verlangt es dich nicht, mütterlich zu helfen?

Dummchen, entgegnete die ältere, merkst du nicht, daß ich längst vom Weg ab und in jene Richtung strebe?

Derart langten sie gemeinsam an unter der Zeder und vor dem Bündel mit dem brüllenden Säugling Herakles.

Er schwitzt, sagte die jüngere der beiden Frauen.

Ganz entschieden, sagte die ältere, und ganz natürlich, denn er liegt in der Prallsonne.

Er hat Durst, sinnierte die jüngere, und sollte man ihn nicht erquicken?

Die ältere fragte streng: Was soll das bedeuten?

Es soll bedeuten, sagte listig die jüngere (die trotz einer entsprechenden Anrede nichts weniger als ein Dummchen war), daß man ihm die Brust reichen muß, da er eben ein Säugling ist. Ich würde es gerne tun, wenn ich es nur könnte, aber meine jungfräuliche Brust ist versiegelt. Du aber, o Hera, hast an deinem mütterlichen Busen Geschlechter von Göttern ernährt; so erbarme dich nun auch mütterlich dieses hilflosen Wesens!

Wortlos entblößte die ältere Frau eine ihrer ausdrucksvollen Brüste. Dabei hockte sie sich hin, hob das Kind auf vom Boden und legte es an. Alsbald endete das kindliche Gebrüll. Der Säugling begann zu saugen. Er begann zu schmatzen und zu schlucken. Offenbar sog er so heftig, daß es seiner Nährmutter Schmerzen bereitete; sie riß ihn von ihrer Brust und warf ihn zu Boden, wo er neuerlich zu schreien anhub.

Schluß! sagte sie verärgert und bedeckte wieder ihre Blöße.

Es wird wohl auch reichen, sagte darauf die jüngere der Frauen, jedenfalls fürs erste.

Sie bückte sich, hob den schreienden Herakles auf, der sich bald wieder beruhigte; sie behielt ihn auch im Arm, während sie an der Seite der anderen Frau ihren Weg fortsetzte, der in Richtung auf die Stadt Theben führte.

Zeus, der oberste der Götter, hatte viele Kinder gezeugt. Die meisten, da mit Göttinnen gezeugt, waren Götter gleich ihm; andere, da mit Menschen gezeugt, waren Halbgötter. Die zweifellos wunderlichste Zeugung, die Zeus je gelang, erfolgte weder mit einer Göttin noch mit einer Menschenfrau, sondern, um es denn so zu sagen: Zeus zeugte hier mit sich selbst. Man hätte es eine Jungfernzeugung zu nennen, wäre Zeus eine Jungfrau oder überhaupt eine Frau gewesen, aber nun: Zeus war das alles nicht; dafür wurde, was er solcherart hervorbrachte, eine Jungfrau, und zwar eine beharrliche und ewige. Und wie brachte er hervor? Er dachte angestrengt nach, und die Göttin entsprang seinem Kopf und wurde die Göttin der Weisheit und des Denkens, mit Namen Pallas Athene.

Als nun Hera aus den bekannten Gründen dem Säugling Herakles Verderbnis schwor, erfuhr davon auch Athene. Als sich Hera auf den Weg nach Theben machte, um ihr finsteres Gelübde einzulösen, hielt sich Athene in Heras Nähe. Athene hoffte es, durch List und überlegenes Denken den Plan der Hera unterlaufen zu können, und wie man sieht, war sie auf dem besten Wege, daß ihr dies auch gelang.

Durch die Straßen von Theben irrte derweil die unglückliche Alkmene. Sie versuchte ihren ausgesetzten Sohn Herakles zu vergessen und vermochte es doch nicht; unentwegt weinte sie; daheim hatte sie es nicht ausgehalten, so irrte sie durch die Straßen, und die Leute, von denen jeder sie kannte, gingen ihr schweigend aus dem Weg, so betroffen waren sie von dem Ausdruck hemmungslosen Unglücks in Alkmenes Antlitz. Alkmene irrte umher und weinte und irrte weiter und stand plötzlich vor zwei Frauen, von denen eine einen Säugling im Arm trug.

Wir suchen, sagte diese Frau, die Mutter des Kindes, lebt sie vielleicht in Theben?

Alkmene tat einen Blick auf das Kind. Sie schrie vor plötzlichem Glück: Sie erblickte ihren Herakles.

Dies ist mein Kind! schrie Alkmene.

So nimm es, sagte heiter Athene, die Göttin der Weisheit, und überreichte ihr das Bündel.

Wer bist du? fragte düster die andere Frau, die ältere, von der wir wissen, daß es Hera war.

Ei, sagte Alkmene, mein Name ist Alkmene, und dies hier ist mein Sohn Herakles.

Ha! rief Hera, die sich so um den Lohn ihres Mühens, um die Einlösung ihres Schwures gebracht sah; wütend verschwand sie, indem sie sich in Nichts auflöste, und Athene blieb nur übrig, es der Hera gleichzutun. Alkmene aber nahm das gesamte Geschehen als Zeichen des Zeus, daß sie um Herakles fürderhin keine Sorge mehr haben müßte, da des Zeus Segen und Aufmerksamkeit auf ihm ruhte.

Herakles lag wieder in seinem angestammten Bett, im Palaste seines Ziehvaters, des berühmten Feldherrn Amphitryon, zu Theben, der Hauptstadt Böotiens. Er aß, schlief und entwickelte sich prächtig. Nicht der Schatten einer Drohung schien über ihm zu hängen. Jeglicher Gedanke an finstere Rache der Göttermutter Hera mußte sich allmählich verflüchtigen.

Eines Nachts vernahmen Alkmene wie auch Amphitryon im Zimmer des kleinen Herakles einen lauten, einen markerschütternden Schrei.

Alkmene sprang aus dem Bett und rannte zu ihrem Kind. Amphitryon nahm noch einen Umweg, da er sein Schwert ergreifen und mitnehmen wollte. Als er dann vor dem Bett des kleinen Herakles stand, sah er erbleichend dies:

In das Bett waren zwei Schlangen gekrochen, jede fünf Schritt lang und dick wie der Unterarm eines erwachsenen Mannes. Eine der Schlangen hatte sich um den Hals des kleinen Herakles gelegt, die andere um dessen Brust; beide waren offenbar dabeigewesen, den kleinen Herakles zu erdrosseln und zu ersticken. Sie waren nicht dazu gekommen. Herakles hatte sie daran gehindert. Die Art der Behinderung, die eine sehr endgültige war, ließ sich nun besichtigen: in jeder seiner Hände hielt der kleine Herakles ein Schlangengenick, welches er zusammengedrückt hatte derart, daß sich jeweils die Schlangenkiefer geöffnet hatten, die Schlangenzungen leblos heraushingen und die Schlangenaugen ohne Glanz waren. Herakles hatte die Schlangen erwürgt. Er selbst sah dabei höchst vergnügt drein und plärrte die gewohnten Säuglingslaute.

Alkmene war erleichtert und glücklich. Amphitryon war tief beeindruckt. Mit einer Hand eine solche Schlange zu erwürgen, wäre selbst ihm nicht gelungen, einem Erwachsenen. Einem ausgebildeten muskelschweren Preisringer mochte dergleichen vielleicht gelingen, aber Herakles war ein Säugling. Amphitryon ergriff unendliche Achtung vor den Körperkräften seines Ziehsohnes, und wenn es jemanden gab, dem darüber ein Urteil zustand, so war dies der Feldherr und Kampfeskenner Amphitryon.

Zweiter Teil

Von Sühne und Wiedergutmachung, von allerlei Landplagen, von weiteren Kühen und allmählicher Berühmtheit

VIII

Die antiken Götter unterschieden sich von irdisch-menschlichen Wesen durch mancherlei Eigenschaften, davon eine die Unsterblichkeit war. Wir haben bereits davon gesprochen. Unsterblichkeit wurde den Göttern zuteil und immer wieder erneuert vermöge der Nahrung, die sie zu sich nahmen. Man ist, was man ißt, lautet eine ebenso gängige wie kurzschlüssige, in diesem Falle aber richtige Wendung unserer Sprache.

Die göttlichen Speisen nun wurden ausgeteilt durch eine anmutige Göttin namens Hebe, und auch davon war schon die Rede.

Der ständige Umgang mit der Unsterblichkeit hatte Hebe auf jenem Abschnitt des ewigen Lebens belassen, den man den intensivsten nennen muß. Sein üblicher Name ist: Jugend. Die war die andere Eigenschaft, welche Hebe als Göttin zu verwalten hatte.

Die Anmut macht sanft. Die Jugend erhält ein kindliches Gemüt. Hebe, eine ordentliche Tochter von Zeus und Hera, war eine gehorsame und gutartige Tochter zugleich. Der Wille von Vater und Mutter war ihr selbstverständlich zu befolgendes Gebot. Waren der Wille des Vaters und der Wille der Mutter von unterschiedlicher oder gar gegensätzlicher Art, suchte sie sich heraus, was passend war, und verschloß sich allem Nachdenken über die Weiterungen. Sie umging die Konflikte. Sie lächelte. Sie liebte ihren Vater, und sie liebte ihre Mutter. Ihren Vater sah sie seltener als ihre Mutter, das macht: ihr Vater war oberster der Götter und hatte mehr zu tun. Ihre Mutter war eine Frau wie sie. Ihre Mutter war in vielem für sie ein Modell für das eigene Verhalten.

Dies alles verlief so, bis Herakles geboren wurde.

Herakles gefiel der Hebe. Die Göttin der Jugend war, kaum daß Herakles auf dieser Welt weilte, in Herakles göttlich-unschuldig vernarrt. Warum? Wir wissen es nicht. Weil Herakles einmal stark, mächtig und zuletzt unsterblich sein würde? Wenn er das alles wurde, so wurde er es nicht zuletzt dank Hebe und deren Wirken. Will sagen: hätte Hebe es sich nicht angelegen sein lassen, für Herakles zu sorgen, wäre Herakles gar nicht erst das Objekt geworden, würdig Hebe, der Göttin von Jugend und Unsterblichkeit. Will dann auch sagen: der besondere Gegenstand von Hebes künftiger Gattenliebe war ihr eigenes Produkt. Nochmals: warum? Nochmals: wir wissen nicht. Liebe ist ein göttlicher Luxus, bindend die unglaublichsten Dinge in einen Zirkelschluß der reinsten Aberlogik.

Hebes unverhoffte Zuneigung zu einem krebsroten, faltigen Säugling in der böotischen Hauptstadt Theben war, das spürte sie sofort auch, ein riskantes Geschäft. Daß dieser Säugling ihr Halbbruder war, störte sie nicht; wen immer sie bisher näher gekannt und gemocht hatte, war ihr naher Verwandter gewesen; jedem im Olymp ging das so. Der Säugling war des Zeus Sohn, gezeugt mit einer Menschenfrau, Zeus war ein mächtiger, doch häufig zerstreuter Gott. Hera wachte eifersüchtig auf des Zeus eheliche Treue und war voll göttlichen Zornes, wo er diese Treue gebrochen; voll göttlichen Zornes verfolgte sie auch die Objekte und Produkte von des Zeus Treulosigkeit. Das jüngste Produkt hieß Herakles und war ein faltiger Säugling in Theben, der Hauptstadt Böotiens.

Hebe wußte, daß Hera den Herakles haßte, schon auch wegen des Namens. Hebe wollte ihrer Zuneigung wegen den Herakles bewahren vor dem Hasse Heras, die ihre Mutter war, das bedeutete aber, daß sie sich Hera entgegenstellte; dabei war sie bisher der Hera allzeit gehorsame Tochter gewesen.

Ein Konflikt. Wie war er lösbar? Er war es, indem sich Hebe voll Vertrauen an jene wandte, die, wenn überhaupt, Lösungen denkend finden konnte, da sie für das Denken zuständig war, nämlich Pallas Athene. Mit so viel lächelnder Unschuld, unschuldigem Lächeln redete Hebe auf Athene ein, daß Athene, die Jungfrau und ewig Jungfräuliche, davon gerührt wurde und Mitleid sie antrat mit dem faltigen Säugling in Theben.

Was in der Folge geschah, wissen wir bereits:

Die weise Athene, weiser als Hera, die von Zorn erblindete, begleitete Hera auf deren Weg nach Theben und rettete den Herakles. Auch zwei Schlangen, von Hera ausgesandt, den Säugling nächtlich zu ersticken, wurden ihrerseits erstickt von Herakles, da er stärker war als sie; seinen Ziehvater Amphitryon hatte das tief beeindruckt.

Woher nahm das Kind solche Stärke? Aus der Tatsache, daß Zeus sein Vater und Zeus wiederum ein Gott, mehr noch: der oberste und stärkste der Götter war? Dies hatte gewiß seinen Anteil, aber die ganze Erklärung war es nicht. Herakles war vorerst bloß ein Säugling, ganze drei Wochen alt. Woher dann sonst? Sehr einfach: von Hera. Der Säugling Herakles hatte durstig an Heras Brust gelegen. Er hatte jene Milch getrunken, aus welcher sich Götter nährten, ehe sie umstiegen von Heras Milch auf Hebes Nektar.

Man ist, was man ißt, jedenfalls wenn man ein antiker Gott ist.

Aber auch das sagten wir bereits.

IX

Herakles wuchs heran.

Er wuchs schnell heran, er wuchs kräftig heran. Das väterliche Erbteil in seinem Leibe zahlte sich aus, die einstmals getrunkene Milch der Hera zahlte sich aus. Amphitryon, sein Ziehvater, besorgte ihm Lehrer aus der Umgebung: die besten, die in jener Zeit zu haben waren.

So kam ein Mann namens Eurytos, der berühmteste Bogenschütze weit und breit. Herakles ließ sich unterweisen, zeigte Geduld und Geschick; bald schoß er besser als Eurytos, und da wußte sein Lehrer, daß er diesem Schüler nichts mehr beibringen konnte; reichlich belohnt von Amphitryon, ging Eurytos darauf von dannen; im späteren Verlauf unserer Geschichte werden wir ihm noch zweimal wiederbegegnen.

Es kam sodann Kastor, ein strategisches Genie. Er lehrte Herakles das Verhalten in der Feldschlacht, das Dirigieren der einzelnen Truppenteile, den richtigen Einsatz bestimmter Waffen zur rechten Zeit. Herakles begriff rasch und leicht. Als es, dies betreffend, nichts mehr zu lehren gab, zog auch Kastor, durch Amphitryon reichlich belohnt, von dannen.

Es kam danach Harpalykos, der berühmte Ringer und Faustkämpfer, der größte Champion der antiken Welt, ein Muskelprotz und ein Großmaul. Herakles lernte von ihm Griffe, Haken, Schwinger. Anschließend schlug er Harpalykos so gründlich knockout, und zwar gleich mehrere Male, und zwar jedesmal vor beträchtlichem Publikum, daß das berühmte Großmaul, der gefürchtete Welt-Champion, kleinmütig bei Amphitryon um seine Entlassung einkam und Böotien hinfort mied.

Amphitryon selbst unterwies seinen Ziehsohn in der Kunst des Streitwagenfahrens. Überflüssig zu sagen, daß Herakles seinen Pflegevater sehr bald auch in dieser Kunst gründlich übertraf.

Schließlich wurde dann noch Linos gerufen. Linos war ein älterer Herr, und wie Herakles war er zur Hälfte von göttlicher Abkunft. Er war freilich kein Sohn des Zeus wie Herakles. Er war bloß ein Sohn des Apollon; immerhin. Apollon, seinerseits ein Zeus-Sohn, war der Gott der Lieder und der Dichtkunst, unter anderem, und derart war auch Linos, des Apollon Sohn, ein Meister in Gesang und Saitenspiel geworden und geblieben, trotz seines Alters.

Linos unterwies Herakles in der Kunst des Saitenspiels. Linos gab sich viel Mühe, und Mühe wurde ihm auch zuteil von Herakles, seinem Schüler. Herakles war ein Meister im Bogenschießen, im Umgang mit anderen Waffen, er konnte mit der Faust kämpfen und die Rosse des Streitwagens meisterlich lenken, denn er war groß, stark und hatte riesige Hände mit riesigen Fingern. Diese Finger griffen nun in das Saitenspiel nach der Art, die ihm vorschrieb Linos, der Meister, der Sohn des Gottes Apollon.

Sehr merkwürdig klang, was Herakles mit seinen riesigen Fingern den Saiten entlockte. Linos verzog schmerzhaft den Mund. Linos hob höhnisch die Augenbrauen. Linos gab Ratschlag, ermahnte, machte Fehler als Fehler kenntlich und appellierte an Herakles' Gehör. Herakles wurde rot im Gesicht vor Anstrengung. Adern schwollen Herakles bläulich unter der Haut von Schläfe und Hals. Bloß noch merkwürdiger wurden die Töne, die Herakles mit seinen riesigen Fingern den zarten Saiten der Lyra zu entlocken wußte.

Aufhören! kreischte Linos, der Meister des Liedes. Herakles seufzte und ließ die Lyra sinken. Linos schüttelte, seinerseits seufzend, den grauhaarigen Kopf; er ging hin und her; sein Mund, noch vom Schmerz verzogen, erhielt zusätzlich deutlichen Ausdruck von Herablassung. Linos besah seine Hände, deren Haut schon ein wenig runzelig und fleckig war, nach der Art älterer Herren; die Finger dieser Hände aber waren schmal und sehr geschmeidig. Linos ging weiter hin und her und begann zu kichern. Linos äußerte sich mit lauter und immer höhnischer klingender Stimme, wozu er meckernd kicherte, über seine Hände, die zwar keine Schlangen erdrosseln könnten, dafür aber die Saiten der Lyra richtig und stimmig zupften, wie umgekehrt die Hände von Schlangenwürgern unfähig seien, die Lyra zu spielen; das sei so und bleibe so, meckerte kichernd Linos, es gebe nun einmal Schlangenwürger und Lyraspieler, wie es Krieger und Sänger gebe, Körper und Geist, das Fleisch und den Gedanken, die rohe Kraft und die reine Idee. Wer zum Raufbold geboren sei, kicherte Linos schrill, möge keine Lieder singen wollen. Das Lied des Löwen sei Gebrüll. Das der Nachtigall sei Gesang. Was habe er, rief Linos kichernd, laut, meckernd, höhnisch, denn eigentlich mit geborenen Schlächtern zu schaffen?

Auf diese Frage hin ging etwas durch die Luft. Es war ein Saitenspiel. Es war jenes Saitenspiel, das kunstvoll zu beherrschen Herakles nach der Beschaffenheit seiner Finger und der Auskunft seines bestellten Lehrers Linos weder lernen konnte noch lernen sollte. Herakles warf das ihm nutzlose Gerät von sich und durch die Luft. Dergleichen war nur folgerichtig und entschieden. Das Saitenspiel ging durch die Luft, und es traf Linos, der nicht mehr jung war, an den Hinterkopf.

War es Zufall? War das Absicht? Wir werden es vorerst nicht entscheiden. Jedenfalls fiel Linos, von Herakles' Saitenspiel an den Hinterkopf getroffen, klaglos zu Boden und war auf der Stelle tot. Dies blieb die Schuld des Herakles, ob er nun aus Absicht so geworfen hatte oder nicht. Da aber Linos tot war durch die Schuld des Herakles, mußte man den Zeus-Sohn festnehmen und ihm den Prozeß machen. So schrieb es das Gesetz vor. So geschah es. Außerdem drängte des Linos Familie auf Sühne.

Der Prozeß fand statt und hatte viele Zuhörer. Ganz vorn unter ihnen hielt sich Alkmene, die Mutter des Herakles, die immer noch schöne, immer noch knöchelschlanke Gattin des berühmten und siegreichen Feldherrn Amphitryon, der sich gleichfalls unter den Zuhörern befand. Den Vorsitz aber führte Rhadamanthys, Thebens oberster Richter, ein kluger, beredter und feinsinniger Mann.

Rhadamanthys besah sich eingehend den Angeklagten Herakles. Er erblickte einen jungen Menschen, noch nicht volljährig, dennoch gewaltig, unerhört muskelstark, mit dem Körper eines wohltrainierten Riesen.

Zwei Sessel brachen unter ihm weg, die man ihm hinstellte ins Tribunal für die Zeit des Wartens; so mußte er sich auf den Boden setzen, da es Sessel für einen wie Herakles nicht gab, und selbst der Boden ächzte, brach aber nicht. Herakles, wußte Rhadamanthys, war ein Sohn des Zeus, daher seine Stärke. Doch Stärke entschuldigt nichts. Wer stark ist, hat keine besondere Last, sondern einen Vorteil, jedenfalls eine Verantwortung. Wer einen hundertjährigen Eichenbaum fällen möchte und dazu nur eines lässigen Handgriffs bedarf, muß selber gut genug wissen, daß er hauszuhalten hat mit seinen außerordentlichen Kräften, die jedenfalls kein Grund sind, nach Gutdünken oder auch bloß versehentlich Schaden zu tun. Herakles hatte getötet. Er hatte Linos erschlagen, den nicht mehr ganz jungen Sohn von Apollon, dem Liedergott. Wer Blut vergießt, dessen Blut soll vergossen werden; wer jemandes Leben nimmt, von dem werde Leben genommen. Derart lautete das Gesetz und kannte keine Ausnahme. So wußte es auch Rhadamanthys, der ein überaus gebildeter und gesetzeskundiger Richter war.

Wollte man dem Gesetz Genüge tun, mußte man Herakles hinrichten. Herakles war zwar der Sohn des Zeus, aber diese Tatsache entschuldigte überhaupt nichts. Eben da er ein Sohn des Zeus war, hätte er sich besser beherrschen und alles vorher überlegen sollen: Herkunft verpflichtet. So in etwa dachte nach Rhadamanthys, oberster Richter in Theben, während ein Sprecher der Familie des getöteten Linos Klage erhob und anschließend Zeugen aufmarschierten, die blutige Tat des Herakles zu bekunden.

Herakles, der Angeklagte, saß derweil auf dem Boden, und der Boden ächzte. Herakles saß ohne Bewegung und mit gesenktem Kopf. Rhadamanthys, der Richter, erkannte, wie Alkmene, des Herakles Mutter, sorgenvolle Blicke aussandte zu ihrem Sohn; sorgenvoller wurden diese Blicke, je lauter, heftiger, belastender und niederschmetternder das Zeugnis geriet von der blutigen Tat des Herakles, des jugendlichen Angeklagten.

Da nahm die immer noch schöne Alkmene ihren Blick von Herakles fort und richtete ihn flehentlich auf den Richter Rhadamanthys.

Der fühlte sich von diesem Blick förmlich getroffen. Alkmenes Blick berührte Rhadamanthys, den Richter, wie ein warmer Strahl der Sonne inmitten Eiseskälte, wie eine zärtliche Hand einen Menschenkörper im Zustand großer Erschöpfung. Daß sie von Zeus auserkoren worden war, Geliebte zu werden des Göttervaters, bedachte unter Schauern, die er für sich zu heiligen ernannte, der weise Richter Rhadamanthys; er gestattete seiner Phantasie, Alkmene sich vorzustellen in den nackten Armen des Gottes, und die heiligen Schauer verstärkten sich. Der oberste Gott, wußte Rhadamanthys, hatte für diese Gelegenheit die Gestalt des Feldherrn Amphitryon angenommen. Der andere, richtige Amphitryon hielt sich im Augenblick neben Alkmene; seine Lider flatterten müde unter dem Schwall der Worte; mit der Hand verjagte er die Fliegen. Alkmene aber hielt ihre Augen groß und flehentlich auf Rhadamanthys gerichtet. Rette mein Kind! flehten die Blicke der immer noch schönen Alkmene.

Da stand Rhadamanthys, oberster Richter in Theben, ein weiser, beredter und feinsinniger Mann, von seinem Sessel auf und begann zu reden; denn alle Zeugnisse waren inzwischen gegeben, alle Klagen gehört. Ein wenig weitschweifig begann Rhadamanthys, wie es gelegentlich seine Art war. Er zitierte das Gesetz, nach welchem, wer töte, zur Strafe getötet werden müsse; er nannte das Gesetz alt, vielleicht zu alt, gleichwohl ehrwürdig; vor dem Gesetz aber sei jeglicher Freie gleich, wäre er selbst Sohn eines Gottes: auch das Gesetz sei von Gott. Wer töte, der gehöre getötet. Aber stimme das denn? Treffe das allezeit zu? Wie stelle sich das denn, fragte listig Rhadamanthys, in Zeiten des Krieges? Da sei das Töten oberstes Gesetz: auch ein göttliches; und wer dort töte, bleibe am Leben, wer aber nicht töte, der werde getötet! Ein Widerspruch? Doch offensichtlich. Freilich: der Krieg kehre alle Gesetze um. Das Gesetz des Krieges sei das Gegenteil der Friedensgesetze. Augenblicklich jedoch befinde man sich in tiefstem Frieden.

Hier pausierte Rhadamanthys, der weise Richter, oberster seines Standes in Theben. Alkmenes schöne Augen, in denen

Rhadamanthys' Worte zuletzt ein Leuchten der Hoffnung entzündet hatten, blickten wieder bloß flehentlich. Amphitryon, an Alkmenes Seite, war entschlummert unter Rhadamanthys' Worten; die Fliegen belästigten ihn, ohne daß er es merkte.

Krieg und Frieden seien Gegensätze, hub wieder Rhadamanthys zu reden an, das sei wahr und jedermann einsichtig; aber wie wahr sei eigentlich diese Wahrheit? Werde im Krieg ausschließlich getötet, Tag um Tag und Tag und Nacht, jede Stunde? Freilich nicht. Es gebe Pausen im Krieg, wie jedermann wisse, also Elemente von Frieden; und so auch sei umgekehrt mit Spuren im Frieden der Krieg, vermittels des Kampfes, den es immer wieder gebe. Kampf sei aber nun einmal kriegerisch, und was kriegerisch sei, stehe auch unter kriegerischem Gesetz, herrsche nun Krieg oder keiner. Wer angegriffen wird, muß sich wehren. Wer in der Abwehr tötet, handelt aus Not und Verteidigung. Das müsse, wie im Krieg, so im Frieden gelten, und damit sei das alte Gesetz, daß man Tod stets mit Tod bezahle, wenigstens in diesem Punkte außer Kraft zu setzen. So jedenfalls empfinde und empfehle er es, Rhadamanthys.

Wieder pausierte der Richter. Diesmal ging das Leuchten der Hoffnung nicht wieder fort aus den Augen der schönen Alkmene. Die anderen Zuhörer atmeten leiser und blickten sehr aufmerksam. Bloß Amphitryon schlummerte weiter und ließ die Fliegen gewähren.

Sollte nun also die Übereinkunft sein, daß Töten in der Abwehr ohne Strafe bleibe, und das allseitige Nicken der Runde bestärkte ihn darin, so sollte man hinfort danach handeln! Mit diesen Worten fuhr Rhadamanthys, der Richter, zu reden fort. Er persönlich, sagte Rhadamanthys, sehe in solch neuer Betrachtungsweise einen Zuwachs an Weisheit, an Recht, an Gerechtigkeit, kurzum: an Humanität. Nun aber, so rief Rhadamanthys, zu Herakles, dem jungen Angeklagten! Handelte er in Notwehr? Auf den ersten Blick hin sicher nicht. Er war

Herakles, Linos war Linos, und das heiße: ein kraftstrotzender Jüngling erschlug einen zarten und nicht mehr sehr jungen Mann. Aber warum geschah dies so? Handelte Herakles aus Übermut, gar aus Angriffslust? Offenbar nicht. Linos hatte den Herakles gereizt, beleidigt, getadelt, und Herakles hatte sich gewehrt. Er hat sich gewehrt! rief Rhadamanthys laut, und wer sich wehrt, ist vorher angegriffen worden! Man rede nicht, sprach Rhadamanthys weiter, über die Verhältnismäßigkeit der Mittel. Auch im Krieg, auch im Zweikampf sonst schlägt Schwert nicht auf Schwert, sondern Schwert kann auf Keule schlagen, Spieß auf Streitaxt und Dolch und jedes von ihnen aufs Schwert.

Jeder kämpft mit dem, was er hat und am besten handhabt, und so auch kämpfte Linos mit seiner schärfsten Waffe, das waren Stimme und Wort, wie sich Herakles wehrte mit seiner stärksten Waffe, und das war seine Muskelkraft. Doch Herakles handelte in Abwehr, und das neue Gesetz, eben gefunden und allgemein gebilligt um des deutlichen Zuwachses an Humanität willen, es solle denn, wo es existiere, auch unverzüglich angewendet werden, und zwar in der weitesten und kompliziertesten Auslegung, da nicht im Normalfall, vielleicht im Extremfall erst die ganze Weisheit von Gesetzen sich zeige. Der Extremfall sei hier gegeben. Herakles habe, als er Linos tötete, in Abwehr gehandelt. Herakles werde deswegen nicht getötet, sondern er komme frei.

Beifall erhob sich, wenn nicht Jubel, im Kreise der Zuhörer. Den Verwandten des toten Linos stand der Mund offen. Rhadamanthys, der Richter, streckte den Arm aus und erbat sich so Ruhe.

Herakles sei frei, sagte er wieder, aber das bedeute nicht, daß Herakles straffrei sei. Zwar habe die Weisheit des neuen und hier erstmals angewandten Gesetzes sich sofort erwiesen darin, daß einem Göttersohn das Leben erhalten bleibe; nicht dürfe aber übersehen werden, daß ein anderer Göttersohn tot sei und auch durch die Kraft des neuen Gesetzes nicht wieder lebendig werde. Außerdem, so verkündete Rhadamanthys, sei es nun einmal mißlich, wenn ein Schüler seinen Lehrer erschlage, und es sei traurig, wenn eine Familie den unvermuteten und unnatürlichen Verlust eines ihrer Mitglieder zu beklagen habe. Deshalb verfüge er, daß die Familie des Herakles an jene des Linos fünfzig Stück ausgewachsenes Rindvieh zahle, als Zubrot für die Ernährung der von Linos Hinterlassenen, als Entgelt für den erlittenen Schmerz.

Reichen Beifall, auch durch die Kläger, erhielt für dieses sein weises Urteil Rhadamanthys, oberster Richter in Theben. Schönster Lohn war ihm persönlich das Leuchten der Dankbarkeit in den Augen der schönen Alkmene; er sah es, und Schauer jagten ihm über den Leib, heilige oder nicht, jedenfalls Schauer auf Schauer.

Wir aber dürfen nachtragen, daß, hätte man den jugendlichen Angeklagten Herakles befragt (man fragte ihn erst gar nicht), er zu berichten gewußt hätte, daß er niemals und nimmer dem Linos die Lyra an den Hinterkopf hatte werfen wollen. Er hatte die Lyra, dessen meinte er sicher zu sein, in genau die Linos entgegengesetzte Richtung und auf eine Wand geschleudert; in wundersamer Weise ging die Lyra aber nicht auf die Wand zu, sondern, nach einem Bogen, gegen den Kopf des Linos. Welche Kraft war da am Werk gewesen? Herakles wußte es nicht. Wir aber sollten es wissen: ihr Name lautet Hera. So auch muß gesagt werden, daß die unerhörte Weisheit des Richters Rhadamanthys von niemand anderem als Athene kam, der Göttin. Dem Rhadamanthys wiederum war dies gleichgültig. Er war überaus zufrieden mit sich und genoß im übrigen die Schauer, die ihn immer wieder überliefen und von denen er nicht wissen mochte, ob sie heilig seien oder nicht.

X So aber geschah es, daß Alkmene, Gattin des thebanischen Feldherrn Amphitryon und Mutter eines lebensstrotzenden Halbgottes, nur durch Weisheit und Erleuchtung eines städtischen Richters davor bewahrt worden war, die Mutter eines hingerichteten Halbgottes zu werden. Ihre flehentlichen Blicke mochten wohl Anteil gehabt haben an diesem glücklichen Ausgang; viel schwerer wog der Umstand, daß sie zu solchem Einsatz überhaupt genötigt worden war. Ihr Sohn hatte aufgrund seiner übergroßen Körperkräfte Schaden angerichtet. Der Schaden war so gewaltig, wie er nicht wiedergutzumachen war. Herakles' übergroße Körperkräfte bildeten sein Erbteil als von Zeus, dem Göttervater, gezeugtem Geschöpf, war demnach sowohl der äußerliche Ausweis seiner göttlichen Herkunft wie auch eine ständige Bedrohung seiner eigenen halbgöttlichen Existenz. Alkmene sah und bedachte das alles wohl. Da sie mütterlich-zärtlich an ihrem kolossalen Sohne hing, sann sie auf Abhilfe. Keine andere Abhilfe kam ihr bei, als an die Vernunft ihres Kindes zu appellieren. Wir wollen sehen, welchen Erfolg das hatte, wie zugänglich also des Herakles Intelligenz für dergleichen Hinweise war.

Die Szene haben wir uns in den Parkgarten des Palastes zu denken, der dem Amphitryon gehörte in seiner Eigenschaft als thebanischem Feldherrn. Sonne schien, Sommer war, Falter gingen gaukelnd durch die Luft; der Jasmin blühte; wie man weiß, ist sein Duft von besonderer Süße. Nebeneinander auf einer steinernen Bank saßen Alkmene, die schöne, die knöchelschlanke Gattin des Feldherrn Amphitryon, die unschuldigwissende Geliebte des Göttervaters Zeus, und Herakles, ihr Sohn und auch Sohn des mächtigen Zeus und nach irdischen Maßstäben mächtig in seiner Kraft.

Mein Sohn, lispelte Alkmene.

Meine Mama, gab Herakles gehorsam zurück.

Du weißt es, fragte Alkmene, von welcher Herkunft du bist?

Ich bin, entgegnete Herakles, der Sohn meiner Mutter Alkmene, Tochter des mykenischen Königs.

Weiter, sagte Alkmene, äußere dich über deinen Vater.

Ich bin, fuhr also Herakles fort, der Sohn Amphitryons, Sohn des tirynsischen Königs, siegreichen, unbesiegten Feldherrn zu Theben.

Du bist eigentlich der Sohn des Zeus, warf Alkmene ein.

Gut, gab Herakles gehorsam zur Antwort. Ich bin auch der Sohn des Zeus, des Kroniden, des Blitzeschleuderers, des obersten der Götter und Herrn des Olymps.

Wie aber, fragte Alkmene, kann man denn zugleich der Sohn von Amphitryon sein und von Zeus?

Offenbar kann man, sagte Herakles, denn ich bin es.

Kann man tatsächlich und überhaupt zwei Väter haben? Bitte denke darüber nach.

Herakles dachte darüber nach. Dann sagte er: Ich weiß es nicht.

O mein Sohn, seufzte Alkmene, du bist sehr unwissend.

Das mag schon sein, sagte Herakles, aber es stört mich nicht.

Alkmene seufzte wieder. Dann sagte sie: Herakles, mein Junge. Kein Mensch, kein sonstiges Wesen, also auch du nicht, kann zwei Väter haben. Es kann möglich sein, daß zwei Männer für die Vaterschaft eines Kindes in Frage kommen, oder auch drei, oder auch vier, aber auch in solchem Falle gibt es immer nur einen, der wirklich der Vater ist, er offenbare sich nun oder bleibe listig verborgen. In deinem Falle ist alles eindeutig. Amphitryon ist dein Zieh- und Stiefvater. Er nahm dankenswerterweise alle väterlichen Pflichten wider dich wahr, außer jener einen und ursprünglichen, die ist: dich zu zeugen. Dies tat Zeus. Die Sache verwirrt sich etwas dadurch, daß Zeus mir gegenüber die Gestalt des Amphitryon annahm, aber auch in dieser Gestalt blieb er Zeus und war, dem äußeren Anschein zum Trotz, nicht Amphitryon. Du verstehst mich?

Nicht genau, sagte Herakles.

Alkmene seufzte neuerlich.

Lassen wir es, sagte sie. Dein Vater ist Zeus, nicht Amphitryon, und damit basta. Verstehst du das?

Ja, entgegnete Herakles.

Damit bist du halb Mensch und halb Gott, also ein Halbgott. Ist dir das gleichfalls klar?

Durchaus.

Wie findest du nun diesen Umstand?

Hervorragend, sagte Herakles und blickte überheblich drein.

Ein halber Gott, sagte Alkmene, ist eine halbe Sache, ebenso wie ein halber Mensch, ebenso wie ein halbes Haus oder wie ein halber Apfel. Ich hoffe, die Tatsache, daß du ein halber Gott bist, macht dich nicht hochmütig, denn dazu besteht nicht der mindeste Anlaß. Wenn du die letzten Tage und Wochen überdenkst, wirst du mühelos erkennen, was es mit Halbgöttern so auf sich hat: der Halbgott Linos starb, und der Halbgott Herakles wäre beinahe auch gestorben, weil der Halbgott Linos gestorben ist. Viel Aufregung, viele Tränen und überhaupt keine Vorteile. Begreifst du mich?

Tod und Leben, sagte Herakles, gibt es nun mal, und sie finden immer wieder statt.

Gegen diese sehr allgemeine Feststellung war nicht leicht ein Einwand vorzutragen. Alkmene brachte auch keinen vor, vielmehr schwieg sie für eine Weile.

Die Falter gaukelten. Die Sonne blinkte. Die Schwalben durchschnitten die Luft. Der Himmel war azurfarben, und der Jasmin duftete süß. Alkmene, Frau des Feldherrn von Theben, saß auf der steinernen Gartenbank neben Herakles, ihrem Sohn. Vorsichtig nahm sie eine von dessen Händen auf, die linke. Als großer behaarter Klumpen knochenkräftigen Fleisches lag sie zwischen ihren sehr viel kleineren, sehr viel weißeren, zarteren Händen. Sie hielt fest an der Hand ihres Sohnes, da es die Hand ihres Sohnes war, und mit leiser Stimme fing sie wieder zu reden an:

Herakles, mein Sohn. Ich will dir versuchen zu erklären, daß ein halber Gott und halber Mensch so viel und so wenig ist wie etwas, was nicht Fisch ist noch Fleisch, nicht Tier noch Pflanze, nicht lebendig noch tot. Du wurdest mein Kind, weil ein Gott es sich einfallen ließ, mir beizuwohnen. Es ist nicht mehr zurückzunehmen, aber zu ändern ist gleichwohl noch vieles. Du bist halb Gott und halb Mensch, und da du so überhaupt nichts bist, mußt du dich mühen, denke ich, etwas ganz zu werden, was du augenblicklich nur halb bist. Was willst du nun lieber sein: ein ganzer Mensch oder ein ganzer Gott?

Gott, sagte Herakles und reckte sich, daß ihm Gelenke und Sehnen knackten.

Warum denn das? fragte Alkmene.

Gott ist besser, sagte Herakles.

Inwiefern aber?

Mensch kann jeder sein. Gott ist besser, weil es mehr ist.

Gegen dieses Argument war nun auch schwer ankommen, wie man zugeben muß, wie auch Alkmene insgeheim zugab. Es war ein egoistisches Argument. Es war überhaupt kein edles Argument. Alkmene, die wie nur irgendeine Mutter ihren Sohn zärtlich liebte, hätte diesen gerne edel gesehen. Um seinen Sinn in Richtung auf Edelsinn zu lenken, hub sie vorsichtig an:

Es ist verständlich, daß du so sprichst. Man könnte sagen: es ist gottesfürchtig, es ist schon von daher völlig in der Ordnung. Aber ich gestatte mir zu sagen: mir kommt es nicht ganz in der Ordnung vor, und was ist denn eigentlich Gottesfurcht? Für die meisten Menschen der Respekt vor etwas, was sie überhaupt nicht kennen; wie es denn fast immer das Unbekannte ist, das uns Furcht einflößt. Ich aber kenne einen Gott. Ich kenne den höchsten aller Götter, und ich kenne ihn so gut, daß bessere und intimere Kenntnis schlechterdings nicht denkbar ist. Und wie war er? Oh, er war vollkommen. Er war das Vollkommenste, das mir jemals begegnet ist. Es war der vollkommene Mensch, denn er hat sich mir gegenüber als Mensch verhalten, in Menschengestalt; ich habe ihn daher auch für nichts anderes denn einen Menschen gehalten. Als

Gott hat er mich getäuscht, betrogen, hintergangen, allein gelassen, er hat mir einen himmlischen Bastard vermacht, um dessen Zukunft ich mich grämen muß, seit ich ihn ausgetragen und geboren. Sein Anteil an dir war der Anteil der Menschenmütter, der ist: Fleisch, Kraft, Zeit, Blut, Schmerzen, Hoffnungen, Freude. Ich möchte, daß du mir ähnlich wirst, mein Sohn, wiewohl nicht äußerlich, denn da spricht zu vieles dagegen, aber ich möchte, daß du ein ganzer Mensch wirst.

So sprach Alkmene. Noch immer hielt sie des Herakles Pranke zwischen ihren schönen, zarten, weißen Händen. Herakles hatte ihr auf das aufmerksamste zugehört. Jetzt dachte er heftig nach über ihre Worte; es war dies schon äußerlich wahrzunehmen; die Gedanken mußten geradezu ächzen und knistern hinter einer derart angestrengt zerfurchten Stirn.

Endlich aber schüttelte er den Kopf.

Was ist? fragte seine Mutter.

Ich will Gott werden, sagte Herakles, Gott ist besser.

Denk an meine Worte! sagte beschwörend Alkmene.

Ich habe an sie gedacht.

Nicht genug! sagte sie. Nicht genug!

Mehr ist eben bei mir nicht drin.

Dann denk weiter an sie, flehte Alkmene. Morgen, übermorgen, ständig. Vielleicht, daß du dann einsiehst. Vielleicht, daß ich dich doch noch umstimme.

Vielleicht, murrte Herakles.

Du versprichst es mir?

Was?

Daß du weiter nachdenkst.

Ich verspreche es.

Auch wenn es dir schwerfällt?

Auch wenn es mir schwerfällt.

Dann ist es gut.

Der Jasmin duftete, die Falter gaukelten, die Schwalben

zerschnitten immer noch die Luft. Mutter und Sohn saßen nebeneinander auf der steinernen Bank im Park des Feldherrnpalastes zu Theben. Alkmene hoffte zuversichtlich auf eine Nachwirkung ihrer beschwörenden Worte, Herakles hatte ihr ein weiteres Nachdenken versprochen. Doch war es ein leichtfertiges Versprechen gewesen; jegliches Nachdenken fiel Herakles schwer, machte ihn müde und schien ihm überflüssig. Wenig Hoffnung bestand demnach, daß Alkmenes Worte in seinem Kopf Wirkung taten, gänzlich hoffnungslos war es gleichwohl nicht, denn wenn ihn schon nicht Worte zu überzeugen vermochten, so mochten dies vielleicht Taten leisten, und nach Taten verlangte ihn nunmehr dringend.

XI Amphitryon, der thebanische Feldherr, der Ziehvater des kräftigen Zeus-Sohnes Herakles, hatte an die Familie des toten Linos fünfzig Stück Rindvieh zahlen müssen, gemäß dem Urteilsspruch des weisen Rhadamanthys, des obersten Richters in Theben.

Anschließend rief Amphitryon seinen Ziehsohn zu sich und sprach wie folgt:

Herakles, mein Junge. Ich sehe dich an, wie du vor mir stehst, und ich sehe, du bist stark. Du bist herrlich stark. Du bist beunruhigend stark. Fünfzig Stück Rindvieh mußte ich bezahlen für deine Stärke, und es sind fünfzig Stück Rindvieh ein beachtliches Vermögen und ein hoher Verlust. Verstehst du das, Herakles, mein Junge?

Ja, sagte Herakles.

Ich möchte so was nicht wieder erleben, fuhr da Amphitryon fort. Deshalb habe ich beschlossen, daß du für eine Weile aus meinem thebanischen Hause gehst. Was dir hier beigebracht werden konnte, es wurde dir beigebracht. Was du, außer dem Saitenspiel, noch nicht beherrschst, ist dies: du beherrschst dich nicht selbst. Das aber kann dir niemand beibringen und würde, selbst wenn es dafür Lehrer gäbe, was nicht der Fall ist, von keinem Lehrer gewagt werden; er würde nämlich nicht enden wollen wie Linos, der Saitenspieler und Sohn des göttlichen Apollon. Leuchtet dir das ein?

Ja, sagte Herakles.

Selbstbeherrschung, sagte Amphitryon, bringt ein jeder am besten sich selber bei. Geduld ist erlernbar durch Geduld, und die beste Erziehungsanstalt dafür ist die Einsamkeit. Ich werde dich daher auf das Land schicken. Damit du aber nicht verblödest zwischen Himmel, Busch und Gras und nicht ausschließlich mit dir beschäftigt bist, werde ich dir Gefährten geben, lebendige, doch nicht menschliche. Du sollst meine Ochsen hüten, daß sie weiden, kräftig werden und beieinanderbleiben. Habe ich dich schon mit meinem Rindvieh vom ursprünglich sicheren Todesurteil zurückgekauft ins Leben, so stehe du jetzt mit deinem Leben ein für mein verbliebenes Rindvieh, daß es nicht vom Tod ereilt wird. Ist dir das recht so, mein Herakles?

Ja, sagte der Zeus-Sohn und senkte gehorsam das Haupt.

Zwei Tage später trieb er vor den Toren Thebens alle Ochsen seines Ziehvaters zusammen, dreißig an der Zahl. Mit gewaltigen Rufen und vorsichtigen Tritten, die dessenungeachtet die getretenen Tiere aufbrüllen ließen vor Schmerz, trieb er die Viehherde von dannen. Zwei Tage trieb er sie, bis hin zum Fuße des Berges Kithairon, wo es fette Wiesen gab und sanfte Hänge; die Ochsen zerstreuten sich dort, sie begannen zu weiden. Herakles selbst warf sich ins Gras und übte sich in Selbstbeherrschung. Gelegentlich ertönte lautes Gebrüll aus den Wäldern, die es gab auf dem Berge Kithairon.

Das ging so über mehrere Wochen. Die Ochsen grasten, wurden kräftig; Herakles trieb sie, ermahnte sich zur Geduld und vernahm häufiges Gebrüll vom Berge.

Eines Morgens bemerkte er das Fehlen eines Ochsen; statt seiner traf er auf Blutspuren im Gras. Dieser Umstand ärgerte ihn. In den Wäldern auf dem Berge Kithairon war diesmal kein Gebrüll. Herakles ermahnte sich zur Selbstbeherrschung.

Zwei Tage später fehlte erneut ein Ochse, und alles war so, wie er es bereits kannte.

Ruhig, Zeus-Sohn, so sprach er zu sich selbst, es ist nur natürlich, daß Viehherden Verluste erleiden. Zeus schuf, wie er dich schuf, eine vielgestaltige Natur mit mancherlei Geschöpfen, einige leben friedfertig von Pflanzen, andere leben von anderen Geschöpfen, so ist das Leben, und du wirst es nicht tadeln wollen.

Noch einmal zwei Tage später fehlten drei Ochsen.

Hier war es Herakles zuviel. Er trieb seine verbliebenen Tiere zusammen und wollte fortgehen vom Berg Kithairon, wie fett dort immer die Weiden waren. Er hatte sein brummendes Vieh eben beieinander, als ein Mann über die Wiesen hetzte. Seine Kleidung und sein sonstiges Aussehen wiesen ihn deutlich als Viehhirten aus, allein es fehlte ihm jegliches Vieh; mit großen Sprüngen hetzte der Mann übers Gras, und in seinen Augen stand die nackte Angst.

He! rief Herakles, und damit brachte er den Mann zum Halten.

Er war, so erwies sich in dem Gespräch, das nun folgte, tatsächlich ein Hirte. Er hatte zweihunderte Schafe besessen und hundert Ziegen; er hatte sie weiden lassen an den Hängen des Berges Kithairon und hatte sie alle verloren, dreihundert Stück Vieh, und alle innerhalb einer Woche. Wodurch aber? Durch ein Raubtier. Welches Raubtier frißt dreihundert Stück Vieh im Zeitraum von sieben Tagen? Kein gewöhnliches, wie man erkennt, vielmehr ein ungewöhnliches, furchtbares und eines, das in seiner üblichen Ausführung weder in diesem Land Griechenland noch in diesem Erdteil Europa heimisch war: nämlich ein Löwe. Ein besonderer Löwe. In einer Woche hatte er zweihundert Schafe, einhundert Ziegen gefressen und außerdem, wie Herakles nun sicher war und dem verängstigten und gehetzten Viehhirten mitteilen mußte: fünf ausgewachsene Ochsen. Da fanden beide, Herakles und der Viehhirt, daß dies entschieden zuviel sei, solche Mordlust und Freßgier jedwedem Verständnis zuwiderlaufe, und der Zeus-Sohn wollte keinen Respekt mehr haben vor diesem gräßlichen Geschöpf seines Vaters Zeus.

Er ließ den Viehhirten, der nichts anderes mehr zu bewachen hatte, bei seinen Ochsen zurück. Der sank in die Knie und sagte Gebete auf. Herakles hingegen stieg den Berg Kithairon hinan, wo wieder furchtbares Gebrüll war.

Herakles kletterte auf das Gebrüll zu. Er gewann an Höhe, die Luft wurde kälter, das Gebrüll nahm an Lautstärke zu. Zuletzt war es so laut, daß es in den Ohren schmerzte. Herakles bewegte sich jetzt zwischen felsigem Gestein inmitten wildesten, dichtesten Urwalds; der Atem stand ihm als sichtbarer Hauch vor dem Mund infolge der Kälte; dabei war Herakles halbnackt, denn im Tale war es sommerlich heiß gewesen.

Komm heraus, Brüller! so brüllte seinerseits Herakles.

Der Brüller mochte das verstanden haben oder nicht, er hatte vielleicht bloß lebendes freßbares Fleisch gerochen oder das befremdliche Stimmengeräusch gehört: jedenfalls trat er heraus.

Er war ein Löwe. Er war ein ausgesprochen furchtbarer Löwe. Aus seinem riesigen Leib hätte man zehn Löwen üblicher Art erschaffen können. Mit einem einzigen und lässigen Prankenhieb warf der Löwe zwanzigjährige Buchenstämme um, da sie ihm im Wege standen. Sein Fell war zottig, er brüllte ohrenbetäubend, und er stank nach fauligem Fleisch.

Ho! so schrie Herakles. Komm doch her!

Der Löwe hub darauf zu springen an. Der Löwe krümmte sich, streckte sich dann furchtbar und ließ Erde wie Fels zittern unter seinen Pranken. Der Löwe sprang: in Richtung auf den Zeus-Sohn Herakles.

Der aber fing sich den springenden Löwen, den furchtbaren, fing ihn noch in der Luft und packte ihn an Genick und Schwanz und zog ihn auseinander, bis es krachte im biegsamen Rückgrat des Löwen: dessen Wirbel splitterten, und derart endete jäh und unwiderruflich ein Raubtierleben.

Herakles ließ den gigantischen Kadaver zu Boden fallen. Er fröstelte weiter. Er betrachtete das zottige Fell des kithairischen Löwen. Er rieb sich die nackten Schultern und fror verstärkt. Er bückte sich. Er zerrte am Brustfell des toten Löwen, bis es riß, er riß es auf, als öffne er einen Mantel; er riß dem toten Löwen in einem Stück das Fell vom toten Löwenfleisch und tat sich das Fell um die Schultern. Das Fell war blutig und stank, doch es war warm, und es wärmte. Der Kopf des Löwen war verblieben am Fell. Herakles stülpte sich des toten Löwen Haupt über den eigenen Kopf, nach der Art eines Hutes oder Helms; als Hutöffnung diente ihm das aufgerissene Löwenmaul. So stieg er vom Berg Kithairon wieder hinab.

Der Viehhiert, verblieben bei den Ochsen, sah den Löwenbezwinger unterm Löwenfell als erster. Er schrie laut: vor Schrecken zunächst, dann vor Überraschung und Freude. Zwar erhielt er nicht zweihundert Schafe noch einhundert Ziegen zurück, die waren unwiederbringlich verzehrt, doch hatte den Verzehrer die blutige Strafe ereilt, und Schadenfreude, behauptete der Viehhirt, mache auch einen Ausgleich, wiewohl bloß einen seelischen.

Einmal so im Reden, konnte der Viehhirt dann nicht mehr aufhören. Herakles trieb die Ochsen zusammen am Fuß des Berges Kithairon; der Viehhirt pries unterdessen des Herakles Tapferkeit, Stärke und Geschick. Nannte ihn einen Wohltäter der Menschheit. Ließ ihn hochleben, pries seine Zukunft, nannte ihm weitere Aufgaben, beschwor schließlich die Vision einer Menschheit, der es besser gehen, die besser leben, die eine wohnlichere Erde haben würde unter der Führung durch jemand wie Herakles, geprägt und geformt und gemodelt durch heldisches Beispiel und geeint durch brüderliche Gesinnung. Und so.

Dem Herakles schmerzten bald die Ohren vom freudigen Gebrabbel des Viehhirten. Er hörte erst zu und hörte bald nicht mehr zu. Immer noch unterm Löwenfell, trieb er seine Ochsen weiter, er wollte mit ihnen heim nach Theben. War er ein Menschheitsführer und Weltbeglücker? Er war bloß ein Halbgott. Er besaß bloß besondere Kräfte. Er hatte es bloß seinem Ziehvater Amphitryon zeigen wollen, daß gewaltige Muskelkraft zwar schwächliche Saitenspieler töten kann, daneben aber auch furchtbare Löwen. Er wollte dem thebanischen Feldherrn vorrechnen, wie Herakles nicht bloß Rindvieh kostete, sondern auch welches erhielt, indem er Rinderfresser beseitigte; also war eingelöst, weswegen ihn Amphitryon zum Berge Kithairon geschickt. Er hatte, das war freilich unzweifelhaft, etwas getan, das hätten andere nicht tun können: es hätte ihnen an der nötigen Kraft gemangelt. Er war ein Halbgott und wollte allmählich ein ganzer Gott werden, dem Viehhirten mochte das passen oder nicht.

XII

Herakles kehrte nach Theben zurück. Er ließ das ziehväterliche Rindvieh vor den Toren und ging durch die Straßen der Stadt, doppelt so groß wie ein üblicher Recke, dreimal so körperstark wie dieser, angetan mit dem stinkenden Fell des kithairischen Löwen und umweht von Aasfliegen. Die Leute wichen ihm aus. Manche strauchelten. Herakles nahm dies für Zeichen von Ehrfurcht.

Er trat vor Amphitryon und gab Bericht. Sein Ziehvater lobte ihn mit matten Worten. Amphitryon hatte anderes im Kopf. Ganz Theben war überhaupt wenig gestimmt, den Herakles zu bewundern.

Es war nämlich, daß König Labdakos von Theben, jener, der den Flüchtling und flüchtigen König Amphitryon einstmals gehalten hatte in Theben, vor wenigen Tagen gestorben war: hoch geehrt und in würdigem Alter. Des Labdakos Erbe war Kreon geworden, der Kronprinz und Sohn. Kreon wurde gekrönt, Labdakos wurde bestattet. Kreon regierte, und mit seiner Regierung begann wieder Unfriede.

Es gab eine alte Feindschaft zwischen Thebanern und Minyern. Vor langer Zeit hatten die Minyer Theben besiegt und beanspruchten seither jährlich Tribut von Theben. Dieser Tribut war gezahlt worden, solange Theben noch andere Feinde hatte, die Traphier zum Beispiel; nachdem aber Theben durch die Feldherrnkünste seines Oberbefehlshabers Amphitryon alle anderen Feinde blutig geschlagen hatte, mochte es auch keine weiteren Tribute mehr an die Minyer schicken, es setzte vielmehr die Zahlungen einfach aus. Worauf die Minyer, aus welchen Gründen auch immer, vermutlich aus Respekt vor der thebanischen Kriegsmaschine, auch nicht auf Zahlungen gedrängt hatten. Es gab ein, zwei minyische Proteste, keiner nahm sie ernst. Dabei war es geblieben. König Labdakos war darüber gestorben. König Kreon regierte. Auch die Minyer wurden von einem neuen König regiert, der Erginos hieß; ihn dürstete nach Kriegsruhm und nach Tributen.

König Erginos hatte Herolde nach Theben geschickt. König Erginos forderte die Wiederaufnahme der Tributzahlungen, und die nichtgezahlten Tribute der letzten anderthalb Jahrzehnte forderte er mit. Theben war träge, reich und weich geworden in der langen Periode des durch Amphitryon erkämpften Friedens. Theben hatte einen neuen und noch unerprobten König. Thebens König und Thebens Bürger überlegten, ob man nicht dem Erginos Zahlung leisten sollte um eben dieses Friedens willen; schließlich besaß man genug.

Derart wurde gedacht, beratschlagt und geredet, als Herakles heimkehrte vom Berge Kithairon, das stinkende Fell des erlegten Löwen am Leib. Es will einleuchten, daß niemand sich geistig beschäftigen mochte mit einem Löwen, der schon tot war. Dafür mußte Herakles erleben, wie sich die

Herolde des minyischen Königs Erginos äußerst dreist benahmen, und von Tag zu Tag wurden sie dreister. Angetrunken, lärmend und unflätige Reden im Maul, trödelten sie durch Thebens Straßen, belästigten, wer ihnen in den Weg trat, und prahlten mit der kriegerischen Kraft ihrer minyischen Heimat.

So auch traf Herakles auf sie. Er war allein, sie waren ihrer sechs. Er war größer als jeder von ihnen; wir reden nicht von der Stärke; sie aber, befeuert durch die Gefühle von Gemeinsamkeit und Rosinenwein, dünkten sich ihrerseits überlegen. Also sperrten sie Herakles den Weg, spöttelten über seine Größe, seine Ungeschlachtheit und seine Bekleidung, die das Löwenfell war; sie nannten ihn einen ungehobelten Waldmenschen, Tölpel und Riesenaffen, so groß und so dämlich, wie die anderen Thebaner feig und weich seien.

Hier langte Herakles zu. Ziellos und nicht einmal besonders kraftvoll hieb er zwischen die sechs; er tat dies zwei-, dreimal, und das Ergebnis waren sechs greinende Herren mit Quetschungen, Stauchungen, Blutergüssen und Brüchen von Schlüsselbein, Rippe und Arm.

Solche Tätlichkeiten wider sie, kreischten sie, seien ein Angriff auf friedliche Boten und ein Anlaß zum Krieg!

Kreischten und drehten sich, um davonzuhumpeln. Die Wahrheit ist, sie hatten ihrem kampfeslüsternen König Erginos einen Vorwand zum Kriege liefern sollen und wollen, und der war nun da. Sie hatten das alles mit persönlichen Schmerzen erhandelt. Billiger war es nicht zu haben gewesen. Andererseits hatten sie endlich ihre Pflichten erfüllt.

Es würde denn also Krieg geben. Amphitryon ließ seine Heerscharen zusammentrommeln, und da erwies sich: seine Heerscharen waren keine mehr. Anderthalb Jahrzehnte des Friedens hatten Thebens Soldaten zu fetten, gutmütigen Männern gemacht, denen alle Übung fehlte; aus den Offizieren waren Greise geworden; die jungen Männer der Stadt hatten noch niemals Schwert oder Lanze in der Hand gehalten, sie wußten kaum, daß es Schwerter und Lanzen gab. Amphitryon selbst trug eine Menge Speck unter der Haut; statt Soldaten zu exerzieren, hatte er sich in der letzten Zeit lieber um die Zucht von Rindern und Rosen gekümmert.

König Kreon sah das Ergebnis von Amphitryons militärischem Aufgebot. König Kreon sah eine thebanische Heerschar, die keine war. Traurig schüttelte er den Kopf, und insgeheim grauste ihn. Er dachte an sein Kind, eine Tochter mit Namen Megara; sie war eben dem Kindesalter entwachsen und auch recht hübsch; König Kreon sah sie in seiner gepeinigten Phantasie bereits auf dem Sklavenmarkte von Orchomenos, der minyischen Hauptstadt. Heimlich beriet er sich mit den reichsten Kaufleuten von Theben. Vielleicht konnte man durch das Angebot eines Schmerzensgeldes an König Erginos, außerdem durch die Auslieferung des bösartigen Täters Herakles die drohende Schlacht mit der drohenden Niederlage noch abwenden?

Zu spät. Amphitryon nahm, was ihm an waffenkundigen Männern geblieben; viele waren es nicht. Er nahm sie. Er führte sie der übermächtigen Streitmacht des eroberungslüsternen Königs Erginos entgegen. Sie waren ein Häuflein gegen einen Haufen, eine Faust gegen einen Ochsen, ein Bächlein gegen eine See.

Zwischen der Streitmacht des Erginos und der Stadt Theben lagen Berge, über sie führte ein Engpaß, ihn besetzte Amphitryon mit seinen Leuten. Hier erblickte er die einzige Chance für sich zur Verteidigung; Strategisches betreffend, war sein Blick immer noch der alte, trotz Speck, Rind und Rose.

Das minyische Heer rückte heran. Eine minyische Vorhut rannte gegen die Verteidiger des Passes, die Vorhut wurde völlig zerrieben. Jetzt waren die Hauptarmeen des Erginos zur Stelle; der minyische König schrie, man möge ihm den Weg frei machen, denn seine Streitmacht sei unaufhaltsam. Vom Paß ertönte zur Antwort Gelächter. Daraufhin warf

Erginos seine Reiterei gegen die Thebaner. Die Reiterei wurde blutig zerstreut. Erginos ließ seine Lanzenstecher antreten und schickte sie gegen den Paß in insgesamt drei Wellen; jede von ihnen wurde abgewehrt, und die minyischen Verluste waren jedesmal gewaltig. Darauf setzte sich Erginos an die Spitze der Streitwagen und rannte gegen die Thebaner an. Stundenlang tobte und wogte der Kampf, aber am Ende war Erginos tot, sein Heer war aufgerieben, die Zahl der minyischen Toten war hoch, und die Überlebenden stoben angstvoll davon, in Richtung auf minyisches Land und auf die Hauptstadt Orchomenos.

Herakles, an der Spitze der thebanischen Soldaten, setzte ihnen nach. Die Verfolger waren zugleich mit den Verfolgten in Orchomenos. Herakles ließ noch etliche hundert Minyer niedermetzeln, er machte Sklaven und ließ schließlich die Stadt anzünden an insgesamt acht Stellen. Die Stadt brannte lichterloh und war nicht mehr auffindbar hernach.

Der thebanische Sieg durfte als vollkommen gelten. Ruhm und Triumph waren entsprechend, und es wurde auch nicht zum Problem, wem das Hauptverdienst an diesem Sieg zufiel, Amphitryon oder Herakles. Auch Amphitryon hatte nämlich bei der Schlacht am Engpaß sein Leben gelassen, gleich dem minyischen König Erginos, gleich Iphikles, dem Halbbruder des Herakles und leiblichen Sohn des Amphitryon. Es gab nur einen lebendigen Sieger, und der hieß Herakles. Man trauerte um den toten Feldherrn, und anschließend feierte man dessen Ziehsohn, und König Kreon gab, aus schlechtem Gewissen ebenso wie als äußerliches Zeichen von Huld und Dankbarkeit, Megara, seine eben erblühte Tochter, dem Herakles zur Frau.

Und Alkmene, die Witwe? Sie war noch immer schön, noch immer war sie knöchelschlank. Sie weinte um den Verlust des Amphitryon, wie sie weinte um den Verlust ihres anderen Sohnes Iphikles. Und danach? Sie heiratete wieder. Sie heiratete gleichzeitig mit ihrem verbliebenen und erstgeborenen

Sohn Herakles. Und wen heiratete sie? Jenen heiratete sie, dem sie es zu verdanken hatte, daß es diesen ihren erstgeborenen Sohn Herakles noch gab und vermutlich ebendarum. Alkmene, die Witwe des großen thebanischen Feldherrn Amphitryon, heiratete in zweiter Ehe den weisen, den gesetzestreuen, den obersten Richter in Theben, Rhadamanthys.

Alles in allem war es eine schöne Doppelhochzeit. Man erblickte zwei glücklich lächelnde Paare. Der Himmel war klar, die Sonne schien milde, und Theben streute Blumen auf den Weg.

XIII

Herakles bezog mit Megara, seiner Frau, König Kreons von Theben eben erblühter Tochter, den Palast seines toten Ziehvaters Amphitryon. Alkmene, seine Mutter, zog um aus Amphitryons Palast in jenen des Rhadamanthys, des obersten Richters in Theben, der ihr zweiter Ehemann war. Herakles widmete sich, darin seinem toten Ziehvater gleich, der Zucht von Rindern und Rosen. Er hatte mit Vergnügen gegen Thebens Feinde gekämpft, aber Theben hatte nach der Niederwerfung der Minyer keine Feinde mehr oder jedenfalls keine offen feindlichen Feinde. Theben ergab sich Handel und Wandel. Es häufte Reichtümer. Herakles züchtete die Rosen und Rinder seines toten Ziehvaters Amphitryon.

Megara, sein Weib, gebar ihm rasch nacheinander drei Kinder. Herakles küßte sie, nahm sie in die Hände und wiegte sie, wobei er darauf achtete, daß er sie nicht zerdrückte, da sie in seiner Hand klein und gebrechlich waren wie rohe Hühnereier in der Hand eines gewöhnlichen Menschen.

Die Rosen trieben Knospen, blühten auf und verwelkten.

Die Rinder kalbten, die Kälbchen wurden geschlachtet und gebraten, oder sie wuchsen heran zu Kühen, die ihrerseits kalbten.

Auch die drei Kinder, die Herakles hatte mit Megara, der Tochter des Königs Kreon von Theben, wuchsen prächtig heran.

Herakles dachte über sich nach. Er hatte ein Ungeheuer besiegt, den kithairischen Löwen, und dreiste Feinde, die Minyer; das war zweifellos schneidig gewesen, aber es war schon eine Weile her. Es gab nichts anderes zu tun. Es war eine friedliche Zeit. Triumph winkte ihm bloß in der Zucht neuer Rosensorten. Ein ganzer Gott konnte man damit nicht werden.

Herakles wurde tiefsinnig. Herakles saß, starrte Rinder an oder Rosen, seine riesigen Hände lagen schlaff auf seinen Schenkeln, bloß seine Muskeln zuckten manchmal, doch ohne Absicht.

Herakles träumte mit offenen Augen und mit geschlossenen Augen. Herakles hatte manchmal Dumpfes im Kopf wie nach dem reichlichen Genuß von Honigwein, aber Herakles hatte keinen Honigwein getrunken; Herakles schwieg, Herakles hörte nichts, antwortete nichts, wenn man ihn anredete, Herakles wollte ein Gott werden.

Herakles träumte an einem hellen Sommermittag diesen Traum, der göttlich war, göttlich sein mußte, da er unentwegt von Göttern handelte, und zwar so:

Lange Zeit war vergangen, Himmelszeit, Erdzeit und Ewigkeit, da Gaia dem Uranos Kinder geboren, von denen eines, Kronos, alle anderen verdrängt und verjagt und besiegt hatte, bis er selbst verdrängt, verjagt und besiegt worden war durch Zeus, seinen eigenen Sohn.

Da aber rief Gaia nach ihren Söhnen, den Riesen, gespenstischen Wesen mit schuppigen Drachenschwänzen statt Füßen, daß sie aufstünden und rebellierten und zugrunde richteten Zeus, den höchsten der jetzigen Götter, und derart wieder hergestellt würde die goldene Herrschaft der Uraniden.

Und es krochen die Riesen hervor aus der Hölle. Und die Sonne floh vor ihrem Anblick. Und Gaia redete: Geht hin und rächt mich und die alten Götterkinder. Braucht meine eigenen Glieder, die Berge, zu Stufen und Waffen! Ersteigt die gestürmten Berge! Entreißet dem Zeus seinen Blitz, verjagt den Poseidon aus seinem Meer, erobert die Sonne! Also sprach Gaia, die Erde, und die Riesen, sie hörtens und jubelten laut. Und voller Begier nach den Göttinnen des Olymps, nach Hera, Athene und der schaumgeborenen Aphrodite, brachen sie polternd auf nach Thessalien und in die Berge, um den Götterhimmel zu stürmen.

Da aber rief Iris, die Botin der Götter, nach allen Geistern der Welt. Und die Götter kamen zusammen. Die Nymphen verließen die Bäche. Insgesamt wars eine gewaltige Zahl. Und Zeus sagte: Auf, meine Brüder und Schwestern und Kinder! Gaia will, daß wir untergehn. Sie jagt ihre Brut gegen uns. Wehrt euch! Schickt Gaia an Leichen zurück, was sie an Söhnen zu euch schickt! Und die Götter riefen dem Zeus zu: Ja! Ja! Und die Gaia gab Antwort mit einem gewaltigen Beben.

Aber es war prophezeit, daß in diesem Kampf von den Riesen keiner zu Tod käm allein durch die Kräfte der Himmlischen, vielmehr zuletzt durch Anblick und Tun eines irdischen Helden. Und Zeus sagte zu Pallas Athene, der Göttin: Geh und hol mir den Herakles, den ich zeugte dereinst mit Alkmene, der Lieblichen, drunten in Theben. Hol ihn, sprach Zeus, meinen Sohn, damit er uns beisteht, denn er ist von gewaltiger Stärke. Und Athene nickte und ging zu tun, was ihr Zeus aufgetragen.

Wir unterbrechen.

Bis hierher nämlich, so dürfen wir feststellen, träumte Herakles einen krausen, gleichermaßen frommen wie mit allen mythologischen Zutaten ausgestatteten Traum. Was nun geschah, grenzt an Vermessenheit: Herakles wurde – immer träumend – zum Retter seines Vaters Zeus und der von diesem aufgebotenen Götter.

So sah Herakles im Traum den Kriegsgott Ares in seinem Kampfwagen davondonnern. Die Rosse wieherten. Des Ares

Schild brannte heller als Feuer. Ares stieß auf den Riesen Peloros und durchbohrte ihn, dessen Füße nicht Drachenschwanz, sondern Schlangen waren, und malmend fuhren zusätzlich die Räder des Streitwagens hin über Peloros. Doch der starb nicht. Ares war ein Gott, nicht ein Mensch. Schmerzvoll und höhnisch brüllte Peloros, der lebte und zusah, wie seine zerstückelten Glieder wieder zusammenwuchsen. Wo war ein Irdischer? Da kletterte Herakles, der Träumer, der Kämpfer, der träumend sich kämpfen sah, eben die letzten Stufen hinan zum Olymp, er sah den Peloros, und Peloros sah ihn, und der Riese verschied unter Brüllen, und seine Seelen fuhren aus seiner Brust, es waren insgesamt deren drei.

Da sah sich Herakles, träumte Herakles von sich, auf dem Schlachtfelde um. Er nahm seinen Bogen, legte den Pfeil ein und schoß auf den Riesen Alkyoneus. Der stürzte alsbald in die Tiefe, doch als er den Heimatboden berührte, wuchs ihm wieder Lebenskraft zu. Da sprang Herakles ihm nach, packte ihn, schleppte ihn in ein fremdes Land, und dort entfuhr der letzte Atemzug dem Alkyoneus.

Und Herakles schoß, träumte Herakles, auf den Riesen Porphyrion, den zuvor der Donner getroffen hatte des Zeus. Und Herakles schoß den Ephialtes ins funkelnde Auge, das rechte, während das linke durchbohrt ward vom Pfeil des Apollon. Alle kämpften sie, schlugen die Riesen gemeinsam, Göttinnen, Götter, und unter ihnen war beständig mit Keule und Pfeilen beschäftigt der Zeus-Sohn, der Irdische, Herakles. Und zwischendurch und mittendrin im Getümmel erblickte Herakles immer wieder eine Göttin, schön von Antlitz und anmutig von Gestalt und frisch wie die Jugend selbst, die sie auch war als Hebe, die Göttin; und sie lächelte ihm zu, aufmunternd und lieblich und aller Anstrengung des Kampfes zum Trotz. Und der Kampf währte lange, Stunden und Tage und Monde und Jahre, und am Ende war Gaia besiegt in ihren Kindern, den Riesen, Gaia war wieder untertan Menschen und Göttern, und Herakles, Mensch halb und Gott halb, wurde göttlich belohnt. Denn Hermes gab ihm ein Schwert, Athene gab ihm die Rüstung, die geschmiedet hatte Hephaistos, der Gott der Vulkane. Hephaistos selber gab ihm den Köcher für Pfeile, Apollon aber, man denke, gab ihm den Bogen. Und Zeus sprach: So sei du, Geschöpf meiner Lenden, bedankt und beschenkt, und du sollst auch, wer weiß, unter uns sitzen als einer von uns, sofern dus erreichst!

Und über allem war ein lieblich-göttliches Antlitz, er kannte es, doch woher, es lächelte, es schien sehr gewiß der ungewissen Verheißung, und eine innere Stimme verriet Herakles, daß dies wiederum Hebe sei, die Göttin der Jugend.

Da ging Seligkeit durch die mächtige Brust des also beglückten und endlich ganz göttlichen Herakles: mehr als ein einzelner zu tragen und zu ertragen vermochte, und so wachte er auch auf.

Neben ihm stand Megara, sein Weib; sie rüttelte ihn, und als er wissen wollte, wieso, sagte sie ihm, er habe so laut gestöhnt und geschrien im Schlaf. Da erzählte er ihr, was er geträumt hatte. Da sagte sie ihm, es habe mehrere Erdstöße gegeben in den letzten Stunden; die Wände hätten Risse; in Theben seien einige Häuser eingestürzt. Seltsam, seltsam, murmelte Herakles und wollte noch wissen, wie lange er geschlafen hatte. Drei Stunden, sagte Megara, höchstens vier. Da seufzte er erleichtert und auch wieder nicht erleichtert; jedenfalls waren vier Stunden kein Tag, kein Mond, kein Jahr. Es hatte Erdstöße gegeben, und er hatte sich im Schlaf einen mythologischen Traum gemacht, alles war in Ordnung, und so fand es, als er es ihr mitteilte, auch Megara, seine Frau.

Da fiel sein Blick auf Waffen. Es waren dies: ein Schwert, eine Rüstung, Pfeilköcher und Bogen. Die Waffen sahen sehr kostbar aus, sie lehnten an der Wand seines Zimmers, und er hatte sie vorher noch nie gesehen.

Wessen Waffen dies seien, wollte Herakles wissen.

Wessen sollten es sein, gab Megara zur Antwort, wenn nicht seine eigenen?

Ob jemand im Zimmer gewesen sei außer ihm, wollte Herakles jetzt wissen.

Niemand, so erwiderte Megara, wer hätte denn auch sollen?

Herakles schwieg. Er besah sich die Waffen. Er rieb sich die Augen. Die Waffen waren sehr schön. In der Erde war noch leises Rumoren, und die Wände knisterten. Draußen aber schien die Sonne, und die Vögel zwitscherten unaussprechlich süß.

XIV Herakles wußte nicht mehr, woran er war, wer er war, was er wollte und wie, und des Herakles Umgebung wußte nicht mehr, woran sie mit Herakles war. Tagelang bewegte er sich mit leerem Blick, war unerreichbar für Fragen, er stand im Garten, vor den blühenden Rosen, die seine Zucht waren und sein Werk. Dann ging er wieder unruhig durch die Straßen von Theben, murmelte vor sich hin und hatte einen starren Blick; die Menschen gingen ihm eilig aus dem Weg, da er so riesig war und dabei so unheimlich wirkte. Seiner Frau Megara und seinen Kindern versicherte er mehrfach, er sei ein Gott, habe Riesen getötet, die grausigen Geschöpfe der Gaia und des Uranos: lebhaft und mit großen Gesten beschrieb er, wie er dabei vorgegangen war; seine Familie wagte es nicht, ihm irgend zu widersprechen.

Herakles wirkte dann wie besessen. Vielleicht war er dies in der Tat.

Dann wieder kamen Tage, an denen Herakles gelassen wirkte wie irgendein Mensch. Er lachte, er lächelte dann und redete über heitere Dinge. An solchen Tagen mußte seine Familie glauben und glaubte es gern, daß des Herakles zerstreute Verirrung im Schwinden begriffen sei und allmählich verschwinde, so wie auch Krankheiten kommen und schwinden, Keuchhusten zum Beispiel oder die Masern.

Dann tötete Herakles eines Tages seine drei Kinder!

Es war furchtbar. Es war eine Tat, die so blutig war, wie sie unbegreiflich sein mußte; Schauder überliefen jeden, der davon hörte; viele mochten es zu Anfang nicht glauben. Es war dennoch so: Herakles hatte seine drei Kinder getötet, mit Pfeil und Bogen, deren Treffsicherheit allen Feinden und Freunden Thebens bekannt war; Herakles, der Sohn des Zeus, hatte seine Kinder erschossen, drei an der Zahl.

Megara, des Herakles Frau und Mutter der Getöteten, konnte später berichten, daß Herakles zunächst Iolaos verfolgt habe. Wer war Iolaos? Er war des Herakles Neffe. Er war der Sohn des Iphikles, der seinerseits Sohn von Amphitryon war und anderer Sohn von Alkmene, des Herakles Mutter. Iphikles war gefallen wie Amphitryon, sein Vater, bei der großen Abwehrschlacht gegen die Minyer. Herakles hatte Iolaos in sein Haus genommen nach dem Tod seines Halbbruders Iphikles. Herakles hielt den Iolaos wie eines seiner Kinder, unterwies ihn und liebte ihn wie seine eigenen Kinder, wenn nicht mehr. Iolaos war ein hübscher, kräftiger, gehorsamer und witziger Knabe.

Diesen Iolaos aber hatte nun Herakles plötzlich erschießen wollen. Pfeil und Bogen in der treffsicheren Hand, war er hinter dem erschrockenen und flüchtenden Iolaos hergelaufen, hatte gebrüllt und Drohungen ausgestoßen. Der Iolaos war ihm entkommen. Doch seine eigenen drei Kinder waren ihm plötzlich in den Weg getreten, und so erschoß er sie, jedes mit einem Pfeil, unter schrecklichem Gebrüll und lautem Gelächter.

Was also war geschehen? War Herakles von Sinnen gewesen bei seiner Bluttat? Ganz offenbar war es so. Es war auch nicht gänzlich unvorbereitet gekommen; jedermann in Theben hatte von Herakles' Verwirrung gehört. Doch selbst das verwirrteste Gehirn macht sich einen Sinn auf sein Tun, und welcher Sinn also war gewesen in des Herakles Denken bei seiner furchtbaren Tat? Auch hier konnte Megara später Auskunft geben; es waren Worte gewesen im Gebrüll des rasenden Herakles, verständliche Worte zwischen unverständlichen Lauten, und den Worten war zu entnehmen, daß Herakles meinte, er habe Riesen vor sich, Gaia-Söhne, die er jagen und vernichten müsse zum Schutz der Himmlischen, denn er sei ein Gott!

Herakles fand sich wieder vor den Leichen seiner drei Kinder. Herakles erwachte aus Wahn und Taubheit durch die Schreie von Megara, seiner Frau, die gebeugt war über die Leichen ihrer Kinder. Es waren entmenschte, unmenschliche Schreie, die sie ausstieß, und mit ausgestreckten Händen wies sie auf Herakles, den Vater der Toten, den Mörder seiner und ihrer Kinder.

Woher aber nun die Verwirrung? Wer will darauf antworten! Der Verwirrte kann es nicht. Andere aber sehen in den Verwirrten nicht hinein. Auskunft, vielleicht, wüßten die Götter. Wüßten sie die wirklich, müßten sie die freilich von sich geben. Wer kann Auskunft geben über Wissen und Wollen der Götter, wenn nicht ihr Mund? Dieser Mund hieß in Theben Teiresias und war oberster Priester im Tempel des Zeus, des obersten der Götter.

So sehen wir Herakles, der aus seinem Wahn erwacht ist und sich krümmt unter Schmerz um des kindlichen Blutes willen, das er vergoß, er krümmt sich vor dem Altar des Zeus, wo Flammen knistern, Rauch aufsteigt und betäubenden Duft ausstreut von glimmenden Kräutern.

Und Teiresias, der greise Priester, ein blinder Mann nun, beugt sich über das Feuer, er atmet den Rauch und würgt Worte hervor.

Und er kündet, daß Hera, die Mutter der Götter, die unerbittliche Feindin des Sohnes von Zeus und Alkmene, die Sinne verwirrte dem Herakles, daß er hinschlachtete seine Kinder im Wahn. Denn er sollte dadurch der Verachtung verfallen all jener, die ihn kannten und liebten, auch des Zeus, Herakles' Vater, der daraufhin verstoßen sollte sein Kind. Aber Zeus, der Allmächtige, der Allwissende auch, kannte Sinn und Tun seiner Frau. Nicht wieder lebendig zu machen waren die Kinder, die toten, die Herakles schlachtete; und also blieb Herakles weiter mit Schuld beladen daran, wie verwirrt auch sein Sinn gewesen, da er es tat.

So verkündete es würgend und hustend Teiresias, der blinde Priester. Schöpfte etwas frischen Atem, wischte sich die Tränen aus den toten Augen und würgte dann weiter.

Schuld habe Herakles, wußte Teiresias, doch Schuld lasse sich sühnen, so furchtbare selbst. Herakles gehe, so befahl Zeus durch den Mund des Teiresias, alsbald nach Mykenä, der Heimat Alkmenes, des Herakles Mutter. Dort regiere Eurystheus als König, und Herakles mache sich zum Diener und Knecht des Eurystheus und verrichte ihm fünf aufgetragene Werke.

Soweit Teiresias. Es gab noch allerlei Husten und Augenfeuchtigkeit und frommes Gestammel, aber das Wichtigste war gesagt. Herakles erhob sich von seinen Knien. Er verließ den Tempel. Draußen war Dämmerung, die Straßen von Theben zeigten sich leer. Herakles ging gesenkten Kopfes zurück zu seinem Palast, wo nebeneinander drei Särge warteten mit den toten Leibern seiner Kinder und wo an den Wänden die Schmerzensschreie widerhallten von Megara, der Mutter.

XV

Herakles betrat den Palast durch den Hintereingang, vom Garten her. Er nahm seine Waffen. Er machte sich taub gegen Megaras Weinen. Er ging, wie er gekommen war, und verließ noch am selben Abend die Stadt Theben, seine Heimat, den Ort seiner Zeugung und seiner Geburt.

Er ging, er ging weit und ausdauernd, schlief auf Wiesen, er ging, er fing sich Vögel gegen seinen Hunger und fraß sie. Er ging jenen Weg, den, noch vor seiner Geburt, noch vor seiner Zeugung, Amphitryon gegangen war, sein Ziehvater, zusammen mit Alkmene, seiner Mutter. Herakles ging, bis er in Mykenä anlangte, der Stadt, die berühmt war für ihre fetten Rinder.

Hier also regierte als König ein Mann namens Eurystheus. Herakles war entfernt mit ihm verwandt durch seine Mutter Alkmene. Eurystheus war, wie Alkmene, wie übrigens auch Amphitryon (der ja ein leiblicher Vetter gewesen war der Alkmene), ein Nachkomme des Perseus, der wiederum ein Sohn des Zeus gewesen war, geboren von Danae, einer Menschenfrau. Eurystheus bildete sich viel ein auf diese Herkunft. Er reklamierte für sich göttlichen Ursprung und hatte damit nicht so gänzlich unrecht. Sein göttlicher Ursprung wurde zum regelrechten Tick bei Eurystheus; jedem, mit dem er sprach, teilte er diesen Ursprung mit; sprach er mit bestimmten Leuten mehrmals, erwähnte er auch mehrmals seinen göttlichen Ursprung.

Eurystheus war ein Widerling, ein großmäuliger und besserwisserischer Affe, der jedem mit seiner Eitelkeit auf die Nerven ging und schon längst verhöhnt und verprügelt worden wäre, hätte er nicht die Krone von Mykenä getragen, aber nun: er trug sie. Man kann sich seine Könige nicht aussuchen. Man bekommt sie und muß mit ihnen leben. Mykenä mußte mit Eurystheus leben.

Diesem Eurystheus wurde aber eines Tages gemeldet, im Palast warte Herakles, der berühmte Held aus Theben in Böotien, und erbitte ein Gespräch.

Den Eurystheus befiel Furcht und Zittern.

Jedermann wußte von der gewaltigen Stärke des Herakles. Jedermann wußte, daß Herakles ein Perseus-Nachfahr war, nicht anders als Eurystheus. Jedermann wußte, daß Alkmene, die Mutter des Herakles, und Amphitryon, des Herakles Ziehvater und Alkmenes Mann, eigentlich Königin und König von Mykenä gewesen waren, aber hatten fliehen müssen, aus welchen Gründen immer. Wenn nun Herakles gekommen war, die elterliche Königswürde zurück- und für sich zu fordern?

Dies alles bedachte Eurystheus. Er verweigerte Herakles die erbetene Audienz. Er ließ dringende Staatsgeschäfte vorschützen und verkroch sich ins Bett. Er schlief schlecht; als er erwachte, wurde ihm mitgeteilt, Herakles warte immer noch und erbitte zum anderen Male ein Gespräch. Da seufzte Eurystheus lange und furchtsam; er schickte ein Stoßgebet zu Zeus, dem Göttervater, seinem Urahn; dann befahl er zitternd, daß man den Herakles zu ihm lasse.

Er zitterte weiter, und noch etwas zitterte: der Boden des Palastes von Mykenä zitterte, und das geschah, noch ehe sichtbar war jener, der das Zittern erregte. Dann schlug der Vorhang auf zum Thronsaal des Eurystheus. Herein trat, mit gebücktem Haupt wegen des für ihn zu niedrigen Türbalkens, ein menschlicher Koloß.

Dem Eurystheus verschlug es den Atem. Er hatte so etwas noch nie gesehen. Die Furcht blieb ihm. Aber es trat Überwältigung hinzu, außerdem Neugierde, überwältigt und neugierig musterte er den eingetretenen Herakles.

Dies war wahrhaft ein Riese. Er maß soviel wie zwei gewöhnliche Männer. Seine Muskeln waren fleischerne Hügel in der Landschaft eines unbeschreiblichen Leibes. Herakles wäre schön gewesen, wäre er nicht auch so riesig gewesen, dabei mochte es Leute geben, Weiber sogar, die das Riesenmaß nicht Minderung, vielmehr Zuwachs von Schönheit dünkte. Eurystheus aber war kein Weib. Er wollte Herakles nicht schön finden. Er wollte über das Problem menschlicher Schönheit nicht nachdenken.

Lieber widmete er seine Aufmerksamkeit den Dingen, die Herakles an und mit sich trug.

Dies war zunächst ein Löwenfell. Herakles hatte sich den

Rachen des Löwen aufs Haupt gestülpt, in der Art eines Hutes. Das sah sehr merkwürdig, dabei eindrucksvoll aus. Das eigentliche Fell des Löwen war um Leib und Glieder des Herakles geschlungen, ließ viel nackte Haut frei, die war glatt oder haarig und pulsierte. Herakles trug Köcher und Bogen; er trug eine Keule, er trug ein Schwert. Er trug außerdem einen Sack, in dem es klirrte. Der Sack schien eine Rüstung zu enthalten.

Ich bin, sagte der menschliche Koloß im Löwenfell, Herakles aus Theben.

Ich bin Eurystheus, sagte der mykenische König.

Ich weiß es, sagte Herakles.

Ich erwähne es nur, um Mißverständnisse zu vermeiden, sagte Eurystheus. Ich bin von göttlicher Herkunft.

Das ist allgemein bekannt, sagte der thebanische Koloß.

Was, fragte Eurystheus und unterdrückte dabei das Zittern, das ihn eben wieder heftig befiel, was führt dich nach Mykenä und an meinen Hof, o Herakles?

Ich möchte, sagte Herakles, dein Knecht und Diener sein, für fünf Arbeiten.

Sieh an, sagte Eurystheus, und die Überraschung machte, daß ihm mit dem Zittern auch die Stimme schwand.

Stille war im Thronsaal des Königspalastes von Mykenä. Nur etwas schlug dumpf, war zunächst nicht genau auszumachen, bis das Zucken an den Adern des Herakles Eurystheus die Lösung eingab: die dumpfen Schläge, beträchtlich widerhallend an den Wänden des Palastes, waren nichts anderes als die Pulsschläge des Recken aus Theben. Überraschung und Entsetzen gaben dem Eurystheus die Stimme zurück; er fragte: Mein Diener und Knecht?

So ist es, sagte Herakles.

Für fünf Arbeiten? wollte der König wissen.

Für fünf, bestätigte der Thebaner.

Was willst du für mich tun? fragte der König.

Was du befiehlst, sagte Herakles. Es ist nicht Art der

Knechte, sich ihre Arbeit zu wählen, sondern Sache der Herren.

Ich bin von göttlichem Ursprung! rief Eurystheus.

Ich weiß es, sagte Herakles. Du hast es außerdem bereits erwähnt.

Man kann das nicht oft genug erwähnen.

Wie du meinst.

Abermals Schweigen. Dann fragte Eurystheus vorsichtig: Du wirst widerspruchslos ausführen, womit ich dich beauftrage?

Ja.

Ich bin, sagte Eurystheus eitel, von göttlicher Herkunft.

Ich auch! schrie Herakles, und es knackten die steinernen Säulen des Saales unter der Gewalt seiner Stimme. Ich bin es gleich doppelt, und damit viel mehr als du!

Du willst mich verjagen! kreischte Eurystheus. Du willst meine Krone!

Ich will, sagte Herakles sanft, dein Knecht sein, weiter nichts.

Erneute Stille, zum drittenmal. Eurystheus musterte furchtsam, ungläubig, neugierig den Herakles.

Was ist das für ein Fell, das du trägst? fragte er schließlich.

Es stammt vom kithairischen Löwen, einer abscheulichen Bestie.

Ich will auch so ein Fell! rief Eurystheus. Wir haben nämlich selber Löwen. Einer haust in den Wäldern bei Nemea; er ist bestimmt doppelt so abscheulich wie deine Bestie vom Kithairon; eben dessen Fell sollst du mir bringen. Ich werde es bringen, sagte Herakles und verneigte sich; es war nicht auszumachen, ob aus Ehrfurcht vor König Eurystheus, dem Affen, oder aus Vorsicht wegen des Türbalkens, der jedenfalls für ihn zu niedrig war.

XVI Zeus prüft mich hart, seufzte Herakles, denn er zwingt mich, jemandem wie dem Eurystheus zu dienen; Knechtschaft ist schlimm, und sie wird schlimmer, je unwürdiger der ist, dem der Knecht gehört.

Herakles mochte seufzen, wie er wollte. Er mochte recht haben mit seinem Sinnen und Geseufz. Er hatte zu sühnen; dies ist nirgends ein freundliches Geschäft. Herakles schritt aus; so gelangte er endlich in die Landschaft Argolis, wo Nemea lag.

Der dort befindliche Löwe galt als außerordentliches Scheusal. König Eurystheus von Mykenä, der Affe, hatte wenigstens in diesem Punkte nicht übertrieben, da er mitteilte, der nemeische Löwe sei eine Bestie von besonderer Gräßlichkeit.

Der nemeische Löwe war eigentlich gar kein Löwe. Er war ein Sohn des Riesen Typhon und der Schlange Edidna, und seine Gestalt ähnelte in etwa der eines Löwen. Dabei war er unverwundbar für menschliche Waffen, und sein Blutdurst war schlechterdings nicht zu stillen.

Herakles betrat den Wald von Nemea. Herakles spähte nach allen Seiten. Nirgendwo konnte er eine Spur des Löwen entdecken. Gab es einen Pfad zu dessen Lager? Wenn es ihn gab, so sah ihn Herakles nicht. Wenn es ihn gab und Herakles hatte ihn übersehen, so konnte er auch niemanden danach fragen, denn Herakles sah keinen Menschen. Herakles sah Kühe; sie weideten zwischen den Bäumen. Es war Mittag. Die Menschen hatten sich verkrochen in ihren Häusern, aus Furcht vor dem Löwen, aber das wußte Herakles nicht. Ergebnislos suchte Herakles zwischen den Stämmen des Waldes, ungeduldig und voller Erwartung auf die Begegnung mit dem Löwen. So vergingen der Mittag und der Nachmittag.

Es kam der Abend, und mit ihm kam der Löwe. Herakles hörte Gebrüll und Gegrunz und das Krachen von Ästen. Herakles verbarg sich im Gebüsch, um das Tier zu beobachten. Das Tier kam und war, wie schon Eurystheus gesagt hatte, eine abscheuliche Bestie, der fürchterlichste Löwe der Welt.

Er war blutig ums Maul von viel gerissenem und gefressenem Rindvieh, er stank, und er brüllte.

Herakles legte einen Pfeil ein und schoß.

Der Pfeil traf den Löwen zwischen Hüfte und Rippen. Der Pfeil prallte ab wie von einem Steine. Hatte der Löwe etwas gemerkt? Viel offenbar nicht. Immerhin wendete er den Kopf und wies mit geöffnetem, blutigem, stinkendem, brüllendem Maul in jene Richtung, aus welcher der Pfeil gekommen war.

Herakles legte einen anderen Pfeil ein und schoß wieder.

Der Pfeil traf den Löwen diesmal in die Brust und prallte ab wie der Pfeil zuvor. Gleichwohl hatte der Löwe nun den Flug des Pfeiles verfolgen können und mit ihm den Punkt des Ausgangs gefunden. Er brüllte wieder gräßlich, krümmte sich dann und setzte zu einem gewaltigen Sprung an auf Herakles.

Der griff nach seiner Keule, einer respektablen Waffe, die er sich regelmäßig selbst verfertigte aus dem Stamm eines ausgewachsenen Ölbaums. Herakles schwang seine Keule und traf damit den Schädel des springenden Löwen so kraftvoll, daß der Löwe halbbetäubt aus seinem Sprung auf die Erde herabfiel und seine Pfoten zitterten. Herakles warf Keule, Pfeil und Bogen von sich, sprang von hinten auf den Löwen auf, er schlang dem Löwen die Arme um die Gurgel und drückte zu, bis dem Löwen das Genick brach.

Der Löwe war tot. Herakles wischte sich den Schweiß. Anschließend wollte er dem Löwen, da es König Eurytheus verlangt hatte, das Fell abziehen. Kein Messer, kein Schwert, kein kantiger Stein war in der Lage, einen Schlitz in das Fell des Löwen zu schneiden: es war zu zäh, und es war dabei so hart wie ein eiserner Panzer. So nahm Herakles schließlich des Löwen eigene Klauen zu Hilfe, und da gelang es. Herakles häutete den Löwen, nahm das blutige Fell an sich und ließ den Rest für die Geier.

König Eurystheus stand unter dem Tor des Palastes von Mykenä, jenem mit den steinernen Löwen. Er stand dort, wo dereinst auch König Amphitryon gestanden hatte, der

Ziehvater Herakles'. König Eurystheus sah von ferne einen Hünen kommen, der etwas hinter sich herzog, etwas Gelbes und Rosiges, von den Ausmaßen einer kleinen Rinderherde, und darüber war es in der Luft grau und schillernd.

Bald erkannte König Eurystheus, daß jener Hüne Herakles war, und was Herakles hinter sich herzog, war das Fell eines riesigen Löwen, über dem Fell aber kreisten Tausende von Schmeißfliegen. Da entsetzte sich König Eurystheus, seine Angst war viel größer als der Stolz, einen solchen Knecht zu haben; er befahl, alle Tore zu schließen, und verkroch sich, da es das nächstbeste Versteck war, das er fand, in einen großen, schwarzen eisernen Topf. Dort hockte er eine Nacht und bedachte seine göttliche Herkunft.

XVII

Herakles schleifte das stinkende Fell des nemeischen Löwen bis vor das Palast-Portal, legte es dort nieder und rief nach Eurystheus, dem König. Ein Fenster tat sich auf. Eine Stimme verkündete, der König sei unpaß; Herakles möge das Fell nur zurücklassen. Die Stimme gehörte einem Diener des Eurystheus. Der Diener befahl dem Herakles namens Eurystheus', die Hydra zu töten, welche gleichfalls in Argolis hause, in den Sümpfen von Lerna.

Die Hydra war wie der nemeische Löwe ein Kind von Typhon, dem Riesen, und von der Schlange Edidna. Im Unterschied zu ihrem nunmehr verschiedenen und gehäuteten Bruder war sie eindeutig nach der Mutter geraten: auch sie war eine Art Schlange, freilich eine mit neun Hälsen und neun Köpfen, von denen acht sterblich waren, einer war aber unsterblich und befähigt, die acht anderen nachwachsen zu lassen, wenn es denn not tat. Die Hydra hauste in einer Höhle und nährte sich von den argolischen Rinderherden, unter denen sie einen beträchtlichen Schaden anrichtete.

Herakles begab sich erneut auf den Weg nach Argolis. Auf dem Wege dorthin sah er in der Ferne einen Streitwagen. Dieser Wagen kam näher, er wurde von feurigen Pferden gezogen, die Herakles bekannt vorkamen, ebenso wie der Wagen selbst, und bekannt vorkommen mußte ihm zumal der Wagenlenker; der war Iolaos, sein Neffe, den er liebte wie sein eigenes Kind und der sein letztes Kind nun geblieben war.

Ach, sagte Herakles, halte, o Iolaos, für eine kleine Zeit, daß ich dich anseh und mich erinnre der glücklichen Stunden in Theben, ehe du fortfährst.

Nicht doch, mein Herakles, so sagte Iolaos. Theben ist Theben nicht mehr: nicht für mich, da Herakles fortging aus Theben, der Bruder des Vaters und mein Vater auch nach dem Tode des Vaters. Es ist mir, sprach Iolaos, viel lieber denn Theben ohne den Herakles der Herakles ohne mein Theben. Und hier also bin ich!

Hervorragend, sagte Herakles.

Er stellte sich neben Iolaos auf den Wagen und fuhr mit ihm zu den Sümpfen von Lerna.

Man gelangte zu einem Hügel; hier befanden sich die Quellen des Flusses Amymone. Über den Baumwipfeln schwankte etwas, das war wie ein kleiner Wald besonders gelenkiger Bäume, ohne doch Bäume zu sein: es handelte sich um die neun Hälse und Köpfe der Hydra. Iolaos hielt den Wagen an. Herakles sprang herab. Er zog Pfeile und Bogen, umwickelte die Pfeile mit trockenem Gras und Laub, er zündete sie an und schoß sie brennend in Richtung auf die Hydra. Das glimmende Gras wurde zu knisternden Flammen durch den Luftzug während des Fluges. Die Pfeile entzündeten ihrerseits Laub, Zweige und Geäst. Dicke gelbe Qualmwolken stiegen zum Himmel. Die Hydra zischte mit jedem ihrer neun Münder; zischend kroch sie heraus aus ihrer Höhle, in Richtung auf den Ruhestörer. Herakles ging ihr entgegen und packte sie; die Hydra ihrerseits umschlang einen Fuß des Herakles mit ihrem Schlangenleib. Herakles kümmerte sich nicht um den Leib der Hydra, packte vielmehr seine Keule und zertrümmerte die sterblichen Köpfe des Untiers. Sie fielen ab von den Hälsen, aber alsbald wuchsen für jeden getöteten Kopf zwei neue; Herakles sah sich alsbald umringt von einem Dschungel aus fauchenden Hydra-Köpfen; gleichzeitig kroch aus dem Sumpf ein Riesenkrebs, er war der Hydra Gefährte und fuhr mit seinen Scheren dem Herakles schmerzhaft ins Bein. Herakles erschlug den Riesenkrebs mit seiner Keule und rief sich dann seinen Neffen Iolaos zu Hilfe, der mittels einer brennenden Fackel den Wald anzünden mußte, und Herakles, kaum daß er einen Kopf der Hydra zertrümmert, hielt den Hals-Stumpf in die brennenden Bäume, daß die nachwachsenden Köpfe zischend versengten, und zuletzt gelang es ihm, mit seinem Schwert den unsterblichen Kopf der Hydra abzuschlagen. Der Kopf lebte auch danach noch, da er unsterblich war, aber er lebte ohne Hals und Leib und war so nicht mehr viel wert. Herakles begrub den Kopf unter einem Felsen. Der Schlangenleib fiel zurück; Herakles spaltete ihn mit seinem Schwert in zwei Teile. Schwarz und giftig quoll das Blut aus den Hälften. Herakles nahm seine Pfeile und tauchte deren Spitzen in das Blut. Seine Pfeile würden fortan giftige Wunden schlagen.

Herakles kehrte zurück zu Iolaos und dem wartenden Kampfwagen. Herakles humpelte. Herakles humpelte auf jenem Bein, in welches ihn der Riesenkrebs geschnitten, der Helfer der Hydra, den Herakles alsbald erschlagen.

Iolaos fuhr den Streitwagen an. Der Wagen rumpelte. Herakles stand neben Iolaos und verzog schmerzhaft das Gesicht. Sein Bein schmerzte, und das Rumpeln des Wagen verstärkte den Schmerz. Schließlich mußte er stöhnen. Schließlich mußte er laut schreien, Iolaos solle den Wagen anhalten; Iolaos tat es, und Herakles verließ humpelnd den Wagen, um sich auf einen Stein zu setzen.

Er betrachtete sein Bein. Das Bein sah nicht gut aus. Die Schere des Riesenkrebses hatte ihn in die Wade geschnitten, wo die Haut nun klaffte wie ein widerlicher Mund, in dessen Innerem rosiges Fleisch war, ungesundes Fleisch war, und gleichsam als Speichel gab es noch Wäßriges: Eiter mit Blut und Schmutz. Herakles sah es. Herakles seufzte und stöhnte. Die Pferde des Iolaos wieherten.

Warum sie wohl wieherten? Weil feurige Pferde, zum Halten und Warten gezwungen, eben wiehern, vermuten wir. Vermuten wir richtig? Pferde wiehern auch, wenn sie ihresgleichen wittern. Tatsächlich mußten die feurigen Pferde vorm Streitwagen des Iolaos in dem, was da näher kam, ihresgleichen vermuten auf den ersten Blick; erst beim zweiten Blick wurde der Irrtum offenbar, und da endeten sie auch ihr Wiehern und schnaubten bloß noch.

Was jetzt auf den Plan trat, hörte auf den Namen Chiron und war eines der reizendsten, wunderlichsten und liebenswürdigsten Geschöpfe der antiken Welt.

Wie sollen wir es beschreiben? Wir erinnern uns an das Wiehern der Pferde des Iolaos, die damit Chiron als einen der Ihren erkennen wollten, ehe sie ihres Irrtums gewahr wurden. Die Pferde des Iolaos hatten so unrecht nicht. Bis zum Rücken, bis zum Ansatz des Widerristes war Chiron ein Pferd: mit den vier Beinen eines ebensolchen, mit daran befindlichen Hufen, mit einem haarigen Schweif. Oberhalb dieses Rückens aber befand sich der Oberkörper eines erwachsenen Mannes.

Also, könnte man sagen, war Chiron nichts als ein Reiter mit seinem Pferd? Man könnte so sagen, müßte freilich sofort hinzufügen: dem Reiter fehlten die Beine, dem Pferd aber fehlte der Kopf. Wo bei Pferden der Hals anhebt, begann bei Chiron der Oberkörper; wo beim Reiter die Schenkel beginnen, waren bei Chiron die Vorderschenkel des Pferdes. Chiron war ein zusammengewachsener, ein gleichsam idealer und ewiger Reiter mit Pferd. Außer solcher Eigentümlichkeit hatte er noch einen Vollbart und sanfte Augen. Chiron war ein Zentaur. Er war nicht der einzige seines Stammes, aber als einziger trat er jetzt auf Herakles zu, da Herakles

Schmerzen am Bein spürte vom Schnitt des Riesenkrebses; Chiron war nämlich nicht bloß Zentaur, sondern auch heilkundig, und weichherzig war er zudem.

Chiron beäugte die Wunde des Herakles. Er nickte einverständig. Er trabte davon, suchte und pflückte und kam mit allerlei Blättern und Blumen zurück. Er legte die Kräuter nacheinander auf des Herakles Wunde, preßte Saft aus, rieb und drückte, murmelte Heilsames und freute sich, wie es half. Er rieche Krankheit und Wunden von weit her, behauptete Chiron, nichts Schöneres, als zu heilen und lindern.

Schließlich waren die Lippen von Herakles' Wunde geschlossen, das Fleisch war verschorft, der Schmerz war verschwunden. Herakles versicherte dem Chiron seine ewige Freundschaft, und wir werden zu prüfen haben, wie er sie hielt. Chiron trollte sich. Herakles fuhr mit Iolaos zurück nach Mykenä, um seinen vollständigen Sieg über die Hydra zu vermelden.

Herakles erhielt von König Eurystheus, der sich immer noch durch seinen Diener vertreten ließ, als dritte Arbeit die Aufgabe, die Hirschkuh Keryneitis zu fangen und zu bringen.

Hierzu ist nicht viel zu sagen, außer daß Herakles die Aufgabe übernahm und auch zu Ende brachte.

Die Hirschkuh Keryneitis stand unter dem besonderen Schutz einer Göttin, die Artemis hieß und zuständig war für die Jagd und die Jäger.

Es wäre dem Herakles nun nichts leichter gewesen, als Keryneitis zu erlegen, aber seine Aufgabe war es gerade, daß er das Tier lebend fing. Also verfolgte er es, fast ein Jahr lang, mal mit, mal ohne Iolaos, zuletzt häufiger ohne ihn. Herakles wurde müde, er wurde matt dabei, er verzweifelte schließlich und ging in seiner Not zu Chiron, dem Zentauren, seinem alten Freund. Dieser gab ihm einen Pflanzensaft, welcher Lebewesen betäubt, doch nicht tötet. Herakles tränkte einen Pfeil mit diesem Safte, er schoß auf die Hirschkuh, traf sie und trug das betäubte Tier auf seinen Armen nach Mykenä. Dort tat man Keryneitis in einen Zwinger und verehrte sie fortan als ein heiliges Tier.

Infolge der einjährigen Abwesenheit des Herakles hatte sich König Eurystheus von Mykenä wieder etwas von seinem Entsetzen erholt. Er befahl den schrecklichen Mann aus Theben sogar wieder vor sein Antlitz. Er beteuerte seine göttliche Herkunft und verlangte als nächste Arbeit abermals das Fangen eines heiligen Tieres, diesmal war es ein Eber.

Herakles hatte drei von fünf Arbeiten geleistet. Nach der fünften Arbeit würde er aus dem Dienst des Königs Eurystheus entlassen sein, und alle Blutschuld wäre dann für ihn gesühnt. Er würde wieder ein unbelasteter Halbgott sein und konnte sich wieder bemühen, ein richtiger Gott zu werden.

XVIII

Es hauste in der Gegend des Berges Erymanthos ein Eber, der allerlei Flurschaden anrichtete, indem er den Boden verwüstete und pflügte und durchfurchte nach üblicher Wildschweinart. Es war aber dieser Eber das andere heilige Tier der Jagdgöttin Artemis, er durfte daher nicht erlegt werden. Herakles trieb das Vieh durch lautes Gebrüll aus dem Wald heraus. Er trieb es den Berg Erymanthos hinan bis an die Schneegrenze und in den Schnee hinein, wo der Eber schließlich ermattete, da Schnee nicht seine natürliche Umgebung war. Herakles fing sich den Eber, fesselte ihn und trug ihn nach Mykenä in den Zwinger zu Keryneitis, der Hirschkuh; dort würde man ihn gleichfalls fortan verehren wollen als ein heiliges Tier.

Herakles erhielt jetzt als nächste Aufgabe, dem König Augias von Elis behilflich zu sein.

König Augias von Elis war ein entfernter Verwandter des Königs Eurystheus von Mykenä; derlei verpflichtet manchmal. König Eurystheus von Mykenä mochte dem König Augias Geld schulden, und des Herakles Arbeitskraft konnte ein Akt der Rückerstattung sein solcher Schuld. König Augias hatte ein Problem, welches König Eurystheus, sein entfernter Verwandter, gut genug kannte. Herakles aber kannte es noch nicht.

König Eurystheus nährte noch immer den Argwohn, der starke Herakles würde ihn eines Tages vom Thron verjagen wollen. Zwar hatte Herakles keinerlei verdächtige Absichten offenbart, aber man konnte nie wissen: vielleicht war ebendies das Abgefeimte? Der Tod des nemeischen Löwen und der Hydra, das Einfangen der heiligen Hirschkuh und des ebenso heiligen Ebers hatten Herakles zu großer Beliebtheit verholfen, die Leute in Mykenä freuten sich über das Ende zweier Plagen und über den Zugewinn zweier heiliger Tiere, die zahlende Gaffer und zahlende Pilger lockten von weit her. Allgemein setzte sich die Ansicht durch, daß Herakles einen besseren König von Mykenä abgäbe als der eitle Affe Eurystheus, immer vorausgesetzt, man hätte die Wahl. Eurystheus zeichnete nichts aus außer seiner göttlichen Herkunft, und die hatte Herakles zusätzlich.

So also redeten die Leute. Es blieb Eurystheus nicht verborgen. Vermutlich, so dachte Eurystheus, war es der raffinierte Trick des Herakles, durch geheuchelte Demut und vorgezeigten Mut, der bei seiner Stärke wohlfeil war, sich den Leuten beliebt zu machen; auf dem Wege solchen Gefühls wollte und sollte er schließlich in den Königspalast von Mykenä getragen werden, auf den Thron seines Ziehvaters und seiner Mutter, den nahm aber jetzt er ein, Eurystheus. War alles so, hatte Eurystheus dem selbst Vorschub geleistet durch die von ihm erteilten Aufträge. War es so, mußte Eurystheus schleunigst etwas dagegen tun. Er mußte dafür sorgen, daß die Bewunderung umschlug in Gelächter, die Beliebtheit in Verachtung. Es war dazu höchste Zeit und die letzte Gelegenheit, denn Herakles hatte fünf Arbeiten erbeten von König Eurystheus; vier hatte er bereits erledigt; diese war nun die letzte.

König Augias betrieb eine riesige Rinderzucht. Zu Tausenden standen seine Tiere in einem riesigen Stall, der nichts anderes war als eine Koppel mit einem Strohdach, auf Pfählen. Tausende von Kühen standen dort, Tausende hatten dort gestanden, und alle hatten ihren Mist abgelassen, und niemand hatte den Mist jemals weggeräumt. So stapelte er sich, wurde festgetreten, stapelte sich weiter und reichte nunmehr, hart, stinkend, von Maden durchfressen und von Bremsen bewohnt, bis unter das Dach. Die Tausende von Kühen standen darin herum, waren bekleckert und sahen auch sonst übel aus. Es mußte etwas geschehen. Der Mist mußte fort. Dies war Herakles' Aufgabe.

Es war eine Aufgabe, die, selbst wenn er sie bewältigte, ihn in den Zustand der Lächerlichkeit versetzte, denn das Ausmisten von Ställen war die Aufgabe von Sklaven; ein Held besudelte sich nicht mit Kuhdung. König Augias aber wollte Herakles auch noch zusätzlich kränken, indem er ihm auftrug, die Reinigungsarbeit an einem Tag zu bewältigen.

Herakles stand vor dem Stalle. Er sah das Gebirge von Kuhdung, und er sah in ihm, auf ihm mehrere tausend Kühe. Er roch den Verweseungsgeruch. Er sah die Myriaden von Würmern, Fliegen, Bremsen und Käfern, die über die Milchtiere krochen und über deren Ausscheidung. Lange besah Herakles das alles, hielt das Kinn in der Hand und dachte nach.

Neben ihm stand Augias, der König von Elis. Neben ihm standen Iolaos, sein Neffe, und Phyleos, der Sohn des Augias. Der Anblick des stummen, starken, nachdenkenden Herakles machte den Augias geradezu übermütig, so daß er rief:

Schaffst du das aber, o Fremdling, und schaffst du es an einem Tag, so gehört dir der zehnte Teil meines Viehs!

Herakles erwachte aus seinem Brüten.

Ist das ein festes Angebot? fragte er.

Ja, sagte Augias.

Beschworen?

Beschworen.

Unter Zeugen, deren einer dein Sohn ist?

Unter Zeugen beschworen.

Gemacht.

Herakles reckte die Muskeln und blickte um sich. Am Rand des Geländes standen noch Gaffer. Alle wollten den Zeus-Sohn im Mist waten sehen.

Herakles trieb erst einmal die mehreren tausend Rinder des Augias aus dem Stall, indem er brüllte, mit den Armen fuchtelte und danach in die Hände schlug, daß die Tiere erschrokken in die Höhe sprangen. Nach kurzer Zeit war der Stall leer von vierbeinigen Tieren. Fliegen und Würmer waren geblieben im Gebirge aus Kot.

Dann ging Herakles davon. Hatte er es aufgegeben? Die Zuschauer murmelten, zischelten und stellten Vermutungen an. Herakles ging bis zum Ufer des Flusses Alpheios und begann eine Rinne auszuheben mit seinen Händen. Die Rinne führte vom Ufer des Alpheios bis zum Viehhof.

Auf der anderen Seite des Viehhofs grub Herakles eine zweite Rinne. Sie führte bis zum Ufer des Flusses Peneios. Einen halben Tag arbeitete Herakles so, dann waren die Rinnen gegraben, sie waren vollständig bis auf einen schmalen Damm zwischen dem Flusse Alpheios und dem Anfang der Rinne.

Herakles trat den Damm ein. Er warf Felsbrocken in das Flußbett des Alpheios. Das Wasser strudelte infolgedessen in die Rinne, dem Viehstall zu, es wusch dort den Mist fort und strömte mit dem Mist in den Fluß Peneios.

Etwa zwei Stunden währte dies, dann war der Stall leergewaschen. Herakles schüttete die Rinnen wieder zu. Er hatte seine Aufgabe erfüllt, in der vorgegebenen Zeit, ohne sich selber mit Dung zu besudeln. Er hatte sich nicht lächerlich gemacht und sich auch nicht entehrt.

Er trat vor Augias und sagte: Mein Werk ist getan, o König, ich fordere meinen Lohn, ein Zehntel deiner Rinder. Nach meiner Schätzung müßten das etwa fünfhundert sein.

Nein! schrie Augias. Nichts gibt es, alles ist Lüge, alles ist Betrug!

Augias weigerte sich, den Lohn herauszugeben. Er fluchte, zeterte und behauptete, Herakles habe den Mist nicht mit der Schaufel weggeräumt, das aber sei die ausdrückliche Bedingung gewesen.

Herakles wandte sich an das Gericht in Elis. Es kam zum Prozeß. Herakles klagte auf seine Rinder. Die Richter wollten die genauen Bedingungen der von Augias beschworenen Arbeitsvereinbarung wissen. War darin vorgeschrieben, welche Werkzeuge Herakles benutzen mußte? Herakles verneinte. Der König aber behauptete es, er bestand auf der Schaufel. Daraufhin trat Iolaos als Zeuge auf. Er bestätigte die Worte des Herakles. Augias focht sofort dieses Zeugnis an: Iolaos sei nicht unbefangen, er sei Neffe und Ziehsohn des Herakles; Augias verlangte einen anderen Zeugen: Phyleos, seinen einzigen Sohn.

Jetzt trat Phyleos auf. Phyleos blinzelte und hantierte unruhig mit seinen Händen, während er ging; so stellte er sich auch vor die Richter. Er öffnete den Mund. Er gab zögernd, doch mit fester Stimme sein Zeugnis. Und was war dies nun für ein Zeugnis? Wie sagte aus Phyleos von Elis, der Sohn des regierenden Königs, wie konnte und durfte er nur aussagen in Gedanken an seinen Vater?

Phyleos bestätigte nicht die Angaben des Augias, sondern jene von Herakles und Iolaos.

Da hatte Herakles den Prozeß gewonnen. Das Gericht sprach ihm fünfhundert Kühe zu.

Augias schrie hysterisch vor Wut, er lieferte das halbe Tausend Stück Rinder, er verstieß seinen Sohn Phyleos, er befahl, daß Herakles, Iolaos und ihre fünfhundert Rinder augenblicklich das Land Elis verließen. Die hatten ohnehin nichts anderes im Sinn.

Dem Augias aber blieb, nachdem er sich wieder beruhigt hatte, ein gereinigter Stall und die Idee einer Kanalanlage für den Zweck späterer Reinigungen. Schwer zu sagen, ob dies alles den Preis von fünfhundert Rindern wert war, aber es war besser als nichts.

XIX

Der Rückweg des Herakles und Iolaos nach Mykenä war lang und langwierig. Fünfhundert Rinder ließen die trockene Erde unter sich dröhnen, gaben tierischen Brüllaut, versuchten auch manchmal auszubrechen und zogen tausend geflügelte Blutsauger an, Aasfliegen und Bremsen.

Herakles mußte ständig auf der Hut sein und ausbrechende Kälber fangen. Iolaos mußte mit dem Streitwagen die auseinanderfließende Herde umkreisen, den Leittieren Antrieb und Richtung geben. So bewegten sich Tiere und Menschen; die Menschen mußten Hände und Augen überall haben; sie redeten wenig.

Für eine kurze Zeit gesellte sich Phyleos zu ihnen, der verstoßene Sohn des Königs Augias von Elis. Irgendwann war er aus einem Walde herausgetreten. Hielt sich erst etwas am Waldrand, geriet dann wie spielerisch in die Zeichnung des von fünfhundert Rindern getretenen Bodens. Phyleos riß einen Zweig von einem Busch im spielerischen Vorübergehen und schob ihn sich zwischen die Zähne, um darauf zu kauen. Scheinbar mit Nichtigem und nichts beschäftigt, näherte er sich dem Herakles. Spuckte sein angekautes Zweiglein wieder aus. Summte ein paar Takte, fing dann an, mit Herakles ein Gespräch zu führen.

Ei, begann er, wie ist denn das allgemeine Befinden?

Danke, knurrte Herakles. Man hat zu tun.

Schöne Rinder, viele Rinder. Sie wären nicht dein Eigentum ohne den Zeugenspruch des Phyleos, Sohn des elischen Königs.

Das ist mir bekannt, sagte Herakles. Was willst du? Einen

Anteil? Willst du Tribut und Lohn für die beschworenen Aussagen vor Gericht?

Nicht doch, sagte Phyleos, oder doch nicht so. Nicht nach Rindern und ihrem Besitz steht mir der Sinn. Hätte ich so was gewollt, ich hätte vor Gericht für meinen Vater gutsagen und bei ihm bleiben können; mein Vater besitzt Rinder genug und würde sie mir vererben. Nicht Tiere sind es, die ich will. Mein Tribut soll in anderem bestehen.

Das ist?

Geistiges. Bedeutsames.

Erklär das genauer.

Nun, nun, sagte lächelnd Phyleos. Du gibst dich für einen Halbgott aus und lebst wie ein Sklave. Wenn das einen Sinn hat, und es muß einen Sinn haben, sonst betriebest du das nicht, so will ich ihn jetzt wissen.

Es gibt keinen Sinn, sagte Herakles. Ich mache das eben.

Phyleos kicherte vieldeutig. So hat es auch keinen Sinn, sagte er, daß du gefräßige Ungeheuer tötest? Die Menschheit von allerlei Plagen befreist, zwei Löwen und einer neunhälsigen Schlange? Daß du heilige Tiere einfängst und in Käfige tust, wo sie gegen Bezahlung zu sehen und damit erstmals und endlich etwas nütze sind? Das alles hätte keinen Sinn und keine Überlegung?

Hat es nicht, sagte Herakles.

Phyleos kicherte verstärkt und sagte: So hätte es auch keinen Sinn, daß du den Kanal grubst in Elis? Daß klares Wasser binnen Stunden den jahrzehntealten Dreck fortnahm von den aber tausend Kühen meines Vaters Augias? Daß an einem Tag passierte, was in Wochen Sklaven nicht fertigbrächten und was zu tun Knechte sich weigerten? Diese geniale Idee? Dieser außerordentliche Sieg der menschlichen Erfindungskraft über die träge Physik? Alles ohne Absicht? Alles ohne Hintersinn? Bloß für fünfhundert Rinder?

Alles, bestätigte Herakles.

Haha, lachte da Phyleos. Da du mir also den Sinn nicht

sagen willst, werde ich ihn dir deuten. Er ist so durchsichtig wie der Morgentau auf den Wiesen, wie die Luft nach dem Regenguß. Du bist ein Herr, und du lebst wie ein Diener. Du bist ein bekannter Feldmarschall und erschöpfst dich mit Bauernkram. Du bist angeblich von Götterstamm, aber du sperrst Göttliches hinter Gitter. Du verwendest die genialste Ingenieurkunst und läßt dich mit dreckigen Rindern belohnen. Ich weiß, warum du das tust. Du willst eine neue Weltordnung. Du willst ein Von-unten-nach-oben-und-von-oben-nach-unten. Du willst, daß es keine Herren, Diener, Feldmarschälle, Kriege, Götter mehr gibt. Du willst der Menschheit die Ingenieurkunst beibringen. Du willst alles verändern durch dein persönliches Beispiel. Du stellst dich arglos und hast es faustdick hinter den Ohren.

Quatsch, sagte Herakles. Dann rannte er los und fing zwei flüchtige Kälber.

Ha! schrie Phyleos, dem rennenden Herakles hinterdrein. Mich täuschst du nicht!

Herakles kehrte zurück. Er tat die geflüchteten Kälber zurück in die Herde. Dann sagte er noch einmal: Alles Quatsch.

So sag mir doch, rief Phyleos schrill, warum du diese Dinge getan hast und tust!

Herakles brummelte: Weil es mir Zeus befahl.

Aber es gibt keinen Zeus! Es gibt keine Götter!

Natürlich gibt es Zeus, er ist sogar mein Vater. Natürlich gibt es Götter. Ich bin selber ein halber und will ein ganzer werden. Warum strenge ich mich sonst an?

Da fing Phyleos herzzerreißend an zu schreien. Er klagte und zeterte und schrie. Schreiend verkündete er, daß er sich entsetzlich getäuscht habe in Herakles, daß alles verkehrt und verworren sei; er habe auf eine neue Weltordnung gehofft unter der Führung eines Menschheits-Genies, jetzt müsse er erkennen, Herakles sei nichts als ein blöder Gottesknecht. Lange noch schrie er so, blieb allmählich zurück, schrie, zeterte, fluchte mit leiser werdender Stimme, verlor sich so, sehr allmählich, in der braunen Wolke von trockenem Lehm, den die zweitausend Hufe aufwirbelten von des Herakles Rindern.

XX Die Kunde eilte dem Helden voraus. Noch ehe Herakles mit Iolaos und fünfhundert Rindern eingetroffen war in Mykenä, wußte König Eurystheus jedenfalls davon und wußte, daß sein Plan nicht aufgegangen war.

Als Herakles das Stadttor von Mykenä erreichte, stand dort der König Eurystheus, es standen dort außerdem Diener, Wachen und Hofschranzen in beträchtlicher Zahl. Sie alle zogen teils finstere, teils höhnische Gesichter.

Ich begrüße dich, Herakles, tapferer Held! so sprach auf ein Nicken seines Königs hin einer der Diener. Leider muß ich dir mitteilen, daß du in deiner letzten Aufgabe völlig versagt hast.

Wie denn das? sagte Herakles. Habe ich nicht den Stall des Augias, Königs von Elis, gesäubert? Gelang mir dies nicht an einem einzigen Tag, wie verabredet und gefordert?

Wohl, sagte der Diener. Aber du hast einen Lohn dafür genommen, fünfhundert Rinder, und das war nicht vereinbart.

Es war auch nicht verboten, sagte Herakles.

Das war es doch! krähte Eurystheus. Indem es nicht erlaubt war!

König, so sagte Herakles, und er hatte dabei ein leichtes Drohen in der Stimme. Ich bin dein Diener, aber auch ein Diener kann rebellieren, wenn man ungerecht mit ihm umgeht.

Ha! schrie Eurystheus; er wollte noch mehr schreien, aber die Angst vor dem Grollen in der Stimme des starken Herakles raubte seinerseits ihm die Stimme.

Erlaube, daß ich nachdenke, o König, sagte Herakles; und da kein Widerspruch erfolgte, ging er beiseite, hockte sich auf einen Baumstamm und stützte den Kopf in die Hand.

Herakles dachte nach und führte stumme Zwiesprache mit Zeus, dem obersten der Götter, seinem Vater. Wir benutzen die Gelegenheit, zu erörtern, wieso Eurystheus sich so ungewöhnlich standhaft zeigte, obwohl er doch ein Affe und Feigling war.

Er hatte Angst um seinen Thron, nun gut. Er hatte gleichermaßen Angst vor Herakles: persönliche, leibliche. Wieso wog die erste Angst schwerer als die zweite, da doch die zweite sein Leben betraf, das, wenn er es denn verlor, den Besitz oder Nichtbesitz eines Thrones für ihn gegenstandslos machte? Sie wog schwerer, da ein zusätzliches Gewicht Verstärkung gab. Dies trug den Namen Hera.

Dem König Eurystheus von Mykenä war die Göttermutter im Schlaf erschienen. Sie hatte ihm verkündigt, daß Herakles seine Aufgabe zu Elis vollständig erledigt habe; freilich sei ihm dafür Lohn zuteil geworden, und dies sei die einzige und letzte Möglichkeit, dem Herakles die Erfüllung einer Aufgabe zu bestreiten. Nur so noch ließe sich ihm entgegentreten in seinem unaufhaltsamen Weg auf den Thron von Mykenä. Eurystheus, so sprach Hera zu diesem im Traum, möge vors Tor gehen anderntags, und wenn Herakles nahe mit fünfhundert Rindern, wisse er, daß keine Spukgestalt ihn genarrt habe im Traum, sondern daß ihm wahrhaft Hera erschienen sei, die Mutter der Götter, die Herrin des Olymps.

Das wußte er nun. Er sah den fünfhundert Rindern zu, die mykenisches Gras zupften. Herakles erhob sich jetzt von seinem Baumstamm; seine Stirn war zerfurcht; er trat wieder dem König vors Angesicht.

Ich habe nachgedacht, sagte der Held aus Theben. Ich habe für meine Arbeit von Augias fünfhundert Rinder erhalten. Du behauptest, du hättest nicht erlaubt, sie zu haben; ich behaupte, du hättest es nicht verboten. Der Streitfall ist aus der Welt, wenn ich sie nicht mehr besitze.

Wem willst du sie geben? fragte lüstern der König.

Ich könnte sie Iolaos geben, meinem Neffen, der mein Helfer ist. Ich könnte sie dir geben, o König, denn du warst bis zu dieser meiner letzten Aufgabe mein Herr, dem gehört, was ich erarbeite. Ich könnte auch zwischen euch teilen.

Ich werde meinen Teil nehmen, sagte Eurystheus. Ich werde die fünfte Aufgabe als erfüllt ansehen und dir sogar erlauben, daß du den anderen Teil der Rinderherde behältst, aber das alles geschieht nur unter einer Bedingung.

Nämlich?

Daß diese fünfte Arbeit nicht zugleich deine letzte ist.

Welche soll dann die letzte sein?

Wir werden sehen, sagte der König.

O Zeus! stöhnte Herakles, und wie zur Antwort war leichtes Donnern am Horizont. In Ordnung, sagte Herakles, und er nickte.

In Ordnung, sagte auch der König. Er fügte überflüssigerweise hinzu, daß er von göttlicher Herkunft sei, und befahl, zweihundertfünfzig Rinder in seine Stallungen zu treiben. Er fand für sich, solange Herakles sein Diener war, sei er selber seines Thrones sicher: mehr jedenfalls, als wenn Herakles nicht mehr sein Diener war.

Und Herakles? Warum ließ er sich ein auf dieses ärgerliche Geschäft? Sein Zwiegespräch mit Zeus, dem obersten der Götter und seinem Vater, hatte es ihm so bestimmt. Herakles hatte inständig nachgedacht und gefleht. Das einzige, was er schließlich als Antwort in seinem Inneren zu vernehmen meinte, war ein zitterndes Stimmchen gewesen, nicht sehr zeusgemäß, aber auch der mächtigste Göttervater mochte manchmal erschöpft sein. Herakles hatte sehr genau zuhören müssen. Er hatte am Klang gerätselt und gedeutelt, bis sich ihm endlich Worte erschlossen, die er verstand. Diese Worte waren himmlisch, tiefgründig und weise gewesen, wie Götterworte sind, womit sie sich auch als Götterworte erwiesen, denn sie hatten gelautet:

Sieh mal zu, was du machst.

Und das hatte Herakles dann auch getan.

XXI Die nächsten Taten des Herakles waren zwar schwierig und kraftraubend, aber sie waren nicht eigentlich aufregend. Ein wenig wirkten sie wie die Wiederholungen früherer Taten. Dies lag nicht bei Herakles, der nur ausführte, was man ihm auftrug. Es lag dies vielmehr bei Eurystheus, der die Aufgaben ersann und der unter dem Zwang, Herakles möglichst schnell und möglichst weit vom Halse zu haben, die erstbesten Aufgaben erteilte, die ihm einfielen.

Zunächst ging es darum, die Stymphaliden zu verjagen.

Es handelte sich dabei um Raubvögel von Storchengröße, deren Flügel, Krallen, Schnäbel aus reinem Eisen bestanden und die deswegen besonders schwer zu jagen waren. Außerdem konnten sie ihre Federn abschießen, als wären dies Pfeile. Solcherart wurden sie zu gefürchteten Jägern und Räubern von Herdenvieh. Sie hausten an einem arkadischen See namens Stymphalos; dorthin begab sich Herakles nun auf dem Fußweg.

Er langte an am Ufer, und er erblickte die Vögel zu Tausenden. Für Augenblicke war er ratlos, wie er ihrer Herr werden sollte. Dann kam ihm ein helfender Einfall. Er nahm von der Erde drei größere Felsbrocken auf, umschloß sie mit beiden Händen und begann sie so zu schütteln. Die Brocken schlugen gegeneinander. Sie gaben in der dunklen Wölbung der geschlossenen Hände ein klapperndes und donnerndes Geräusch. Die Vögel erhoben sich daraufhin, erschreckt und kreischend. Herakles ließ die Felsbrocken fallen. Er griff stattdessen nach Pfeil und Bogen. Er begann zu schießen. Er erschoß zahllose von den Stymphaliden; der Rest der Vögel floh, flog davon und würde nie mehr gesehen werden.

Die nächste und siebte Aufgabe des Herakles war es, den rasenden Stier auf der Insel Kreta einzufangen und zu bringen.

Mit diesem Stiere hatte es die folgende Bewandtnis:

Der König von Kreta, mit Namen Minos, hatte dem Gott der

Meere, der Poseidon hieß, einen Schwur geleistet: er wollte, so schwor er, dem Poseidon opfern, was zuerst dem Meere entstieg, da in seinem eigenen Besitz sich nichts befinde, was als Opfer dem Poseidon angemessen sei. Der Gott wollte den König prüfen. Er ließ aus dem Wasser einen besonders schönen, kräftigen und feurigen Stier steigen. Dem Minos gefiel das Tier so sehr, daß er es unter seine Herde tat und dem Poseidon einen anderen Stier als Opfer darbot. Poseidon wäre kein Gott gewesen, hätte er den Betrug nicht gemerkt, und zur Strafe für Minos ließ er den meerentstiegenen Stier rasend werden. Das Vieh tobte über die Insel und richtete eine Menge Schaden an.

Herakles kam nach Kreta, fing den Stier ein und ging so kraftvoll mit dem Rindvieh um, daß der Rasende ganz friedlich wurde und dem Herakles demütig die Hände leckte. Herakles ritt auf dem Stier bis zum Ufer und auf sein Schiff. Er brachte, wie es der Auftrag war, den Stier zu König Eurystheus von Mykenä. Dort blieb der Stier noch eine Weile friedlich, aber als er des Herakles bändigende Kraft nicht mehr um sich fühlte, da Herakles inzwischen mit einer anderen Arbeit beschäftigt war, wurde er am Ende wieder rasend; er tobte durch Lakonien, Arkadien, Attika und richtete abermals eine Menge Schaden an. Dem König Minos von Kreta war das gleichgültig, da es ihn nicht mehr betraf, und dem Herakles aus Theben war es ebenso gleichgültig, da er, wie gesagt, einer anderen Arbeit nachging.

Diese bestand darin, daß er die Stuten des Thrakiers Diomedes nach Mykenä brachte.

Es waren dies so wilde und furchtbare Tiere, daß man sie an eisernen Ketten hielt, und zur Nahrung erhielten sie nicht Hafer, sondern lebendige Menschen: an jedem zweiten Tag einen. Herakles reiste zu Diomedes, nahm diesen gefangen und warf ihn seinen eigenen Rössern vor. Die taten sich gütlich an ihrem früheren Herrn und ließen sich anschließend von Herakles zähmen, daß er auf ihnen zurückreiten konnte nach Mykenä, und Eurystheus weihte die schrecklichen

Zossen der Göttermutter Hera. Er wußte, was er ihr schuldig war.

Um daraufhin den Herakles zu beauftragen, daß er den Gürtel der Amazonenkönigin Hippolyte bringe.

Die Amazonen waren ein Frauenvolk und ein kriegerisches dazu. Die Amazonen verrichteten alle Männerarbeit allein; von ihren Kindern zogen sie nur die Mädchen auf; die Knaben wurden getötet, bis auf ein paar, die man brauchte, um sie als Väter künftiger Kinder zu halten; war dieses Geschäft erledigt, wurden auch diese jungen Männer getötet: ein wenig war es wie in der tierischen Natur, bei gewissen Spinnenarten oder bei den Bienen, wo die Männchen gerade noch Hochzeit machen dürfen, um alsbald ihr trauriges Leben zu verlieren.

Als Herakles mit einem Schiff am Ufer des Thermodon anlegte, standen bereits mehrere Dutzend Amazonen bereit, die waren bis an die Zähne bewaffnet. Wenn alles Männliche ihr Feind war, so mußte ein Über-, Hyper- und Supermann wie Herakles ihr Über- und Superfeind sein, so durfte man annehmen. Herakles entstieg seinem Schiff, er betrat amazonischen Boden am Ufer des Flusses Thermodon, und was geschah? Die Amazonen ließen ihre Waffen sinken. Der Unterkiefer klappte ihnen herab. Ein solches Mannsbild hatten sie noch nie gesehen, und so unweiblich waren sie auch wieder nicht, daß sie zu entsprechender Bewunderung gänzlich unfähig gewesen. Mit dröhnender Stimme, doch in wohlgesetzten Worten trug Herakles seinen Wunsch vor, den Gürtel der Hippolyte zu besitzen, und das Unglaubliche geschah: es wurde ihm die Nachricht zuteil, er solle diesen Gürtel haben.

Das war jemandem zuviel, und vor allem war es diesem Jemand zu einfach. Der Jemand hieß Hera, war die Mutter der Götter, die Feindin des Herakles und die Schutzgöttin der Amazonen. Alsbald nahm sie Amazonengestalt an, mischte sich unter die Kriegerinnen und hetzte so lange gegen Herakles, bis sich Bewaffnete zusammenrotteten, um mit Waffengewalt den Thebaner zu fangen. Es kam zu einem blutigen

Kampf. Herakles war gezwungen, mehrere der streitbaren Damen zu töten. Mit einem Pfeil traf er sogar die Hera in die Brust, die daraufhin den Herakles noch mehr haßte, doch für dieses Mal ihrer Wunde wegen weichen mußte, worauf auch der Kampfgeist von den Amazonen wich. Herakles erhielt den Gürtel der Amazonenkönigin Hippolyte, der ihm schon zuvor versprochen worden war, und brachte ihn zu König Eurystheus nach Mykenä.

Es wurde darauf dem Herakles aufgetragen, die Rinder des Riesen Geryones herbeizuschaffen.

Geryones besaß auf der Insel Erythia eine Herde besonders schöner braunroter Rinder. Geryones war ein schrecklicher Riese, der aus drei Köpfen, drei Leibern sowie sechs Armen und Beinen bestand; die drei Leiber wuchsen zusammen in der Gegend des Magens. Die Herde des Geryones wurde von einem schrecklichen Hund bewacht, der zwei Köpfe hatte, außerdem von einem riesenwüchsigen Viehknecht.

Herakles setzte über zu der Insel Erythia. Am Strand wartete bereits der doppelköpfige Hund und kläffte. Herakles erschlug ihn mit seiner Keule. Daraufhin erschien der Viehknecht und sah schrecklich aus. Herakles erschlug auch ihn. Herakles trieb die Rinder zusammen und führte sie zum Strand, wo das Schiff wartete, mit dem er übergesetzt war auf die Insel Erythia. Da erschien Geryones, der Riese, brüllte furchtbar aus drei Mündern und fuchtelte mit sechs Armen.

Es kam zu einem lauten und schrecklichen Kampf, der darin endete, daß Herakles mit einem seiner Pfeile den Geryones in den Magen traf, worauf allen drei Leibern des Riesen das Leben entwich. Herakles lud die Rinder auf sein Schiff und fuhr davon. Die Rinder trieben unterwegs noch allerlei dummes Zeug, brachen wiederholt aus und mußten eingefangen werden, aber Herakles brachte sie schließlich wohlbehalten dem Eurystheus.

Es war dies die zehnte Arbeit des kräftigen und tüchtigen Thebaners gewesen.

Eurystheus, der König, aber bekam nicht genug, und außerdem sann er auf Wege, den Herakles, den er fürchtete, mittels einer dieser Arbeiten endlich aus dem Wege zu räumen.

Zu solchem Zwecke gab er den Auftrag, daß Herakles die Äpfel vom Baum der Hesperiden bringe.

XXII

Die Aufgabe, sagen wir es rundheraus, war so schwierig, daß sie eigentlich unmöglich war, und sie zu stellen allein, war die reine Unverschämtheit.

Beginnen wir damit, zu erzählen, was es mit diesen Äpfeln auf sich hatte.

Sie waren golden. Sie waren golden, da sie an einem goldenen Baum wuchsen. Goldene Äpfel sind nichts Alltägliches. Goldene Bäume mit goldenen Äpfeln sind mehr als selten und sind übernatürlich, also göttlich, und tatsächlich war der Hesperiden-Baum göttlichen Ursprungs: urgöttlichen, wenn dies ein Wort ist, denn gepflanzt worden war er von der Urmutter aller Götter, Gaia, und das ist die Erde.

Der goldene Baum der Hesperiden wuchs am Rande der Welt und wurde bewacht von einem Drachen, der hundert Köpfe hatte und niemals schlief. Ihn zu töten, gab es nur ein Wesen auf der gesamten irdischen und himmlischen Welt; das Wesen hieß Atlas, war ein Titan und war damit beschäftigt, die Himmelskuppel auf seinen Schultern zu tragen, als eine lebende Säule. Ohne Atlas wäre der Himmel auf die Erde herniedergebrochen, der Himmel wäre nicht mehr Himmel, die Erde wäre nicht mehr Erde, vielmehr wäre alles Trümmer, Chaos, das Nichts, und zwar ein hoffnungsloses, ein bloß noch nichtendes Nichts, aus dem alle Aussicht auf freundliche Veränderung gewichen war. Derart hatte Atlas eine Arbeit, die als überaus wichtig und verantwortungsvoll gelten durfte, wichtiger und verantwortungsvoller als alle Äpfel der Hesperiden. Die, wie golden sie immer waren, nützten keinem wirklich, außer dem König Eurystheus von Mykenä, der sie seinerseits auch nicht eigentlich haben wollte, der sich nur etwas ersonnen hatte, woran Herakles nun endlich und endgültig scheitern könnte.

Herakles zog also aus. Herakles ging und suchte den Rand der Welt, und zwar jene Stelle, da der goldene Baum wuchs. Wo genau das war, wußte niemand zu sagen. Herakles ging also aufs Geratewohl, in der Hoffnung, der Zufall werde ihn schon richtig leiten.

Der Zufall führte ihn erst einmal nach Thessalien, wo der Riese Termeros hauste. Seine Eigenart bestand darin, daß er alle Reisenden, die ihm begegneten, mit seinem harten Hirnkasten zu Tode rannte. So auch rannte Termeros auf Herakles zu, nach der Art eines Stieres. Was tat Herakles, als er es sah? Was konnte er noch tun, da Termeros auf ihn zurannte gesenkten Kopfes? Herakles senkte seinerseits den Kopf und erwartete den Aufprall des anderen Schädels. Der Aufprall geschah, er war mit beträchtlichem Lärm verbunden; einer der beiden Schädel splitterte, und zwar war das jener des Termeros. Der Riese war tot, und Herakles wußte immer noch nicht, wo der goldene Baum wuchs.

Herakles ging weiter bis zum Flusse Echedoros. Dort begegnete ihm ein Riese, der Kyknos hieß.

Guten Tag, sagte Herakles höflich.

Der Riese grunzte bloß.

Wo, so fragte Herakles heiteren Tones, mag denn hier der Weg sein zum Ende der Welt? Jener Stelle, wo der goldene Baum wächst mit den Äpfeln der Hesperiden? Wissen Sie es?

Kämpf mit mir! brüllte der Riese Kyknos.

Das, sagte Herakles, ist eine Antwort, mit der ich nicht gerechnet habe.

Kämpf mit mir! brüllte nunmehr noch lauter Kyknos. Oder du wirst kampflos sterben!

Also blieb Herakles nichts anderes übrig, als sich zu schlagen; und wenn der Riese Kyknos jemals gewußt haben sollte, wo genau der goldene Baum wuchs, so würde er es Herakles doch niemals mehr sagen können, da er von Herakles erschlagen wurde. Woraufhin Herakles einen weiteren toten Riesen in seiner Biografie hatte, doch weiterhin völlig ratlos blieb, welchen Weg er nehmen sollte.

Also ging er neuerlich aufs Geratewohl, bis in das Land Illyrien. Dort, in den Wassern des Flusses Eridanos, sah er einige badende Fräulein von göttlicher Herkunft: Nymphen, die er freundlich begrüßte, die ihn freundlich grüßten, die er nach einem Weg zum goldenen Baum mit den Äpfeln der Hesperiden fragte, die ihm solchen Weg auch nicht beschreiben konnten, da sie ihn nicht wußten, die ihm aber rieten, den Flußgott Nereus zu fragen, der ein Wahrsager sei; wobei es sich empfehle, dem Nereus einige Gewalt anzutun, denn Nereus sei maulfaul und äußere freiwillig nichts. Herakles bedankte sich artig; die badenden Fräulein, die Nymphen hießen, schwammen davon, und Herakles legte sich auf die Lauer.

Er mußte bis zum Abend warten, da sah er, wie den Wassern des Flusses ein Fisch entstieg. Das war sehr sonderbar. Der Fisch ging aufrecht und benutzte die Schwanzflossen in der Art von Füßen. Herakles wollte sich die Technik von solcher unfischgemäßer Fortbewegung gerade näher betrachten, da verwandelte sich der Fisch in einen riesigen Krebs. Der Krebs klapperte aufreizend mit seinen Scheren und verwandelte sich alsbald in einen ebenso riesigen Lurch. Aus dem Lurch wurde noch eine Wasserschlange, eine Schildkröte, ehe er sich entschloß, zu einem alten Mann zu werden, der grüne Haut hatte und Schwimmhäute zwischen Zehen und Fingern; im Haar hingen ihm Wasserpflanzen, und im Bart hingen ihm Schnekken und Muscheln. Der Mann gähnte ausführlich, legte sich dann ins Schilf und begann zu schnarchen.

Herakles war sicher, daß, wer so vielerlei Gestalt anzunehmen in der Lage war, nur ein Gott sein konnte, und demzufolge mußte jener schnarchende Wassermann im Schilf der Flußgott Nereus sein. Herakles schlich sich ins Röhricht, warf sich über den Schläfer und hielt ihn mit seinen großen Händen. Der erwachte Wassermann verwandelte sich blitzschnell in Schildkröte, Schlange, Lurch, Krebs, Fisch, aber Herakles faßte ihn nur immer fester und sagte, er würde seinen Griff erst lockern, wenn er den Weg zum goldenen Baum der Hesperiden erführe. Der Fisch wurde wieder Wassermann, seufzte und sagte, diesen Weg wisse allein der Titan Prometheus, der gefesselt sei an die Felsen des Kaukasus. Herakles bedankte sich artig und ließ den Flußgott Nereus frei. Nereus wurde wieder Fisch und sprang ins Wasser.

Herakles wanderte zum Kaukasus. Er mußte, um zum Kaukasus zu gelangen, das Land des Königs Busiris durchqueren.

Busiris, der übrigens auch von göttlicher Herkunft war, denn es hatte ihn gezeugt Poseidon, der Gott der Meere, übte einen sehr sonderbaren und blutigen Brauch. In seinem Reich hatte einmal zwölf Jahre hindurch eine Dürre geherrscht, mit Unfruchtbarkeit im Gefolge, damals blühten die Pflanzen nicht mehr, die Tiere warfen keine Jungen mehr, die Menschen bekamen keine Kinder mehr; Verzweiflung griff um sich im Lande des Königs Busiris, dem dann in seiner Not priesterliche Weissagung zuteil wurde, Unfruchtbarkeit und Dürre könnten enden, wenn er dem Zeus sofort und danach alljährlich einen gefangenen Mann opfere. Busiris verfuhr, wie die Weissagung befahl, und es geschah dann auch so, wie die Weissagung ihm verheißen hatte. Busiris opferte alljährlich einen fremden Mann; eben war gerade wieder die Zeit heran; so ließ er den Herakles fangen und vor den Altar bringen, wo man dem Zeus opferte.

Konnte man ernsthaft annehmen, daß Zeus ein Opfer entgegennahm, dessen Inhalt sein eigener Sohn war? Herakles machte ha!, sprengte seine Fesseln, schlug den Busiris ebenso tot wie den blutgierigen Zeus-Priester und zog weiter zum Kaukasus.

Dort erblickte er Prometheus, und Prometheus bot keinen guten Anblick. Prometheus war, wie wir wissen, ein Titan, also ein Bruder des Kronos und Oheim des Zeus und hatte etwas Ungewöhnliches getan: er hatte den Menschen das Feuer gebracht. Er hatte das Feuer, das eine göttliche Erfindung und ein himmlisches Geheimnis war, einfach gestohlen und es heimlich den Menschen geschenkt, die es gut gebrauchen konnten und hinfort dankbar verwendeten.

Wir wollen bei diesem Umstand kurz verweilen. Wir wollen uns vorstellen, was wäre, wenn wir eine Welt, ein Leben, eine Menschheit ohne Feuer hätten. Die Vorstellung ist unaussprechlich. Sprechen wir sie dennoch aus und sagen wir es laut: ohne Feuer wären wir Menschen ohne Wärme, ohne gebratenes Fleisch, ohne geschmolzenes Metall, wir wären insgesamt ohne Fortschritt, und also wären wir unbehaarte Raubaffen geblieben, die in Horden durch die Wildnis streifen. Prometheus hat den Menschen das Feuer gebracht. Prometheus sei Dank. Aber Prometheus handelte heimlich, er stahl und tat dies, weil das Feuer, das göttlich war, nach dem Wunsche des Zeus den Menschen nicht überbracht werden sollte. Prometheus hatte wider ein Gebot des Zeus gehandelt. Zeus, erhellt hieraus, war nicht eigentlich menschenfreundlich; aber dieser Umstand ist uns bereits anderweitig bekannt.

Die Menschen hätten nun eigentlich Prometheus verehren müssen, als ihren Heils- und Fortschrittsbringer, aber dies taten sie nicht, vielmehr verehrten sie weiterhin den Zeus, während sie Prometheus vergaßen. Hieraus aber erhellt: die Menschen, jedenfalls die der Antike, waren von kurzer Erinnerung und von unberechenbaren Neigungen. Auch solche Einsicht ist nicht neu. Prometheus indessen wurde von Zeus hart bestraft, woraus erhellt, daß Fortschritt oft genug mit Leiden erkauft werden muß.

Jedenfalls hörte Herakles, da er sich dem Kaukasus näherte, herzzerreißendes Gestöhn und hatte, da er noch näher trat, einen gleichermaßen herzzerreißenden Anblick.

Er sah, daß Prometheus, ein nackter, zottiger Titan, an die grauen Granitfelsen des Kaukasus geschmiedet war mit eisernen Fesseln. Die Sonne brannte unbarmherzig auf Prometheus herab; kein Schatten war, und die also entstehenden Qualen mußten beträchtlich sein. Es war aber mit ihnen nicht genug. Im nackten Bauch des Titanen gab es ein Loch, in diesem Loch befand sich zuunterst ein Organ, die Leber; die wuchs offenbar unaufhörlich, denn ein Geier flatterte um den gefesselten Prometheus herum, hackte mit scharfem Schnabel Brocken aus der Leber und fraß sie auf. Laut stöhnte Prometheus, wenn der Geier nach der Leber hackte, es sich schmekken ließ, wenn er schluckte, verdaute, klatschenden Kot abließ auf den granitenen Felsen, und da der Geier unaufhörlich hackte, mußte Prometheus auch unaufhörlich stöhnen.

Den Herakles grauste, als er das sah. Den Herakles schauderte, als er es hörte: Flügelschlagen des Geiers und Gestöhn des Prometheus. Herakles fühlte, wie seine Seele düster wurde vor solchem Anblick, er fühlte Erbarmen, dann auch Zorn; die Stirnadern schwollen ihm.

Er trat heran. Er fing sich den Geier und riß ihn mittendurch. Dann zerschlug er mit einem Felsbrocken die eisernen Fesseln des Prometheus. Der befreite Titan sank stöhnend, diesmal stöhnend vor Erleichterung und Dankbarkeit, auf die Erde des Kaukasus. Herakles holte Wasser in den gewölbten Händen, gab dem Prometheus zu trinken und kühlte ihm die ausgedörrte Haut. Der Titan Prometheus stöhnte bald nicht mehr, sondern prustete bloß noch, atmete geräuschvoll und schloß erst einmal die übermüdeten Augen.

Längere Zeit blieb Herakles an der Seite des entfesselten Prometheus, der sich von seinen ewigen Qualen sehr allmählich zu erholen begann. Seine offene Wunde im Bauch verschorfte, ließ dann Narbenhaut wachsen, während die darunter befindliche Leber ihre Wucherungen vergaß. Es hätte das den Prometheus freuen müssen. Doch der bedachte düster seinen künftigen Aufenthalt in dieser Welt. Es würde für ihn auch ohne Fesseln keine ungestörte Existenz geben. Er war der ausgestoßene Rebell, der Feuerdieb, der Ungehorsame, der Gesetzesbrecher, den Zeus verfolgen und hassen mußte.

Hier nun kam Herakles nicht umhin, daß er sich als leiblicher Sohn des Zeus vorstellte; er sagte auch noch, was Zeus offenbar mit ihm plane und wie er selber solchem Plan nacheifere. Der Titan Prometheus lachte verächtlich. Er nannte Herakles ausgestattet mit allen Gaben für den Ungehorsam wider die Götter außer jener ersten, diesen Ungehorsam zu wollen; Prometheus redete auf Herakles ein, die Welt in ihrem Mißwuchs und ihrer Unfertigkeit brauche nicht noch mehr Götter, die habe sie schon genug; vielmehr brauche sie ganze und menschlichere Menschen!

So redete und eiferte Prometheus, der befreite Titan. Herakles hörte ihm zu. Herakles war respektvoll genug, dem Prometheus nicht zu widersprechen, er hätte auch nicht gewußt, mit welchen Argumenten. Des Prometheus Eiferertum, Weltanschauung und Redefluß interessierten ihn eigentlich wenig; er wollte von Prometheus bloß wissen, welcher Weg zu nehmen sei, damit man zum Ende der Welt gelangte. Als Prometheus einmal erschöpft war und sich in seinem wüsten Monolog unterbrach, stellte er rasch und in höflichen Worten die entsprechende Frage. Prometheus erklärte Herakles, wie man zu Atlas zu gehen habe, dem Titan und Bruder des Prometheus.

Herakles ging diesen Weg. Er gelangte zu einem Ort, wo die Erde, eine Scheibe, endete, wo diffuses Licht herrschte, wo, hinter dem Erdenrand, Schwärze und Nichts waren. Hier kniete Atlas, ein Wesen von gewaltiger Kraft, und hatte auf seinen nackten Schultern den Rand der gewaltigen, der kristallenen Kuppel des Himmels.

Herakles trat auf Atlas zu. Herakles überbrachte brüderliche Grüße von Prometheus, dem nunmehr befreiten Titanen. Atlas nickte. Atlas seufzte, denn die Himmelskuppel war schwer, der Rand schnitt ihm ins Fleisch; dabei war Atlas diese Tätigkeit gewohnt, er versah sie seit Anfang der Welt. Nunmehr trug Herakles seinen Wunsch vor: er wolle drei Äpfel vom goldenen Baum der Hesperiden. Atlas sagte, das sei schon zu leisten, aber dann müsse Herakles in der Zwischenzeit die Himmelskuppel tragen. Herakles willigte ein.

Herakles bückte sich also unter den Kuppelrand, nahm ihn auf seine Schultern, damit Atlas freikam. Atlas richtete sich auf. Atlas reckte sich, seufzte und ging davon, mit knackenden Gelenken.

Herakles aber kniete. Herakles, mit der Himmelskuppel auf den Schultern, kniete und stellte sich vor, wie Atlas, der Titan, den hundertköpfigen Drachen erwürgte und dann drei goldene Äpfel vom goldenen Baum der Hesperiden nahm. Roch Atlas an denselben? Rochen goldene Äpfel anders als gewöhnliche Äpfel, indem sie nicht nach Obst, sondern vielleicht nach Metall rochen? Konnte man goldene Äpfel eigentlich essen? Gab es Maden in goldenen Äpfeln? Überflüssige Fragen, denn da war Atlas schon zurück, er hatte drei goldene Äpfel in den Händen und legte sie Herakles zu Füßen.

Fein, sagte Herakles, immer noch die Himmelskuppel auf den Schultern. War es schwierig?

Es ging, sagte Atlas.

Danke, sagte Herakles.

Nichts zu danken, sagte Atlas. Es war die fällige Belohnung, daß du meinen Bruder, den unglückseligen Prometheus, von seinen gräßlichen Qualen erlöstest.

Nun gut, sagte Herakles. Dann nimm mir bitte die Himmelskuppel wieder ab.

Atlas blickte den Herakles an. Er blickte überwiegend melancholisch, zwinkerte jedoch auch mit dem rechten Lid. Sonst aber tat Atlas nichts, und er sagte nichts.

Bitte komm, stöhnte Herakles. Der Rand der Himmelskuppel drückt beträchtlich, und ich bin, im Unterschied zu dir, dieses Tragen nicht gewöhnt.

Ach ja, sagte Atlas, wobei er seufzte. Ich bin es gewohnt. Seit Anbeginn der Welt trage ich diese Kuppel. Ich weiß nichts anderes. Das Tragen war mir selbstverständlich; es war nicht schön, aber es gab keine Alternative. Erst jetzt erkenne ich, wie überaus angenehm, wie geradezu himmlisch es ist, die Kuppel nicht zu tragen. Nachdem ich sie nun so lange habe tragen müssen, eben seit Anbeginn der Welt, finde ich es mehr als gerecht, wenn fortan ein anderer sie trägt. Wer hat nun aber genügend Kräfte für solch eine Arbeit? Denn nicht jeder ist geschaffen dazu. Du aber bist es. Ganz offensichtlich bist du es, da du es mir durch deine augenblickliche Handlungsweise belegst. Willst du widersprechen?

Nein, sagte Herakles.

Brav, sagte Atlas lächelnd, zumal dir der Widerspruch auch nichts nützte.

Eben, sagte Herakles.

Du bist, bemerkte Atlas, so gescheit, wie du stark bist.

Schweigen.

Die drei goldenen Äpfel der Hesperiden lagen dem Herakles zu Füßen und glänzten in der Dämmerung des Weltrandes.

Ach ja, seufzte Atlas zufrieden, indem er seine Muskeln reckte. So will ich mich also trollen und etwas von der Welt kennenlernen.

Moment, sagte Herakles. Ich bin, wie du richtig sagst, stark genug, diese Kuppel zu tragen; aber, natürlich: gewohnt bin ich es nicht; denn im Unterschied zu dir wurde ich nicht ursprünglich dafür ausersehen. So merke ich denn auch, wie mir unter der Anstrengung dieser Last die Stirnadern schwellen. Ich fürchte, sie könnten mir platzen; dann aber spritzte das Blut aus mir, meine Kräfte verließen mich, die Himmelskuppel fiele auf die Erde und würde alles unter sich begraben, einschließlich deiner Person. Gestatte mir deshalb, daß ich mir ein Stoffband um die Stirn winde, und nimm mir für diese kleine Weile noch einmal die Himmelskuppel ab.

Atlas blickte ihn an. Atlas dachte nach. Atlas nickte. Die beiden kräftigen Personen wechselten ihre Last.

Kaum aber lag der Rand der Himmelskuppel wieder auf des Atlas Schultern, bückte sich Herakles, nahm die drei goldenen Äpfel auf und ging mit ihnen leichtfüßig von dannen. Der Titan Atlas fluchte laut. Er erinnerte Herakles an dessen Zusicherung. Er verlegte sich aufs Betteln, um zuletzt nur noch zu klagen und zu stöhnen. Herakles gab keine Äußerung mehr von sich, sondern schritt leichtfüßig davon.

Er wanderte leichtfüßig bis nach Mykenä, um dem König Eurystheus die goldenen Äpfel zu überbringen, solcherart belegend, er habe seine Aufgabe erledigt.

Der König nun aber? Er erschrak, da er Herakles wiedersah. Er hatte ihn nicht wiedersehen wollen.

Statt dessen hatte er nun drei goldene Äpfel. Was sollte er mit ihnen? Er wußte gut genug, daß es göttliche Äpfel waren, und so brachte er sie in den Tempel der Artemis, wo er sie auf den Altar niederlegte mit feierlichem Zeremoniell.

Was aber tat nun wieder Artemis mit den Äpfeln, die ihr auf diese Weise zugefallen waren? Sie nahm sie auf und brachte sie zurück zum Baum der Hesperiden, wohin sie auch gehörten.

Bedenkt man, welchen Mühen sich Herakles unterziehen mußte, damit am Ende etwas wieder so wurde, wie es immer gewesen war, muß man Zweifel am Sinn dieser Weltordnung anmelden.

XXIII

Solche Zweifel aber hatte, wiewohl aus anderen Gründen, auch König Eurystheus von Mykenä. Gab es denn nichts, gab es denn gar nichts, was diesen geradezu widerlich erfolgreichen Zeus-

Sohn Herakles doch noch scheitern und untergehen ließ? Offenbar gab es nichts dergleichen. Eurystheus hatte ihm die unmöglichsten, die unvorstellbarsten Dinge aufgetragen. Herakles schaffte selbst das Unmögliche, das Unvorstellbare, sein Erfolg hatte den Zuschnitt des Begnadetseins, des geradezu schamlos Unwiderstehlichen, und er, Eurystheus, verhalf ihm auch noch dazu!

König Eurystheus dachte lange nach. König Eurystheus kam zu dem Resultat, die einzige Möglichkeit, den Herakles aus dem Weg zu räumen, bestehe darin, daß man ihn unter die Toten beförderte. Solches Denkresultat, einmal gefunden, befriedigte Eurystheus sehr, und er seufzte vor Behagen. Er ließ dem Herakles ausrichten, die nächste Aufgabe, die zu leisten sei, bestehe darin, den Höllenhund Kerberos herbeizuschaffen.

Man muß dazu wissen, daß die Hölle der Antike kein Ort besonderer Martern war für jene, die sich im Leben als Bösewichter ausgewiesen hatten. Die Hölle der Antike war einfach: der Ort der Toten, unterschiedslos für Gute wie Schlechte; lediglich ein paar auserwählt und besonders Gute bekamen die Chance, als selige Geister ins Elysium zu gelangen, das antike Paradies. Alle anderen, und sie stellten die Mehrheit der Menschen, starben, indem ihre Leiber zerfielen; ihre Schatten jedoch gerieten in die Unterwelt, die Tartaros hieß, und verdämmerten dort sehr allmählich.

Kerberos, der Höllenhund, bewachte den Fluß Acheron. Der Fluß Acheron bildete die Grenze zum endgültigen Reich der Toten; wer ihn überschritt, war unwiederbringlich verloren; damit niemand zurückkehrte, war der Hund Kerberos als Wache aufgestellt. Kerberos hatte drei Köpfe, aus denen giftiger Geifer rann. Kerberos hatte einen Drachenschwanz, der gleichfalls von Gift strotzte, und die Haare seines Fells waren zischelnde und sich ringelnde Schlangen.

Herakles brach auf in den Tartaros. Die Öffnung dazu befand sich nahe der lakonischen Stadt Tainaron. Was Herakles dann sah, ist schwer zu erzählen. Der Tod ist nichts Freundliches, nichts Farbiges und nichts, was sich in einem anderen Wort wiedergeben ließe als eben nur diesem einen: Tod; der Tod der Alten unterscheidet sich da in keiner Einzelheit vom Tod in unserer Gegenwart. Aber da wir es hier mit dem Tod bei den Alten zu tun haben, wollen wir wenigstens zitieren, wie sie ihn in Worte brachten:

Tag bringt unendliches Licht den sterblichen Kindern
der Erde.
Nacht aber hält in Händen den Schlaf, den Bruder
des Todes,
Sie, die verderbliche Nacht, gehüllt in Wolken und Nebel.
Dort auch liegt die Behausung der nachtgeborenen Kinder
Schlaf und Tod, der großen entsetzlichen Götter.
Und niemals
Schaut auf sie die Sonne mit ihren feurigen Strahlen...
Da sind der schwarzen Erde, des neblichen Tartaros-
schlundes
Und des wogenden Meeres und auch des sternigen
Himmels,
Aller Dinge Quell der Ruhe noch und auch ihr Ende
Widerlich modrig, es faßt sogar die Götter ein Grausen.

Dorthin ging Herakles. Solchen Weg ging er.
Um ihn waren Kälte, Nässe, Leere und Schwärze.

Er sah Schatten, unterwegs zum Acheron; sie klagten, sie beweinten das verlorene Leben, das sie hinter sich hatten, sie waren noch nicht vergessen, sie hatten sich selber noch nicht vergessen, sie waren noch nicht über den Fluß der Endgültigkeit. Sie hatten noch nicht jenen letzten Trunk zu sich genommen, der Lethe heißt und bewirkt, daß alles Gedächtnis sich auflöst. Nach Blut seufzten die Schatten, menschlichem oder tierischem, daß sie sich daran vollsögen und wieder lebendig würden, phosphoreszierende Schattenleiber bloß und doch mehr als die Schatten, die sie jetzt waren und deren einziges Los das Vergessenwerden blieb.

Herakles hatte nun kein Blut zu vergeben außer seinem eigenen. Ihn schauderte beträchtlich. Er hielt sich die Ohren zu, um nicht zu straucheln oder schwach zu werden unterm traurigen, grausligen Geseufz allenthalben.

Herakles ging, seufzte seinerseits und ging.

Herakles gelangte schließlich zum Acheron.

Dort war der Höllenhund, mit dem rang Herakles; er überwältigte den Hund, fesselte den Hund, zerrte ihn auf die Erde und brachte ihn bis nach Mykenä; es war Nacht; niemand sah die beiden. Herakles ging hinein in den königlichen Palast, jenen mit den steinernen Löwen; er begab sich bis zu Eurystheus, dem König, der in seinem Bett lag und erwachte durch das Geräusch des eintretenden Herakles und der von Herakles gefangenen und mitgebrachten Bestie.

Herakles sagte:

Siehe, o König, hier bringe ich, wie du befahlst, den Bewacher der Toten, den Kerberos, aus der Unterwelt; besieh ihn, empfang ihn und gib mir neuen Befehl!

Eurystheus, der König, auf seinem Lager liegend, sah den Totenhund. Eurystheus sah die drei schrecklichen Köpfe, den Drachenschwanz, die Haare, die zischelnde und sich ringelnde Schlangen waren, die drei geifernden Mäuler, aus denen Gift lief, welches zischend den Steinboden zerfraß des königlichen Palastes zu Mykenä, jenes mit den steinernen Löwen.

Und Eurystheus, der mykenische König, tat den Mund auf und schrie, gellend schrie er, und markerschütternd schrie er und glaszerschneidend und überlaut, alle Angst und alles Entsetzen war in seiner Stimme, und das alles war hervorgerufen worden durch den Anblick des Hundes vom Ufer des Acheron, des Flusses der Toten im Tartaros, das ist die Unterwelt.

Und Kerberos, der Höllenhund, wurde erregt, durch das Geschrei, wie Schreihälse und Angstschlotterer immer die Begierde von Hunden erregen; und Eurystheus, im Anblick von drei schnappenden, giftgeifernden Hundeschnauzen, schrie noch einmal, am lautesten, zuckte noch einmal und krampfte sich und war dann ohne Leben; und Kerberos schnappte sich den zappelnden Schatten des Eurystheus, Königs, vielmehr gewesenen Königs von Mykenä; den Schatten dieses zur Zeit jüngsten Toten in seinen drei Schnauzen, lief er eilig zurück in die Unterwelt und zu seinem angestammten Platz am Ufer des Acheron, zurücklassend Herakles mit der entseelten Hülle des Königs Eurystheus von Mykenä. Es gab keinen König Eurystheus mehr. Eurystheus war Vergangenheit. Eurystheus war tot.

XXIV

Da begriff aber Herakles, daß er nicht mehr dienen mußte, weil es jenen, welchem er zu dienen hatte, nicht mehr gab.

Getreulich hatte Herakles befolgt, was ihm Zeus, sein göttlicher Vater, aufgetragen hatte: Sühne des vergossenen Blutes von des Herakles unschuldigen Kindern.

Nun war es vorbei. Aufatmend verließ Herakles die Leiche des Eurystheus. Er verließ das Schlafgemach des nunmehr Toten, er verließ dessen Palast. Draußen war Dämmerung, jene des Morgens; Schwalben stiegen in den Himmel, denen folgten Lerchen und Krähen. Herakles verließ Mykenä, die Stadt, und ging hinaus auf die Wiesen vor der Befestigungsmauer, wo Rinderherden lagerten, und eine davon gehörte ihm, Herakles, und sie wurde gehütet von Iolaos, seinem Neffen. Der war schon erwacht vom nächtlichen Schlummer und ging, wiewohl noch verschlafen, zwischen den lagernden Rindern umher.

Ich grüße dich, Iolaos, mein Neffe! so sagte Herakles.

Ich grüße dich auch, erwiderte Iolaos.

Ich bringe frohe Nachricht, fuhr Herakles fort. Die Nachricht hat mit dem Tod zu tun, und eigentlich sollte der Tod traurig stimmen; in diesem Fall aber besteht für Traurigkeit kein Anlaß, vielmehr für Frohsinn, jedenfalls mich betreffend; dir dies zu verkünden, bin ich gekommen, Iolaos, mein Neffe, und vielleicht errätst du bereits, wovon ich rede?

Oheim, murmelte Iolaos, martere mich nicht.

So vernimm denn, sagte Herakles, daß König Eurystheus von Mykenä soeben verschieden ist. Ich habe keinen Herrn mehr. Ich bin kein Diener mehr. Ich habe den Auftrag des Göttervaters erfüllt, und ich zweifle nicht, daß Mykenä, gegenwärtig königlos, mich, den allseits Beliebten, zum neuen König bestimmen wird, ist der Tod des früheren erst entdeckt. Zumal gewisse Ansprüche unserer Familie auf den Thron von Mykenä existieren kraft Herkunft meiner Mutter, die deine Vatersmutter ist.

Bravo, murmelte Iolaos. Ich gratuliere.

Herakles winkte ab und sprach leutselig: Vorher aber möchte ich dir, treuer Iolaos, meinen Dank abstatten. In mancher Stunde hast du mir beigestanden, bei mancher Arbeit mir geholfen; die übrige Zeit hast du meine Rinderherde, verdient beim König Augias, behütet und gepflegt, daß sie sich vermehre; denn viel gilt in Griechenland ein Held mit List und starken Muskeln, noch mehr gilt er, wenn er zusätzlich viele Rinder besitzt. Du hast dich, den ich wie einen eigenen Sohn hielt, deinerseits verhalten, wie sich ein guter Sohn verhalten muß zu seinem Vater.

Was die Vermehrung betrifft, sagte Iolaos bescheiden, so habe ich den ursprünglichen Bestand fast verdoppelt.

Exzellent! rief Herakles. Die Umstände dieses frühen Morgens machen, daß ich in allerbeste Laune gerate. Du hast, Iolaos, sagte Herakles, drei Wünsche frei, die du äußern darfst und die ich dir erfüllen werde, sofern es in meiner Macht steht.

Da erwachte Iolaos aus seiner Verschlafenheit, bekam glänzende Augen, rosige Wangen, und ein vieldeutiges Lächeln umspielte seinen Jünglingsmund.

Danke, Oheim, sagte er zunächst, indem er sich leicht verneigte, und sprach dann: Ich wünsche mir als erstes, daß du mich aus deinem Dienste entläßt.

Gewährt, sprach Herakles. Du bist freiwillig in meinen Dienst getreten, und ich habe keinen Anspruch auf dich. Du hast mir treulich gedient. Ich hätte dich sowieso und von mir aus entlassen, hättest du mich jetzt nicht gebeten.

Sodann, rief Iolaos feurig, wünsche ich mir diese Kuhherde, die hier um mich lagert. Du weißt, sie stammt von Augias, und Augias hätte sie uns nicht überlassen, nicht überlassen müssen, hätte ich dir nicht bei der Reinigung des Stalles geholfen und hernach im Gerichtsverfahren für dich gezeugt. Unter den Tieren, wie sie nun sind, ist keines mehr aus jener Zeit. Sie alle sind später geboren, unter meiner Obhut, und wenn es mich nicht gegeben hätte, existierte von allen diesen Rindern hier keines. Sie sind mein Werk. Außerdem gilt, wie du richtig bemerktest, ein Held viel, der reichlich Muskeln und dazu reichlich Rinder besitzt. Was aber gilt einer, der nichts hat von beidem? Ich jedenfalls habe, verglichen mit dir, keine nennenswerten Muskeln, und Rinder hatte ich bislang auch nicht. Muskeln, o starker Oheim, kannst du mir nicht schenken, also schenke mir deine Kühe.

Gewährt, sagte Herakles, diesmal in der Stimme eher heiser.

Ha! rief Iolaos begeistert, ich bin jetzt ein vermögender Mann! Ich kann mir eine Frau nehmen!

Du willst heiraten?

Ja! rief der Neffe.

Jemanden bestimmtes?

Das will ich meinen, rief Iolaos. Seit ich aus Theben fortging, verzehrt mich die Sehnsucht nach ihr. Ich ging überhaupt bloß aus Theben fort um ihretwillen, und wir wechselten zahllose zärtliche Billetts miteinander. Riskant, ach, verrucht war meine Neigung zu ihr und ist es geblieben, doch fünfhundert Rinder beschwichtigen fast alles: die Skrupel des Augenblicks und die allgemeine Klatschsucht.

Ich kenne sie? erkundigte sich Herakles.

Ei ja.

Wer ist es denn?

Nun, sagte Iolaos schelmisch, es ist jemand, der die Kinder erschlagen wurden vom eigenen Ehemann, und den sie darum auch kaum noch sehen und dulden mag. Meine dritte Bitte, geliebter Oheim, sagte Iolaos keck, ist die nach der Erlaubnis, daß ich Megara ehelichen darf, dein Weib, und du uns dafür nicht erschlägst, sondern segnest.

Nimm sie dir, sagte Herakles rauh.

Dann wurde er stumm.

Du behältst ja noch die hiesige Königswürde, sagte Iolaos freundlich.

Plötzlich aber sprang er vor Begeisterung in die Luft und schrie: Ich danke dir, Hera, Mutter der Götter! Du warst es wirklich, die mir im Traum erschienen, mußte es gewesen sein, denn jede deiner Weissagungen hat sich erfüllt!

Iolaos sprang noch einige Zeit, denn er war lustig, er war ein junges Blut und voll der überschüssigsten Kräfte. Alsbald aber beruhigte er sich, pfiff auf den Fingern, trieb seine Hirtenhunde an und brachte so die Herde in Bewegung, insgesamt fünfhundert Rinder. Es war ein langer Weg von Mykenä nach Theben. Iolaos wollte den Weg so schnell wie möglich hinter sich bringen.

Herakles jedoch war nach diesem Erlebnis wie betäubt. Er fühlte Trauer über das Benehmen seines geliebten Neffen Iolaos, den er gehalten hatte wie seinen eigenen Sohn; er fühlte Wut über die immer wiederkehrenden Attacken der Hera, seiner mächtigen Feindin. Herakles rannte davon; gleichgültig war ihm in diesem Augenblick die Königswürde von Mykenä, die ohnehin gering wog, da er nun keine Rinder mehr besaß, denn bekanntlich gilt man nichts in Mykenä ohne reichlichen Besitz von Kühen. Herakles rannte in die Wälder und suchte das Vergessen.

Dritter Teil

Von Aufstieg und Fall zu mehreren Malen, von Ruhm und Wirklichkeit, von Sterben, Erlösung und allmählichem Vergessen

XXV Erinnert man sich noch der Zentauren? Jener Fabelwesen, die halb Pferd und halb Mensch waren, ein Roßkörper mit vier Roßbeinen, dem statt eines Halses der Oberkörper nebst Kopf eines bärtigen Mannes gewachsen war? Zentauren waren heilkundige Leute. Sie wußten um die Kraft der Kräuter, die Geheimnisse der Säfte; sie preßten und trockneten und vergoren Pflanzen der verschiedenen Art. Herakles war auf der Suche nach Betäubung und stieß schließlich auf den Zentauren Pholos; der Zentaur Pholos kredenzte dem Herakles bereitwillig einen großen Becher Honigwein. Herakles leerte diesen Becher. Pholos schenkte nach, Herakles trank wieder, und dieses Spiel wiederholte sich, bis Herakles völlig betrunken war.

Schluß, verkündete daraufhin Pholos, der Zentaur.

Ich will trinken! lallte Herakles.

Von mir bekommst du nichts mehr, sagte der Zentaur.

Dann nehme ich es mir selber! krakeelte Herakles und riß die Erde auf, um in den Keller zu gelangen, wo Pholos seine Weinvorräte aufbewahrte. Der Lärm, den Herakles dabei verursachte, war so groß, daß die anderen Zentauren davon angelockt wurden; als sie sahen, was da mit ihrem Bruder Pholos geschah, begannen sie zu kreischen, zu zetern und mit den Hufen zu stampfen. Herakles aber meinte in seiner Trunkenheit, sie wollten ihn fangen oder schlagen oder töten; er griff zu seinem Bogen und begann Pfeile auf die Zentauren abzuschießen.

Als einen der ersten tötete er Pholos, seinen freundlichen und hilfsbereiten Gastgeber. Herakles tötete noch mehrere Zentauren, und zuletzt traf er sogar Chiron. Erinnert man sich seiner noch? Chiron, der Zentaur, hatte Herakles einstens geheilt, als Herakles verletzt worden war vom Riesenkrebse, dem Gehilfen der giftigen Riesenschlange Hydra. Chiron zog jetzt des Herakles Pfeil aus seinem Fleische, er legte sofort heilkräftige Kräuter auf, denn er wäre sonst augenblicklich gestorben. Der Pfeil, der ihn getroffen hatte, war aber einer von jenen, die Herakles damals getaucht hatte in das giftige Blut der erlegten Hydra, und so trug Chiron eine niemals mehr heilende Wunde davon bis ans Ende dieser Welt. Traurig trabte er von der Walstatt.

Herakles aber, erschöpft von Anstrengung, Kampf, Honigwein, sank auf den Waldboden nieder und fiel in einen tiefen Schlaf. Und dieser Schlaf brachte ihm einen Traum. Und in diesem Traum erschien ihm ein zerstreuter, finsterer und bärtiger Mann, den er, Herakles, schon einmal gesehen zu haben meinte, wenn auch vielleicht gleichfalls bloß im Traum. Dieser Mann tat den Mund auf und begann zu reden wie folgt:

Was macht denn, Herakles, daß ich nun wieder
Um dich mehr Kummer tragen muß denn Freud.
Sprich nicht von Hera mir! Sie konnt nur leisten,
Was du zu tun bereit warst. Ha, und wieder
Warst du bereit: rot trinkt das Waldmoos sich
Mit Blut unschuldiger Zentauren, drunter
Auch Chirons, der dein Freund war, drunter Pholos'
Auch, der dich gastlich aufnahm. Sieh, so bist du
Nicht anders denn zuvor, eh du Eurystheus
Gedient hast, doch schon nach der eklen Tat
An deinen Kindern. Ständig der Erlösung
Doch nahe, bleibst du gleichwohl unerlöst
Aus eigner Schuld und mußt dich also weiter
Um die Erlösung mühen, irrend fort und fort,
Daß du die Gnade vielleicht findst, die göttliche!

Der Traummann schüttelte bekümmert den mächtigen Kopf und löste sich auf. Herakles schrie laut, wälzte sich dabei auf dem Boden, krallte mit den Händen ins Nichts und nach jener Richtung, dahin der Traummann entschwunden war. Er ließ seine Hände bald wieder sinken. Nicht nur, da alles andere vergeblich war, sondern weil er auch an der Stelle des entschwundenen Traummannes eine andere Erscheinung wahrnahm.

Es war dies eine junge und sehr schöne Frau. Sie lächelte. Ein so unglaublicher und verführerischer Reiz ging von ihr aus, daß dem schlafenden Herakles im Traum die Augen feucht wurden vor Ergriffenheit. Die Erscheinung aber war nicht nur da und lächelte, sie tat auch den Mund auf und sprach mit unglaublich wohlklingender Stimme wie folgt:

Sieh, Herakles, an mir, wie deine Zukunft
Sein wird. Denn seit du bist, bin ich für dich
Verheißung, wie dus bist für mich auch. Laß
Dich nicht zu tief betrüben Heras wegen,
Die meine Mutter ist. Da sie es ist,
Hoff ich sie zu besänftigen einmal.
Zieh aus inzwischen, du. Schaff andre Werke.
Lustvoll erleb ich dann die Kraft nicht deines
Gehirns, doch deiner starken Muskeln freilich.
Leb wohl, o Freund. Auf Wiedersehn in meiner
Umarmung!

Süßigkeit durchzog das Herz des Herakles bei diesen Worten und dieser Erscheinung. Herakles erinnerte sich im Traum, daß er solche zaubrische Erscheinung schon einmal gehabt hatte: inmitten jenes anderen Traumes, da er als starker Held den Himmlischen zu Hilfe geeilt war im Kampf gegen die rebellierenden Riesen. Und also wußte Herakles, daß Hebe zu ihm gesprochen hatte, die Göttin der Jugend, die Mundschenkin der anderen Götter. So wie es vorher Zeus gewesen sein mußte, dessen Worte er vernommen; es bestand daran schon deshalb kein Zweifel, da jambische Verse zu hören gewesen waren: Herakles, ähnlich seinem Ziehvater Amphitryon, träumte üblicherweise nicht jambisch.

Herakles wachte auf. Der Tag war windig und kalt. Herakles hatte einen schmerzenden Kopf, verursacht durch den am Vorabend reichlich genossenen Honigwein. Herakles ging fort, er ließ Mykenä hinter sich, er wollte Mykenä nie mehr sehen. Er hätte dort König werden können, wollte es aber nun nicht mehr, da er keine Kühe besaß und auch kein vollkommener Mensch werden wollte, sondern ein ganzer Gott.

XXVI

Herakles irrte durch die Städte und Landschaften des antiken Griechenland. Er blieb nirgendwo lange. Er schlief in Wäldern, auf Viehkoppeln, in billigen Absteigen; er nährte sich von Früchten, die er sammelte, von Wild, das er fing; manchmal kaufte er sich Eßwaren auf den Märkten des Volkes. Der hünenhafte Kerl, der ausgestattet war mit ungepflegtem Haupt- und Barthaar, der eingehüllt war in ein Löwenfell, das vor Schmutz zu starren begann, auf dem Insekten wohnten und das auch ein wenig nach Fäulnis roch, er wurde zum vertrauten Bild in allen Hafenstädten, in den Quartieren der kleinen Leute, in den schmierigsten Kaschemmen.

Er saß nächtelang vor Krügen mit Kräuterwein, üblem Zeug, das rasch in den Kopf stieg und den Nerven miserabel bekam. Er hockte auf den Böden der Kaschemmen, da die Wirte sich weigerten, ihm einen Stuhl oder Schemel oder eine Bank einzuräumen; zuerst hatten sie es getan, aber Herakles mit der hünenhaften Gestalt zerbrach alles Mobiliar unter seinem Gewicht; solche Verluste konnten sich Wirte in Armenvierteln nicht leisten; die zerstörerische Wirkung des hünenhaften Gastes Herakles sprach sich auch schnell herum in der Branche. Herakles wurde angehalten, auf den Böden zu sitzen. Er sträubte sich nicht gegen solche Bitten. Er trank Kräuterwein in beängstigenden Mengen, und sein Verhalten war entweder so, daß er starr und stumm in sich selber hineinblickte, dabei unentwegt trinkend; oder aber er erzählte, während er gleichfalls unentwegt trank, von vergangenen

Heldentaten seiner Person. Er berichtete von erschlagenen Riesen, von der besiegten Hydra, von gefangenem heiligem Getier mehrerer Götter. Die Leute in den Kaschemmen hörten ihm zu, sie staunten, lachten, glaubten ihm oder glaubten ihm nicht; jedenfalls zahlten sie ihm, wenn er so erzählte, gern und bereitwillig neuerliche Becher mit billigem Kräuterwein; und da dies so war, erzählte Herakles auch sehr gern und immer häufiger.

Manchmal, wenn niemand ihn einladen wollte, ging er auch zu den Häfen, entlud die Schiffe von ihren Lasten; er tat sich dabei hervor durch besondere Kräfte, erbrachte besondere Leistungen solcher Art, und er durfte jedesmal des guten Lohnes der Handelsherren und Schiffseigner sicher sein.

Man darf fragen, wieso es mit Herakles plötzlich dahin gekommen war. Gut, könnte man sagen, er hatte einiges Pech gehabt. Aber gab es daneben nicht die göttliche Vorhersage? Gab es nicht seinen Plan, statt eines Halbgottes ein ganzer Gott zu werden? Die Vorhersage hatte er im Traum erfahren. Was wiegen schon Träume? Und sein Vorhaben, ein Gott zu werden, rückte weiter von ihm fort, je mehr er sich ihm zu nähern meinte. Hielt Zeus ihn zum Narren? Hatte Zeus ihn vergessen? Lohnte es überhaupt noch, und was lohnte statt dessen? Fragen über Fragen. Er suchte Antwort. Er dachte nach. Das Denken strengte ihn an. Wie einfach war da der Griff zum Becher! Herakles saß in den Kaschemmen, er redete oder schwieg, er trank seinen Kräuterwein.

Aber Herakles war Herakles. Er war von hünenhafter Gestalt, und der Ruf von seinen Taten hatte sich ausgebreitet über ganz Griechenland. Irgendwann befand sich Herakles, der Vazierende, der Zechende, in Pherai, der Hauptstadt von Thessalien. König über Thessalien war Admetos, und König Admetos war verheiratet mit Alkestis, einer jungen, schönen und liebreizenden Frau, die hatte ihm viele Kinder geboren.

König Admetos war alt. Zittrig, schon etwas blind, jedenfalls mit tränenden Augen, regierte er jetzt im vierzigsten Jahr seiner Herrschaft; es zwickte ihn im Gebein, in seinen Ohren sauste es, und manchmal, des Morgens beim Aufwachen, schmeckte er sein eigenes Blut im Mund. König Admetos war alt. König Admetos mußte, da er alt war, sein Ende nahe wissen. König Admetos wußte sein Ende nahe und fühlte Furcht davor.

So groß war die Furcht des Königs von Admetos von Thessalien vor seinem Ende, daß er jede Nacht zu Zeus betete, dieses Ende möge ihm noch erspart bleiben, und an jedem Morgen, der ihm geschenkt wurde, dankte er Zeus im Gebet für sein verlängertes Leben. Und seine Kinder umspielten ihn, und seine Gattin, die blühende und schöne Alkestis, umsorgte ihn, wie es nur wenigen Greisen geschieht; er aber, Admetos, nahm dies alles wie selbstverständlich, gleichsam nebenher, denn in seinem Hirne gab es einzig nur dies: seinen Tod, seine Furcht vor demselben und die angestrengte Überlegung, wie der Tod zu umgehen war.

Aber er konnte den Tod nicht umgehen, und der Tod umging ihn nicht.

Heftiger wurden die zugreifenden Schmerzen in seinen Knochen, anhaltender auch. Unerträglich war zuletzt das Sausen in seinen Ohren, und immer häufiger hatte er den Mund voll mit eigenem Blut, das salzen schmeckte und wie bitteres Metall. Admetos wußte, daß sein Tod jetzt sehr nahe war. Admetos schlotterte vorm Eintritt des Todes. Alles Schlottern nutzte ihm nichts. Eines Nachts stand an seinem Bette Thanatos, das ist der Todesbote; und Thanatos teilte dem schlotternden Admetos mit, nun sei es an der Zeit.

Nein! schrie da Admetos, der greise König; er fiel auf die zitternden, knirschenden Knie und flehte zu Thanatos, dem Todesboten, daß man ihm, Admetos, sein Leben lasse, um welchen Preis auch immer.

Dieser Auftritt befremdete den Thanatos nicht sonderlich, denn für ihn war die Todesangst ein alltäglicher Umgang. Gelangweilt teilte er daher mit, daß, wer dem Tode zugedacht sei, den Tod erleiden müsse, es sei denn, da finde sich jemand, der freiwillig diesen Tod übernehmen wolle statt dessen. Hier pflegte im allgemeinen, wenn Thanatos solche Mitteilung gemacht hatte, das Klagen, Feilschen und Betteln aufzuhören; inmitten der eigenen Todesfurcht war kaum einer bereit, sich auszumalen, daß es jemanden geben könne, der solchen Tod einschließlich der damit verbundenen Furcht freiwillig auf sich nehme.

König Admetos aber keuchte auf des Thanatos Angebot hin, er wolle jemanden finden und werde jemanden finden, er brauche nur einen Tag für die Sache.

Einen Tag also, sagte Thanatos, der Todesbote, und entschwand.

Am nächsten Morgen, noch in frühester Dämmerung, da kaum der Rand der Sonne überm Horizont sich zeigte, wurden von Admetos Boten ausgeschickt in Pherai, der Hauptstadt, und darüber hinaus in ganz Thessalien, die sollten ausrufen und anfragen, wer freiwillig zu sterben gedächte in Vertretung für Admetos, den König und Wohltäter. Vierzig Boten ritten aus, und jeder schrie seinen Auftrag an die vierzigmal; dann war jeder von ihnen heiser, und als sie alle miteinander zurückkehrten zu Admetos, dem greisen König, es war eben Mittag, mußte jeder von ihnen eingestehen, es habe sich niemand in Thessalien gefunden, der bereit sei, für Admetos zu sterben.

Da klagte und jammerte laut Admetos, der greise Herrscher. Er verfluchte sein Alter, sein Schicksal und die Undankbarkeit seiner Untertanen, die er regiert hatte vierzig Jahre und von denen keiner sein Leben opfern mochte für ihn. Da trat Alkestis vor, des Admetos junge und blühend-schöne Gemahlin, und sagte, sie liebe ihren Mann Admetos so sehr, daß sie gerne sterben wolle an seiner Statt. Und sie hatte es kaum ausgesprochen, da sank sie schon zu Boden; wie ein eisiger Hauch ging es durch die Räume von des Admetos Palast zu

Pherai, daß Admetos sofort wußte und darüber hinaus jeder wissen mußte: solches war Thanatos gewesen, der kalte Bote aus dem Reiche des Tartaros; er hatte sich an die vereinbarten Bedingungen gehalten und Alkestis mit sich genommen; Alkestis, die blühende Königin, war gestorben; der greise Admetos hingegen lebte.

König Admetos ließ seiner toten Gattin ein fürstliches Begräbnis richten, und er ließ ihr ein prunkvolles Grabmal bauen. Ganz Thessalien weinte um seine tote Königin. Der greise Admetos aber war noch lebendig. Es war peinlich, wie lebendig er noch war, da seine blühende Gattin nun unter den Toten weilte, an seiner Statt.

Das Mitleid mit Alkestis, der Toten, die allgemeine Verehrung für die jugendliche Königin wuchsen in ganz Thessalien. Sie wuchsen in gleichem Maße, wie eine geheime und unwiderstehliche Verachtung um sich griff des Admetos, der König war und Greis und Witwer der lieblichen Alkestis. Gleichsam spürbar wurden solche Gefühle, sichtbar wohl auch, aber das interessierte den greisen Admetos nicht mehr, da seine Augen fast blind waren und allenfalls taugten, hin und wieder zu tränen. Das Gespür genügte ihm. Es setzte ihm zu. Es quälte ihn. Seine Kinder fragten nach ihrer Mutter Alkestis und warum sie so jung habe sterben müssen. Admetos sann auf eine Änderung, und zwar um seinetwillen, um der Kinder willen und um des verehrungssüchtigen Volkes willen von ganz Thessalien.

Suchte er nun Wege, sein eigenes Leben hinzugeben im Tausch gegen die tote Alkestis? Es wäre dies eine Möglichkeit gewesen, aber Admetos dachte nicht darüber nach. Vielmehr überlegte er, wie man Alkestis zurückbekommen könne, ohne doch gleichzeitig Admetos zu opfern. Er wollte keinen neuen Zustand, sondern den alten.

Dazu aber war nötig, daß bei Bewahrung von des Admetos Leben Alkestis zurückkehrte aus dem Reich der Toten, und das hieß: ohne Gegengeschäft und Handel, einfach so. Und das hieß, daß jemand hinabstieg in den Tartaros, Alkestis dort suchte und mit ihr zurückkehrte. Wer aber war dazu in der Lage? Nur einer hatte je den Tartaros lebend betreten und lebend verlassen unter den Sterblichen; er hieß Herakles, stammte aus Theben und war der Überlieferung zufolge ein Sohn des Göttervaters Zeus. Glückliche Fügung: Herakles, ebender, weilte in Pherai, der Hauptstadt Thessaliens. So suchte man ihn denn auf und redete mit ihm und brachte ihn schließlich vor Admetos, der den Herakles bat, er möge Alkestis zurückholen aus dem Reiche der Toten. Admetos versprach gute Belohnung. Herakles sagte zu.

Und nach bloß zwei Tagen kehrte Herakles zurück in den Palast des Königs Admetos. An der Hand hielt er eine Gestalt, das war die Gestalt einer jungen Frau, weiß gekleidet, das Gesicht tief verschleiert.

König Admetos, der greise, konnte seiner schlechten Augen wegen nur wenig erkennen. So erkannte er gerade die Umrisse zweier Menschen von sehr verschiedener Größe. König Admetos tat den greisen Mund auf und fragte mit heiserer Alt-Männer-Stimme:

Wer seid ihr da, ihr zwei?

Ich bin, gab zur Antwort die größere der beiden Gestalten, Herakles, der Held aus Theben, Sohn des Göttervaters Zeus und der schönen, knöchelschlanken Alkmene.

Gut, gut, kicherte Admetos. Ich erkenne dich an deiner Stimme. Wer aber ist da neben dir, in deiner Begleitung?

Du hast mich, versetzte Herakles, vor zwei Tagen ausgeschickt, daß ich einen Weg gehe, welchen keiner gehen konnte außer mir; daß ich dir jemanden bringe, den niemand dir bringen konnte denn ich. Nun sieh her, großer König, wer es wohl sein mag!

Und Herakles hob den Schleier vom Angesicht der kleineren, weißgekleideten Gestalt, die neben ihm stand. Und Admetos warf aus tränenden, halbblinden Augen einen flüchtigen Blick auf das enthüllte Antlitz und schrie alsbald:

Sie ist zurück, Alkestis, mein geliebtes blühendes Weib, sie ist zurück aus der kalten Finsternis des Todes!

Und der laute Schrei des alten Königs Admetos war hörbar in den benachbarten Räumen des Palastes von Pherai; dort standen Leute, nämlich Diener und Hofschranzen, die hörten die Schreie ihres alten Königs Admetos, sie blickten sich an, sie bestätigten sich murmelnd den Inhalt des Satzes, den Admetos geschrien. Sie stoben auseinander, um den Satz hinauszutragen aus dem Palast, und er wurde aufgenommen und weitergereicht von den Bewohnern der Hauptstadt Pherai. Mit der Geschwindigkeit einer Gewitterwolke verbreitete sich die Nachricht in ganz Thessalien, und ganz Thessalien pries die Rückkunft seiner geliebten, von allen verehrten und so jugendlichen Königin. Ganz Thessalien pries auch die Kühnheit und Stärke des Helden Herakles aus Theben, der ein zweites Mal hinabgestiegen war in die Unterwelt, um, nach der glücklichen Entführung des schrecklichen Höllenhundes Kerberos, nun auch noch und nicht minder glücklich einen Menschen zu bringen, Alkestis, die vorübergehend verstorbene Königin von Thessalien.

Herakles wurde rasch entlohnt und ging rasch außer Landes.

König Admetos hatte ihm reichlichen Lohn versprochen. Der Lohn, den Herakles tatsächlich erhielt, war eher mager: etwa ausreichend für den Lebensunterhalt von zwei Monaten. Dennoch protestierte Herakles nicht, und das muß uns erstaunen. War er denn nicht betrogen worden um den angemessenen Lohn einer gefährlichen und einmaligen Arbeit?

Herakles war es nachgerade gewohnt, daß man ihn betrog. Er war im Tartaros gewesen. Er war im Tartaros gewesen, um den Höllenhund Kerberos zu holen für König Eurystheus von Mykenä. Wer einmal in der Unterwelt war, geht diesen Weg freiwillig ein zweites Mal nicht, hieße er selbst Herakles. Der starke Held aus Theben fühlte sich nicht betrogen durch den mageren Lohn des Königs Admetos aus Thessalien. Admetos mochte greis, seine Augen mochten tränend und sehschwach sein, gleichwohl hatte er gesehen, daß die weißgekleidete Gestalt, die ihm Herakles zugeführt hatte, nicht Alkestis war, sondern eine billige Tempeltänzerin aus Pherai, der Hauptstadt Thessaliens.

XXVII

Dennoch verbreitete sich die neuerliche Heldentat des Herakles nicht nur in Thessalien, sondern in ganz Hellas. Diese Heldentat war eine Lüge. Herakles wußte es und versuchte damit zu leben. Er lebte nicht gut damit. Dabei wußte man überall, wo er jetzt hinkam, längst und in allen Einzelheiten von seinen sämtlichen heroischen Werken; man wußte davon oft mehr und besser als er selbst, der sie erlebt und vollbracht hatte. Anfangs protestierte er und wollte die Berichte der Leute in allerlei Dingen korrigieren. Da mußte er erleben: die Leute glaubten ihm nicht. Sie hatten ein Bild von Herakles, das sie sich durch den wahrhaftigen Herakles nicht zerstören lassen mochten, und im Widerstreit zwischen Bild und Wirklichkeit hielten sie bedenkenlos auf das Bild.

So kam es bald, daß Herakles den Leuten nichts mehr sagen wollte. Er legte sich fremde Namen zu und erzählte, wenn er darum gebeten wurde, von Herakles, dem bekannten Helden aus Theben, dessen sämtliche Arbeiten er auswendig kannte, er erzählte, wie ihn die Leute bezahlten dafür; und da die Leute von den Abenteuern des Herakles nie genug bekommen konnten, fand er auch immer wieder ein zahlendes Publikum. Er war der fremde Mann, der in einem dreckigen, stinkenden Löwenfell ging. Er war der Fremde, der, da er von so hünenhaftem Wuchs war, sich äußerlich ein wenig nach dem Muster des Herakles gab, von dem er außerdem fast alle Abenteuer erzählen konnte. In den Hafenstädten, in den Quartieren des Volkes gab es komische

Vögel die Menge: Gaukler und Narren, Lügner und Besessene, die von sich meinten, sie seien die Verfleischlichung irgendeines Gottes, eines ägyptischen, eines kleinasiatischen, eines griechischen.

Längst auch schon vertrunken war der Lohn, den König Admetos von Thessalien dem Herakles ausbezahlt hatte. Herakles suchte sich daraufhin Arbeit im Hafen und vertrank auch den Lohn, den er dafür erhielt. Er ließ sich schließlich zum bezahlten Kriegsknecht werben. Er setzte als Soldat eines griechischen Heeres zu Schiff über auf die Insel Sizilien, wo ein langwieriger Kolonialkrieg tobte.

Der Söldner Herakles, der sich nicht Herakles nannte, aber gelegentlich so gerufen wurde, wenn auch mehr aus Spott, vollbrachte in diesem Krieg allerlei bemerkenswerte soldatische Leistungen. Er hieb fleißig mit der Keule zu und schlug manche widerständische Sizilianer zu Leichen oder Krüppeln. Er schoß mit trefflichem Bogenschuß mehr als einen schneidigen Gegner vom Streitwagen.

Eines Abends suchte der kommandierende General der Griechen einen Späher, der das Gelände erkunden sollte, und zwar zur Nachtzeit. Herakles meldete sich. Bei Einbruch der Dunkelheit verließ Herakles das Militärlager. Ein hastiger Wind trieb Wolken über einen Himmel, der in kurzen Augenblicken den Vollmond scheinen ließ.

Herakles wanderte über eine Ebene, auf der junge Bäume standen. Er begegnete keinem Feind. Am Waldrande aber sah er dann: einen hünenhaften Mann, der so groß war wie er selber und abwehrend die hünenhaften Arme ausstreckte in seine, des Herakles, Richtung.

Herakles duckte sich hinter einen Busch. Er nahm Pfeil und Bogen und schoß auf den Mann. Der Mann wankte nicht. Herakles schoß ganze Schwärme von Pfeilen ab auf diesen Gegner, darunter auch solche, deren Spitze er dereinst in das giftige Blut der toten Hydra getaucht. Sein Gegner widerstand selbst diesen Pfeilen. Da sprang Herakles hinter seinem

Busch hervor, stürzte auf den Gegner zu und schlug mit der Keule. Der Gegner widerstand selbst den Schlägen. Da hielt Herakles inne. Der Ton, den die Schläge seiner Keule bei dem feindlichen Helden erzeugt hatten, glich nicht dem gewöhnlichen Tone, der entstand, wenn eine Keule auf menschliche Knochen schlug. Der Ton war hier vielmehr marmorn. Herakles blickte genau hin. Sein Gegner hielt sich die ganze Zeit über unbewegt. Sein Gegner bestand nicht aus Fleisch und Blut, sondern aus behauenem Stein. Sein unerschütterlicher Gegener war ein marmornes Standbild.

Herakles lachte, verblüfft und erleichtert. Er betastete und betrachtete die Statue. Er nahm an dem Standbild eine mächtige Keule wahr, dazu Pfeil und Bogen, er erkannte einen Bart, einen Umhang, der offenbar ein Tierfell wiedergeben sollte. Mancherlei an diesem Standbild kam ihm bekannt vor, denn es erinnerte ihn an sich selbst.

In diesem Augenblick geriet der Vollmond zwischen die aufgerissenen Wolken, er vergoß silbriges Licht über die vordem verdüsterte Szene, und Herakles konnte genau erkennen, wen er da als Statue vor sich hatte.

Es war das Standbild eines bärtigen, muskulösen Helden. Eine Aufschrift auf dem Sockel verzeichnete, wer das Standbild geschaffen hatte: Daidalos nämlich, ein berühmter sizilianischer Erfinder, Techniker und Skulpteur; er war sehr berühmt in der gesamten antiken Welt. Der Sockel zeigte außerdem den Namen dessen, den das Standbild wiedergeben sollte, und so konnte Herakles lesen: dies sei Herakles, der Sohn des Göttervaters Zeus, der berühmte Held aus Theben.

Herakles, der lebendige Herakles, ging stumm von dannen. Es war weit mit ihm gekommen: zu weit; und wenn der Kampf mit dem eigenen Standbild überhaupt einen Sinn gehabt haben sollte, dann wohl den, daß es allmählich Zeit zur Umkehr wurde.

Er kehrte um. Er verzichtete auf seinen militärischen Auftrag. In mehreren Tagesmärschen umging er das Lager, zu dem er gehörte. Er begab sich zur Küste und nahm die nächste Galeere in Richtung Griechenland.

XXVIII Das Schiff legte an auf der Insel Euböa. Herakles stieg aus und stand dann im Hafen herum; er überlegte, ob er hier bleiben oder weiterfahren solle. Sofern nun aber der Kampf mit dem eigenen Denkmal in Sizilien ein Zeichen gewesen war, empfing er hier alsbald ein anderes. Herakles, im Hafen herumstehend, sah nämlich, während er überlegte, wie eine kostbar ausgestattete Barke landete ganz in seiner Nähe; und von dieser Barke herabgetragen wurde durch zwei muskulöse, dunkelhäutige Sklaven eine Sänfte, und in der Sänfte saß, kostbar gekleidet und anmutig lächelnd, eine schöne junge Frau.

Es war aber ebendies die Frau, die Herakles schon zweimal in Träumen gesehen und von der er zu wissen meinte, daß dies Hebe sei, die Göttin der Jugend.

Die junge Frau sah ihr jedenfalls ähnlich. Die junge Frau sah ihr so ähnlich, daß Herakles meinen mußte, sie sei es, und so war sie es wohl in der Tat. Wenn sie es aber nicht war, dann war eben sie es gewesen, die Herakles in Vision und Traum erschienen. Ob nun Hebe oder nicht: wie geblendet, wie trunken taumelte Herakles hinter der Sänfte her, murmelte verzückte Worte; die Leute stießen einander kichernd an und machten sich gegenseitig aufmerksam auf den dreckigen, stinkenden Koloß im Tierfell; taumelnd vor verzauberndem Entzücken folgte Herakles der Sänfte, bis zwei Wachmänner die Lanzen kreuzten vor Herakles Brust und ihm das Weitergehen verboten; man befand sich am Eingang zum Palast des Königs von Euböa.

Was denn die Göttin im Palast suche, jene in der Sänfte, fragte Herakles mit fast tonlosem Organ.

Nun, wurde ihm zur Antwort, Göttin nicht ganz oder noch nicht, immerhin Tochter des Königs, die im Palast, welcher der königliche sei, eben ihre Wohnung habe.

Er wollte ihren Namen wissen.

Ihr Name lautete: Iole.

Herakles nickte. Herakles taumelte davon. Die Wächter nahmen ihre Lanzen auseinander.

Herakles hockte in einer Hafenschenke. Herakles trank billigen Kräuterwein. Herakles träumte von Iole, der Tochter des Königs von Euböa, von der er auch früher schon geträumt, die zu ihm gesprochen hatte, und zwar jambisch, auch wenn jambische Sprache in Träumen sonst Vorrecht der Götter war, und Iole, wie er nun wußte, war keine Göttin, sondern bloß Tochter eines Königs, gleichwohl dünkte sie ihn so göttlich wie irgendeine der bekannten Göttinnen, vielleicht göttlicher. Herakles trank beängstigende Mengen von Kräuterwein. Herakles murmelte vor sich hin: Hebe – Iole. Und: Iole – Hebe. Das klang recht seltsam. Betrunkene Leute reden gern Seltsamkeiten, und so fiel Herakles mit seinem Gemurmel nicht sonderlich auf.

Herakles aber, ob betrunken oder nicht, grübelte darüber, wie er der schönen Königstochter Iole von Euböa wieder nahe kommen könne: so nahe, daß er ihr nahe bliebe.

Da vernahm er die Stimme eines Ausrufers, der Mitteilung gab vom Königshof. Der Ausrufer verkündete, es werde ein würdiger Freier gesucht für Iole, die liebreizende Tochter des Königs, deren Hand erringen solle jener, welcher den König und dessen Söhne in der Kunst des Bogenschießens übertreffe.

O Zeichen über Zeichen! König von Euböa und Vater der göttlichen Iole war niemand anders denn Eurytos. Vielleicht erinnert man sich seiner noch: Eurytos war einer von den Lehrern des Jünglings Herakles gewesen zu Theben, bestellt von Amphitryon, des Herakles Ziehvater. Eurytos hatte Herakles, den Jüngling, in der Kunst des Bogenschießens unterwiesen. Amphitryon hatte Eurytos bald reichlich entlohnt und wieder davongeschickt, da Herakles seinen euböischen Lehrer übertroffen; und wenn es eine Waffenkunst gab, in welcher Herakles Unüberbietbares leistete, so war diese das Bogenschießen.

Oder war es gewesen. Denn Herakles war älter geworden, gleichgültiger geworden, er trank viel, er trank zu viel und war alles in allem ziemlich verschlampt. Immerhin wußte er, daß es so war. Mit der Minute der gehörten Mitteilung aus dem Munde des Ausrufers unterließ er das Trinken. Er ging in die Wälder und übte sich im Bogenschießen. Er schoß auf Vögel, auf Blätter, auf Früchte, und er traf sie alle. Dann begab er sich an den Hof des Königs Eurytos und forderte die Männer der königlichen Familie zum Wettkampf heraus.

Wir wollen nicht viel Umschweife machen: Herakles schoß weiter, schneller und genauer als des Eurytos Söhne und als Eurytos selbst. Nach einer halben Stunde war der Wettkampf entschieden: der unbestrittene Sieger hieß Herakles. Unter den Zuschauern im Hofe des königlichen Palastes von Euböa aber saß Iole, die Königstochter, die liebliche und göttergleiche, deren strahlendes Lächeln dem Herakles Ansporn und schönster Lohn war. Bloß zum Abschluß, da Herakles als Sieger feststand, wurde dieses Lächeln mühselig, gewissermaßen spröde, wie alter Stoff, oder welk, wie eine Blüte, die der Frost getroffen hat; aber das sah Herakles schon nicht mehr, denn da war seine ganze Aufmerksamkeit durch ein Gespräch beansprucht, das er mit König Eurytos hatte.

Herakles sagte zum Vater seiner künftigen Braut:

Wenn ich, o großer König, heute Sieger blieb über dich im Wettkampf der Bogenschützen, blieb ich es bloß durch die Künste, die du mich gelehrt hast!

Eurytos runzelte die Stirn und fragte: Wir kennen uns?

Wie denn, versetzte Herakles heiter, du willst mich nicht kennen? Ich bin Herakles, Sohn der Alkmene, Ziehsohn von Amphitryon aus Theben, der Hauptstadt Böotiens.

Eurytos runzelte die Stirn noch stärker. Er besah sich den menschlichen Koloß. Verfilztes Haar, zottiger Bart, ein von Schmutz verkrustetes Löwenfell, unreiner Geruch und auch allerlei Tierchen: Ungeziefer, Blutsauger, Parasiten.

Dein Schüler, sagte Herakles, strahlendes Lächeln im lustigen Mund, wird nun dein Schwiegersohn sein.

Ja, sagte Eurytos matt. Komm morgen wieder, und wir wollen es klären.

Damit erhob er sich von seinem Sessel und gab damit das Zeichen zum allgemeinen Aufbruch.

Herakles verbrachte eine selige Nacht, Eurytos eine sorgenvolle; an Schlaf war bei beiden nicht zu denken. Eurytos mochte sich mit dem Gedanken nicht abfinden, daß er Iole, sein schönes und geliebtes Kind, dem Herakles ausliefern sollte. Nicht nur, weil Herakles inzwischen ein stinkender, verdreckter, zottiger und verlauster Kerl geworden war. Schmutz ließ sich abwaschen, schlechter Geruch ließ sich vertreiben mit Wohlgeruch, zottiges Haar konnte man scheren und kämmen, Läuse konnte man töten, indem man sie zwischen den Daumennägeln zerquetschte. Aber Herakles hatte auch oft und unbeherrscht getötet: zum wenigsten Läuse, sonst besäße er jetzt nicht so viele, statt dessen Menschen, etwa den greisen Linos, einen seiner Lehrer, außerdem freundlich-hilfreiche Zentauren und, Höhepunkt der Schauerlichkeit, die eigenen Kinder. Was wogen daneben alle erschlagenen Riesen und alle erlegten Löwen? Auf dem Lager seiner schönen Tochter Iole, wußte Eurytos, gab es keine Untiere zu vernichten, vielmehr wurde ein zärtlicher und fürsorglicher Ehemann benötigt.

Taugte Herakles dafür? Eurytos stellte sich diese Frage und wußte auch gleich die Antwort: herzlich schlecht.

Am nächsten Morgen trat wieder Herakles vor Eurytos. Er war ebenso ungewaschen wie am Tag zuvor, dafür doppelt so heiter.

Ich komme, so sagte er strahlend, um Ioles Hand.

Das wagst du noch? fragte finster der König.

Wie denn nicht? fragte Herakles dagegen, immer noch heiter.

Du hast mich bestohlen! knurrte der König.

Wann?

Heute nacht.

Wo?

Auf meinen Weiden. Es fehlen mir zweihundert Rinder.

Das war ich nicht!

Dies ist von allen möglichen Ausreden die einfallsloseste, sprach Eurytos. Jedenfalls fehlen mir zweihundert Rinder, und der einzige, der als Dieb in Frage kommt, bist du. Ich könnte dich jetzt köpfen lassen. Das ist auf Euböa die Strafe für ertappte Viehdiebe. Andererseits hast du mich im Wettkampf besiegt, desgleichen meine Söhne, und ich bin dir dafür einen Preis schuldig. Ich entscheide: die Hand Ioles bekommst du nicht, denn ich will keinen toten Viehdieb in der Familie. Ich werde dich andererseits auch nicht bestrafen. Nimm die zweihundert Rinder und troll dich. Wir sind damit quitt.

Also sprach Eurytos, der König von Euböa.

Herakles aber war entsetzt. Herakles war sprachlos. Zorn wollte Herakles überwältigen, aber da er in seinem Zorn unberechenbar war und das wußte, drehte er sich lieber auf der Stelle um und verließ den Palast des Königs von Eurytos. Das letzte, was er bei seinem Abgang noch erblickte, war das liebliche Gesicht der schönen Iole. Ihr Lächeln war jetzt wieder so frisch und rein wie die Frühlingssonne, wenn sie am Morgen den tauigen Wiesen entsteigt.

Herakles hockte auf einer Klippe über dem Meer, abseits des Hafens. Es war kein Frühling mehr, sondern heißester Sommer; die Sonne stand nicht am Morgen, sondern im Mittag und brannte unbeschreiblich auf alles, was keinen Schatten aufgesucht hatte. Herakles brütete vor sich hin. Er sah den Möwen zu, die kreischende Laute ausstießen und ins

Wasser koteten, das war glatt und träg wie ein großer Teig. Herakles kratzte sich im Haar, im Nacken und an verschiedenen Stellen der Brust, überall, wohin ihn das Ungeziefer stach, das auf seinem riesigen Leib wohnte.

Im Palast aber war Eurytos zufrieden, wie er alles gerichtet hatte, und auch Iole war es zufrieden, des Eurytos Tochter, obschon sie niemand danach fragte, wie auch vorher sie nie nach ihrem Gefühl befragt worden war, denn sie war ein Mädchen, und ihre Meinung galt deswegen nicht viel mehr denn nichts.

Unzufrieden freilich war Iphitos, einer der Söhne des Eurytos. Er bewunderte an Herakles dessen Stärke, dessen Fähigkeit im Bogenschießen und die vielen Heldentaten, die Herakles vollbracht und von denen die blinden Sänger in den Palästen, das Volk in den Hafenkneipen zu berichten wußten. Iphitos störte der schmutzige Zustand des Herakles überhaupt nicht. Er hatte eine geruchsschwache Nase. Er wusch sich zudem selbst nicht oft. Er hätte es gern gesehen, wenn Herakles sein Schwager geworden wäre. Diese Hoffnung war nun zerstört. Herakles hatte zweihundert Rinder gestohlen. Rinder waren viel wert im alten Griechenland, euböische Rinder waren es besonders. Hatte aber Herakles die zweihundert Rinder des Eurytos wirklich gestohlen?

Iphitos wurde mißtrauisch und hörte sich um. Er erfuhr, daß den Abend zuvor Autolykos eingetroffen war auf Euböa. Autolykos war ein in ganz Griechenland bekannter und gefürchteter Dieb; wo immer er auftauchte, verwirrten sich aufs entschiedenste die Eigentumsverhältnisse. Iphitos stellte weitere Nachforschungen an. Er erfuhr, daß die Wachen bei den königlichen Rinderherden während der vergangenen Nacht überraschend abgezogen worden waren, auf den ausdrücklichen und persönlichen Befehl des Königs Eurytos hin. Argwohn beschlich den forschenden Iphitos. Er war schließlich sicher, daß sein Vater den Herakles zu Unrecht beschuldigt und verjagt hatte.

Diese Sicherheit noch sicherer und durch Mitteilung an Herakles überhaupt alles eindeutig zu machen, begab er sich auf die Suche nach dem Helden aus Theben.

Er fragte in verschiedenen Straßen der euböischen Hauptstadt. Er durchforschte die Herbergen und Absteigen. Am Hafen konnte man ihm genaueren Hinweis geben. Iphitos ging an der Küste entlang. Er gelangte zu jener Klippe, auf der Herakles hockte, brütend und manchmal sprechend. Die Möwen umschwirrten ihn und fingen seine ausgespienen Schleimfladen.

Weit und breit war nicht ein einziges Rind zu sehen. Wo aber sollte Herakles die gestohlenen Rinder haben, wenn nicht in seiner Nähe, zumal ihm der König deren Besitz nun ausdrücklich zugesichert hatte? Aber da war kein Rind. Und also war es noch ein Beweis, daß es sich bei Herakles um keinen Viehdieb handelte.

Darüber freute sich Iphitos. Glücklich erklomm er die Klippe, stellte sich neben Herakles und sagte im Ton des gutmütigsten Spottes:

Nun, großer Held, wo hast du denn deine zweihundert gestohlenen Rinder?

Herakles schreckte auf aus seinem Brüten. Der Ton des gutmütigsten Spottes hatte er nicht wahrgenommen, bloß den Inhalt der davon durchtränkten Worte. Dieser Inhalt verletzte ihn. Er war auch ärgerlich wegen der Störung. Gereizt schlug er mit den ausgestreckten Armen um sich. Er stieß dabei den Iphitos um. Dieser fiel von der Klippe.

Kopfüber fiel er. Schrecklich war sein Geschrei, in dem die Worte vernehmbar waren, er sei doch bloß gekommen, da er die Unschuld des Herakles bezeugen könne. Dann fiel er, den Kopf zuerst, auf die Steine inmitten der Brandung, sein Schädel zerbarst, sein Flut floß ins Wasser, daß die Brandung plötzlich roten Schaum trug; die Möwen stießen herab und hackten nach des Iphitos toten Augen.

Da wußte Herakles endgültig, daß er auf Euböa nicht länger bleiben durfte. Er rannte zum Hafen. Er nahm das nächste Schiff, das ablegte, dem Herakles war gleichgültig, wohin.

König Eurytos, der von dem Schicksal seines Sohnes Iphitos noch nichts wissen konnte, ließ zur selben Zeit den berüchtigten Dieb Autolykos verhaften, wegen nachweislichen Diebstahles von zweihundert königlichen Rindern.

XXIX

Über das Schiff, welches Herakles in Euböa bestiegen hatte als jenes, das zuerst davonfuhr, gebot ein fetter Kapitän, dessen Haut olivenfarben war und der im linken Ohrläppchen einen goldenen Ring trug. Der Kapitän ließ Herakles zu sich kommen und fragte ihn: Wohin willst du fahren, muskelstarker Fremdling?

(Der Kapitän sprach ein etwas gebrochenes Griechisch; er stammte nicht aus Hellas, was schon durch die Farbe seiner Haut und durch den goldenen Ring in seinem linken Ohrläppchen deutlich geworden war.)

Wohin du fährst, sagte Herakles auf die Frage des Kapitäns. Wohin du dein Schiff steuerst.

Mein Schiff steuert nach Asien, sagte der fette Kapitän.

Mir ist es recht, entgegnete Herakles.

Nach Lydien in Asien.

Auch recht.

Das ist eine lange Überfahrt, sagte der fette Kapitän. Und eine beschwerliche Überfahrt ist es außerdem.

Mich stört das in keiner Weise.

Ich erwähne die Länge der Reise, sagte der Kapitän, weil sich danach der Preis für die Passage berechnet.

Leider, sagte Herakles, besitze ich überhaupt kein Geld.

Das ist traurig, sagte der Kapitän. Es ist traurig, betrüblich und für dich von außerordentlichem Nachteil.

Laß mich arbeiten, rief Herakles. Ich habe kräftige Arme, ich werde die Ruder deiner Galeere betätigen.

Ich habe genügend Galeerensklaven, sagte der Kapitän. Ich habe viel Geld für sie bezahlt, und jetzt sollen sie ihre Arbeit tun; ich brauche keinen Ersatz für sie.

Der Kapitän blinzelte, zeigte Zähne dabei und spielte mit dem goldenen Ring an seinem Ohrläppchen. Dann fuhr er fort:

Es gibt, o muskelstarker Fremdling, nur zwei Möglichkeiten für dich. Die eine besteht darin, daß du sofort wieder mein Schiff verläßt und ans Land zurückkehrst. Wenn ich sehe, mit welcher Hast du mein Schiff bestiegen hast, mit welcher Eindringlichkeit du mich ersuchst, daß du bleiben kannst, wollen wir es lieber mit der zweiten Möglichkeit halten. Sie besteht darin, daß ich deine Passage von dem Geld bezahle, das ich als Preis erhalte, wenn ich dich in Lydien auf dem Sklavenmarkt verkaufe. Willigst du ein? Ich sehe, du willigst ein.

Das Schiff fuhr zehn Tage bis nach Lydien. Unterwegs sorgte der Kapitän dafür, daß Herakles gesäubert, geschoren und gesalbt wurde. Auch das Löwenfell wurde gereinigt. Zum Zeitpunkt des Anlandens in Lydien bot Herakles den Anblick eines prachtvollen, alle Wünsche nach Größe und männlichem Muskelfleisch überreich bedienenden Mannsbildes.

Der Kapitän ließ Herakles, begleitet von acht Matrosen, auf den lydischen Sklavenmarkt bringen und stellte ihn dort aus, inmitten von Nubiern und Negern. Herakles überragte sie alle in der Länge und überstrahlte sie alle durch das milchige Weiß seiner Haut.

Wurde eine Sänfte dahergetragen, und in der Sänfte saß eine zierliche Frau, die langes, glattes schwarzes Haar trug; sie war in schwere, bunte, fremdartige Gewänder gehüllt, und um ihren Hals, um ihre Handgelenke hing reichlicher Goldschmuck. Die Frau hatte steile Backenknochen, sie hatte große, mandelförmig geschnittene Augen und eine schräge Stirn. Ihre Nase war lang und leicht gebogen. Ihre Zähne waren klein, sehr weiß; gern nagte sie mit diesen Zähnen an ihrer Unterlippe. Die Frau war sehr schön, aber es war eine ungewohnte fremdländische Schönheit, die ihr eignete, und keine jedenfalls, die der berühmte Bildhauer und Erfinder Daidalos in Stein gehauen hätte; aber man befand sich schließlich auch nicht im Lande des Bildhauers Daidalos, sondern in Asien.

Die zierliche Frau ließ ihre Sänfte vor Herakles halten. Die zierliche Frau, während sie ein wenig lächelte und mit kleinen weißen Zähnen ihre Unterlippe benagte, betrachtete Herakles. Dann nickte sie in Richtung auf Herakles, gab dem dikken, bartlosen Mann in bunten Kleidern, der hinter ihr ging, ein Zeichen und ließ sich weitertragen. Der dicke, bartlose Mann kaufte den Sklaven Herakles. Die kleine, zierliche Frau in der Sänfte war die Königin von Lydien, mit Namen Omphale.

Herakles wurde in den lydischen Königspalast gebracht. Omphale ließ sich Herakles vorführen, fragte ihn aus, ließ sich berichten, nickte, lächelte und benagte ihre Unterlippe. Omphale bemerkte, sie habe viele Gegner im Land und suche einen starken Helden. Omphale fragte Herakles, ob er dieser Held sein wolle, und Herakles wollte; es lag dies gewissermaßen in seiner Natur, außerdem wäre ihm auch nichts anderes übriggeblieben.

So schlug er zuerst, mit Hilfe einer kleinen Streitmacht, die Kerkopen, ordinäre Wegelagerer und Strauchdiebe. Er schlug sie vollkommen. Er schlug sie so vollkommen, daß sie von der lydischen Landkarte und auch aus der geschriebenen Geschichte verschwunden waren von Stund an.

Dann gab es da einen Fürsten mit Namen Syleus. Er nahm alle Reisenden gefangen, deren er habhaft werden konnte, und ließ sie in seinen Weinbergen arbeiten. Herakles erschlug ihn mit einem Spaten.

Dann gab es das Volk der Itonen, Plünderer, Mordbrenner und Sklavenfänger. Herakles erschlug sie, verfolgte sie, räucherte ihre Schlupfwinkel aus und legte Feuer an alle ihre Siedlungen. Die Itonen gab es fortan nicht mehr.

Ein anderer lydischer Fürst hieß Lityerses. Er lud die Reisenden zum Mittagessen ein, plauderte mit ihnen, und abends ließ er sie köpfen. Herakles drehte ihm den Hals um und warf seinen Leichnam in den Fluß.

Das war es. So jedenfalls verkündet es die Überlieferung oder die glaubwürdigere der Überlieferungen. (Denn eine andere behauptet, Herakles habe bei allen diesen Aktionen herzlich wenig getan; sein wichtigster Beitrag sei sein Name gewesen, sein Ruf, sein Mythos, sein großes Maul; und wo er im Zweikampf obsiegte, habe er es mit körperlichen Schwächlingen zu tun gehabt, Lityerses zum Beispiel oder Syleus.) Wie auch immer: Lydien war von inneren Feinden frei und wäre es nicht geworden ohne die Anwesenheit und Beteiligung des Herakles. Der kehrte nun zurück an den Hof der schönen Königin Omphale und verkündete das glänzende Resultat. Omphale lächelte, sie benagte ihre Unterlippe, sie besah sich den Herakles und sagte:

Willst du mich heiraten?

Oh, rief Herakles überrascht, ich bin doch, meine Königin, ein Sklave!

Mit dieser Sekunde, sagte Omphale, bist du es nicht mehr.

Ja dann, sagte Herakles gedehnt; und etwas anderes fiel ihm nicht mehr ein.

Worauf sie heirateten, und diese Hochzeit war prunkvoll, bunt, sie geschah mit viel fremdartiger Musik, unter Fackeln und knisternden Räucherstäbchen, die süßlichen Geruch in die Räume streuten, und mit Mahlzeiten, die fett und schwer waren und kein Ende nehmen wollten. Die Hochzeit dauerte insgesamt sieben Tage. Herakles war sieben Tage hindurch ununterbrochen betrunken.

Sofort danach gab es eine lydisch-griechische Strafexpedition gegen Troja.

Es war dies noch nicht jener berühmte Kampf, der insgesamt zehn Jahre dauern würde. Dieser Kampf sollte erst rund zwei Generationen später stattfinden; die schöne Helena, derentwegen dieser Krieg begann, war noch nicht geboren; Priamos, der spätere König von Troja und Vater des erwachsenen Helden Hektor, von dem uns Homer in der Ilias berichtet, war selber noch ein Kind. Zu der Zeit, von der jetzt die Rede ist, herrschte in Troja König Laomedon, ein arroganter Kerl, der jegliche Art von Verträgen absichtsvoll nicht befolgte, ein wenig Seeräuberei betrieb, der sämtlichen Anrainern ein Ärgernis war und seine Stadt für uneinnehmbar hielt.

Das lydische Heer gegen Troja wurde von Herakles angeführt, das griechische von einem Mann namens Telamon. Die beiden Heerführer freundeten sich rasch an. Telamon war jung, keck, voller Tatendurst und Ehrgeiz; er hatte bereits zwei Ehen hinter sich, und beide Ehen waren kinderlos geblieben. Dieser Umstand kränkte ihn. Wann immer er ein wenig betrunken war, klagte er darum, daß er endlich ein Kind, und zwar einen Sohn, haben wolle; er bat Herakles, seinen Freund, ihm dabei zu helfen, durch innigen Zuspruch bei Göttervater Zeus, der auch der Vater des Herakles war; und Herakles, immer großzügig und immer in Geberlaune, wenn er angetrunken war, sagte dies auch zu.

Erst einmal aber fand eine Belagerung von Troja statt. Sie war langwierig, verlustreich für Angreifer und Verteidiger; doch schließlich gelang es dem ersten der Angreifer, die Mauern von Troja zu überwinden und in die Stadt einzudringen. Wer aber war dieser erste Eindringling? Es war der kühnste, der kräftigste, der gewandteste der Angreifer. Wer also war es? Telamon war es, und Herakles folgte ihm; er hatte es vor Telamon versucht, die Mauern zu überwinden, und war daran gescheitert; keuchend, mit abgebrochenen Fingernägeln hatte er aufgegeben, Telamon aber hatte es dann geschafft. Telamon stand als erster Angreifer in den Straßen von Troja, blies seinen Brustkorb auf und spannte eitel die Muskeln. Der gedemütigte Herakles aber stand hinter ihm, war blind und besinnungslos vor Wut über seine Niederlage, er wußte nicht mehr, was er tat, er hob seine Keule hoch und wollte Telamon damit hinterrücks erschlagen.

Zum Glück für Herakles, zum Glück für sich selbst drehte sich Telamon. Er sah den erhobenen Arm des Herakles. Er sah die Keule in der Luft und direkt über sich. Bekam jetzt Herakles Angst, er könne abermals besiegt werden durch Telamon, oder bekam er sein Bewußtsein zurück und seinen Verstand? Es geschah jedenfalls, daß Telamon grinste; Herakles ließ seine Keule ins Leere schlagen, gleichsam spielerisch und wie zur Probe, und die getroffene Luft fauchte. Dann gingen die beiden Helden einträchtig nebeneinander, und hinter ihnen waren johlend die anderen Angreifer. Man stürmte den Königspalast von Troja; Laomedon wurde erschlagen; seine Tochter Hesione geriet in die Gefangenschaft des Herakles, während der Knabe Priamos, in der Gefangenschaft des Telamon, später wieder freigelassen wurde.

Es gab eine ausführliche Siegesfeier, die mehrere Tage dauerte. Telamon und Herakles waren ständig betrunken. Zum Abschluß und Abschied umarmten sich die beiden Helden, und Herakles schenkte seinem Kumpan die schöne trojanische Königstochter Hesione, die ihren königlichen Schmuck hergab, damit Telamon ihren Bruder befreite.

Es gab Leute, die sagten, dieser Freikauf des Priamos durch Hesione sei eine reine Komödie gewesen; denn Hesione, da sie dem Telamon gehörte, habe ihm gehört mit allem, was sie besaß, also auch ihrem Schmuck. Es gab Leute, die sagten, Hesione habe ihren Bruder freigekauft, indem sie die Frau des Telamon wurde, und die Geschichte mit dem Schmuck sei bloß in Umlauf gesetzt worden, weil das besser klinge. Wie auch immer, Hesione heiratete den Telamon, oder Telamon heiratete Hesione, und nach einem Dreivierteljahr gebar Hesione ihrem Telamon ein Kind: einen Knaben, und der war ein kräftiges Kind, er versprach so stark zu werden wie Telamon oder wie Herakles; und damit hatte sich auch erfüllt, worum Telamon seinen Gefährten Herakles gebeten hatte und was Herakles seinem Gefährten Telamon versprochen hatte, zu besorgen und zu erbitten bei Zeus, dem Vater der Götter und Vater des Herakles.

Da aber war Telamon längst wieder in Hellas, und Herakles weilte in Lydien, bei Omphale, seiner königlichen Gemahlin.

Reisende berichteten in Lydien vom Vaterglück des Telamon, vom Mutterglück der Hesione; sahen sie aber Herakles, verstummten sie und gaben dann eher zögernd bekannt, das Kind des Telamon zeige eine beträchtliche, eine geradezu unheimliche Ähnlichkeit mit Herakles, dem Gemahl der Königin.

XXX

Herakles war beliebt in Lydien. Herakles hatte das Land von mancherlei Plagen befreit; wo früher lydischer Kummer gewesen war, herrschte nun lydischer Triumph. Seit Lydien auch noch die Piraten von Troja besiegt hatte, durfte es sich eines bedeutenden internationalen Ansehens erfreuen. Lydien hatte sich als so tapfer, mächtig und überlegen gezeigt wie sonst nur noch Griechenland, und Griechenland galt als führende Macht in der Welt. Während es aber viele einzelne griechische Staaten gab, die einander gram waren, wenn nicht gar blutig befehdeten, gab es nur den einen und einigen Staat Lydien, und so konnte Lydien von sich behaupten, es sei selbst Griechenland überlegen.

Macht, Ansehen und Stärke Lydiens wirkten sich aus. Die Zahl der Schiffe, die anlegten in Lydiens Häfen, nahm immer mehr zu. Die Schiffe brachten Waren, die Waren wurden umgeschlagen, sie wurden umgesetzt im Land, sie ernährten und bereicherten Kaufleute; oder aber sie wurden in Karawanen durchs lydische Land transportiert von lydischen Lasttieren;

dabei galten die lydischen Straßen als bequem, man war auf ihnen auch sicher vor Überfall und Plünderung. Mehr und mehr Gesandtschaften fremder Staaten fanden sich ein in der lydischen Hauptstadt. Lydisches Kunsthandwerk mit seinen dunkelfarbigen Mustern und bizarren Formen wurde berühmt in allen Anrainerländern des Mittelmeers. Die lydische Landeswährung galt unter allen vergleichbaren Währungen als die stabilste.

Wem durfte Lydien dies danken? Wir befinden uns in der antiken Welt, zu einem Zeitpunkt, da die durchgängige Staatsform die monarchistische war. Jegliches Verdienst am Aufschwung eines Staates wurde dem regierenden König angerechnet, während im gegenteiligen Fall, bei Niederlage, Verlust und Rückschlägen, bevorzugt die Ungunst der Stunde, die unklaren Auskünfte aus dem Munde der Priester, die Unberechenbarkeit der Götter als verantwortlich aufgerufen wurden. Königin von Lydien war die schöne Omphale mit ihren katzenartigen Bewegungen, den großen schwarzen Augen und den kleinen weißen Zähnen. Es war Omphale zu danken, wenn alles so gut stand in Lydien.

War es wirklich ihr zu danken?

Omphale war schon Königin gewesen, als es noch nicht so gut stand in Lydien, als noch die Kerkopen Wanderer plünderten, Syleus Reisende fing, Lityerses sie schlachtete. Königin Omphale war Königin Omphale geblieben, wie das Land Lydien das Land Lydien geblieben war; neu hingegen war die Gegenwart des Göttersohnes Herakles, und mit Herakles' Auftritt hatte sich mindestens im zeitlichen, wenn nicht im ursächlichen Zusammenhang alles so gründlich gewendet.

Der Mann einer Königin war, was denn sonst, ein König. Der Mann von Königin Omphale war Herakles; also durfte Herakles als König von Lydien gelten. Die antike Welt, wie andere Welten vor ihr und nach ihr, hatten die Angewohnheit, die Männer den Frauen vorzuziehen, die Frauen für geringer zu erachten als die Männer. Lydien war ein antiker Staat, und es nahm an der beschriebenen Angewohnheit teil.

So geschah es, daß, wann immer Omphale und Herakles, Herakles und Omphale in der lydischen Hauptstadt sichtbar wurden, fast ebenso viele Hochrufe auf Herakles ertönten wie auf Omphale. Bald schienen die Hochrufe auf Herakles jene auf Omphale in Zahl, Inbrunst, Lautstärke zu übertreffen. Die Leute winkten begeistert dem Zeus-Sohn zu, wenn er, in kostbare Gewänder getan, durch die Straßen getragen wurde von zwanzig Trägern und in einer Spezial-Sänfte. (Eine normale Sänfte wäre geborsten, weniger Träger hätten die Last nicht bewältigt.) Die Leute jubelten sehr laut. Herakles lachte und winkte zurück.

Wie bekam ihm das? Insgesamt bekam es ihm gut. Er erinnerte sich, daß ihm verschiedentlich, zu bestimmten Zeitpunkten seines Lebens, dringend empfohlen worden war, er solle doch lieber ein ganzer Mensch werden. Er war jetzt König, und dieses Amt war das höchste, das ein Mensch, der nichts sein wollte als ein Mensch, überhaupt erreichen konnte, vorausgesetzt, er war auch ein erfolgreicher und mächtiger König.

Omphale nun aber? Sie genoß den Jubel, der ihr immer noch entgegenschlug als der Königin von Lydien. Sie genoß den Jubel, der ihrem Mann entgegenschlug. Herakles, den schließlich sie entdeckt, eingesetzt und geheiratet hatte, so daß der Jubel, der ihm galt, immer auch sie einbeschloß. Freilich wurde der Jubel für sie geringer, der Jubel für Herakles hingegen gewaltiger, so daß der Tag sich absehen ließ, an dem aller Jubel bloß für Herakles da war, während keiner mehr blieb für Omphale. Da füllten sich Omphales große schwarze Augen mit Tränen. Nicht zu entscheiden war, ob diese Tränen aus Gründen der Trauer rannen, aus Gründen des Zornes, aus Gründen des Neids oder aus allen diesen Gründen miteinander. Omphale schloß sich ein in eines ihrer Zimmer in ihrem Palast.

Keine Sklavin, keine Vertraute duldete sie um sich. Sie blieb allein. Sie zündete siebzehn Räucherstäbchen an, verhängte die Fenster, sie atmete tief den betäubenden Geruch der glimmenden Stäbchen. Dann nahm sie aus Dosen und Kästchen Wurzeln, das war trockenes, geheimnisvolles Gestrünk, sehr selten und sehr kostbar und von asiatischen Händlern herbeigeschafft aus entfernten asiatischen Wäldern. Von den trokkenen Wurzeln brach Omphale Stücke und kaute sie. Heilsam sollte die Kraft sein, die wohnte in den Fasern der Wurzeln, und zaubrisch. Beides aber konnte Omphale dringlich gebrauchen: Heilung für die tiefen Wunden in ihrer Seele, Zauber für eine Veränderung ihrer düsteren Situation.

Tatsächlich stand irgendwann in der Dämmerung ihres königlichen Gemaches eine weibliche Gestalt. Sie war bloß undeutlich zu erkennen, verhüllt von Zwielicht und den braunblauen Schwaden der Räucherstäbchen. Es konnte ganz gut sein, daß sich Omphale die Existenz dieser Gestalt bloß einbildete, aber wichtiger als die Gestalt selbst war deren Stimme, die Omphale vernehmen würde, von der freilich gleichermaßen nicht auszuschließen war, daß sie bloß in Omphales Einbildung vorkam.

Mein armes, mein königliches, mein asiatisches Kind, so vernahm es Omphale von der Stimme. Du grämst dich. Dreifach grämst du dich. Daß der Pöbel deinem Herakles mehr zujubelt als dir, es grämt dich. Daß dein Herakles der trojanischen Hesione ein Kind gemacht statt dir, seiner Gattin Omphale, es grämt dich. Daß dein Herakles, wie er der Hesione beigewohnt, auch einer oder mehreren anderen würde beiwohnen können, wiewohl er doch bloß dein Gatte ist; daß er, wie er seine Gattin Omphale demütigt, indem er bei anderen Weibern liegt, auch die Königin Lydiens demütigen könnte, indem er, von größerem Jubel getragen, sich zum alleinigen Herrscher Lydiens aufwirft und die Königin, die auch seine Gattin ist, einfach verstößt: diese Angst grämt dich zumal. Denn Herakles ist ein Mann, der sich mehr dünkt als die Weiber, wie Männer das gern tun. Dem Pöbel würde bloß recht sein, wenn er täte, wovor du Angst hast: es bejubelt ihn ohnehin und jedenfalls. Was ist dagegen auszurichten? Was kann man tun? Denke nach, meine Omphale. Du bist ein Geschöpf aus Asien, wo Zauberwurzeln wachsen, die Kräuter geheime Säfte bergen, du kannst beschwörende Sprüche murmeln in asiatischen Steppensprachen, die kein Grieche versteht. Wehre dich, Omphale, Kindchen, oder der, den du aus Mitleid, Dankbarkeit, Neugier und Liebe zu dir erhoben, könnte bald schon über dir stehen und dich verstoßen!

Woher, wisperte Omphale, weißt du alle diese Dinge, o geheimnisvolle Gestalt?

Ich bin ein Weib. Ich kenne mich leidvoll aus in der Selbstherrlichkeit der Männer. Ich bin kein Mensch. Daher blicke ich, wie die Menschen in die Vergangenheit blicken, in die Zukunft.

Wenn du bist, wie du sagst, und tust, was du behauptest, kannst du nur eins sein, Geheimnisvolle, das ist: von göttlicher Art.

Du sagst es, mein Kind.

Nenne mir deinen Namen sodann, damit ich dich anrufen kann, dich anflehen, von dir Hilfe erbitten oder dir heißen Herzens danken, o Göttliche!

Da redete die Gestalt: Hera bin ich, die Mutter der Götter, die Gattin des Zeus, des unberechenbaren, des treulosen Vaters der Götter, und nichts liegt mir so am Herzen wie der heilige Herd und der Friede der Ehe.

Redete derart und löste sich in den braunblauen Rauch auf, der hochstieg aus den immer noch glimmenden Räucherstäbchen.

Bald darauf gingen sonderbare Veränderungen mit Herakles vor sich. Sie waren insgesamt von einer Art und Radikalität, daß wir Hemmungen einbekennen müssen, die Einzelheiten freiheraus zu erzählen. Lieber wollen wir vorher die verschiedenen Deutungen wiedergeben, welche des Herakles

Wandlung im Munde des allgemeinen lydischen Publikums erfuhr.

Diese Deutungen waren von verschiedener Art. Sie zeugten für die rege Phantasie, die scharfe Beobachtungsgabe und die krause Fabulierfreudigkeit des einfachen Volkes in Lydien.

Die erste Deutung lautete: Omphale sei eifersüchtig geworden. Argwöhnend, da Herakles sie schon mit Hesione betrogen habe, könne er sie auch anderweitig betrügen, habe sie also, Asiatin, die sie war, allerlei Zaubertränke gemischt. Die habe der arglose Herakles zu sich genommen, und das Ergebnis seien die verheerenden, die jedermann bekannten Veränderungen gewesen.

Auch die nächste Deutung wußte von Omphales Eifersucht und Mißtrauen. Aber Omphale hatte danach keine Zaubertränke gemischt, habe das gar nicht nötig gehabt, sie habe ihren Mann vielmehr umspielt und umschnurrt, habe ihn gefüttert und ans süße asiatische Nichtstun gewöhnt und das habe wirksameres Ergebnis gebracht, als auch der mächtigste Zaubertrunk es hätte erbringen können.

Die dritte Deutung aber war: Herakles sei einfach bloß verschlampt. Schon seine Kämpfe in Lydien hätten sich schließlich auf beklagenswert niederem Niveau gezeigt, nicht vergleichbar den früheren herakleischen Taten; unübersehbar sei auch sein Versagen in Troja gewesen, wo Telamon nichts als ein gewöhnlicher Raufbold und durchschnittlicher Nachwuchsheld aus dem Griechischen, also einer vom Dutzend, sich dem Herakles so eindeutig eindrucksvoll überlegen gezeigt. Herakles besäße seit längerem ein Verhältnis zu Schmutz, Nichtstun und Alkohol. Jetzt habe er dem allen bloß nachgegeben.

Soweit also die Deutungen des Volkes. Demgegenüber stand nun das Erlebnis der Königin Omphale, das sie hin und wieder, im engen Kreise, auch wiederzugeben wußte in allen Einzelheiten und mit genauen Zitaten von Rede und Gegenrede. Wem durfte man nun glauben? Dem Volk oder der Königin? Aber was zu glauben war, erschien nicht so wichtig, da etwas geschah, das bestürzender und aufregender wirkte als alles Nachdenken über die möglichen Ursachen.

Das aber war es:

Herakles wurde fett. Herakles wurde faul. Er ließ sich die Haare wachsen, bis sie ihm zu weibischen Locken hingen. Er begann zu spinnen und zu weben wie eine Frau. Er färbte sich Brauen und Augenlider, Lippen und Wangen, er legte Puder auf sein Gesicht. Er trug, vorgeblich weil sie ihm bequemer waren, bunte lydische Frauenkleider. Er nahm keine Waffen mehr in die Hand. Er verzehrte Unmengen von Süßigkeiten, von denen wurde er immer noch fetter. Er übergoß sich mit Duftwässern und salbte seinen Leib mit weibisch duftenden Salben. Er spielte mit Puppen und bunten Bällen.

Omphale konnte ihn mit einem solchen Aussehen nicht gut verlieren; wer in der Welt mochte einen derartigen Weibmann schon haben? Keine andere Frau würde ihn wollen; das lydische Volk wollte ihn auch nicht mehr; diese grellbunte Schlampe männlichen Geschlechts war nicht der Herakles, dem man zugejubelt hatte, war nicht der König, nach dem man jubelnd verlangte. Wollte Omphale selbst ihn noch haben? Jedenfalls hatte sie ihn und hielt ihn. Die schöne zierliche Königin mit den großen schwarzen Augen und den kleinen weißen Zähnen regierte wieder allein ihr Lydien, sie repräsentierte ihr Lydien allein, sie mußte keinerlei Sorge um ihre politische Zukunft mehr haben.

Eines Tages ging Herakles auf den Fischmarkt. Seit längerem schon kümmerte er sich nach Weiberart auch um die Küche. Er tätigte die Einkäufe, befahl die Rezepte, überwachte die Mahlzeiten. Er blickte den Köchen über die Schulter, steckte den Zeigefinger in die Töpfe, um, was am Finger hängenblieb, prüfend abzuschlecken.

Herakles bot, wie er auf den Fischmarkt ging, einen wüsten Anblick. Sein Haar war lang und geringelt. Er trug klirrenden Kettenschmuck am Hals. Seine Fingernägel waren gefärbt mit Henna. Unter seiner Haut lagen dicke Schichten von weichem Fett, das beim Gehen wackelte und schlabberte. Seine Hände waren immer noch groß, auch seine Glieder waren groß geblieben. Ein Gebirge aus Schmer und Fleisch bewegte sich da in schlotternden Frauenkleidern, zog die allgemeine Aufmerksamkeit der Straße auf sich und erregte Ekel bei jedem Gaffer.

Auf dem Fischmarkt hielt Herakles an. Er stellte sich vor einen Stand, der besonders schöne Muränen feilbot. Während Herakles die toten Fische betastete, den einen oder anderen auch hochhob, sah ihm die Fischhändlerin, eine ältere Frau, ins Gesicht und sagte leise:

Herakles, du bietest einen abscheulichen Anblick.

Herakles zuckte die Schultern. Er war solche Reden gewöhnt, sie störten ihn nicht mehr. Er prüfte weiter die Fische.

Herakles, fuhr das Fischweib fort, der stärkste und berühmteste Held Griechenlands, sieht aus wie ein Weib und benimmt sich wie ein Weib.

Was ist dagegen einzuwenden? versetzte Herakles. Lydien, dieses Land hier, in dem ich lebe, hat keinerlei Feinde mehr, also braucht es auch keine Helden mehr. Arbeitslose Helden sind überflüssige Helden. Die Mehrung des häuslichen Wohlstandes ist eine durchaus sinnvolle Arbeit. In unserer Welt blieb sie bisher den Weibern vorbehalten, und also muß der Held zum Weibe werden, um nützlich zu bleiben. Ist ein Weib denn schlechter als ein Mann? Die Sitten in unserer Welt behaupten es so. Ich hingegen bestreite es. Da aber mehr als Worte noch immer die Handlungen zählen, gebe ich durch mein sichtbares Beispiel bekannt, daß ich das Weib dem Manne ebenbürtig finde, und jedenfalls ist mir die größte Aufmerksamkeit gewiß.

Aufmerksamkeit ja, bemerkte das Fischweib. Aber welche denn? Ihr Inhalt sind Verachtung und Ekel. Ein arbeitsloser Held kann fortgehen und suchen, daß er neue Arbeit findet, für die er taugt, statt daß er sich mit solcher begnügt, für die auch andere taugen. So freundlich ist die Welt noch nicht, daß sie völlig auf Helden verzichten könnte, wie Herakles in seinen besten Zeiten einer war.

Und was hätte ich davon?

Den Ruhm im Munde der Sänger.

Dafür könnte ich mir nichts kaufen, versetzte Herakles. Nicht einmal eine Rinderherde. Da du mich aber so gut kennst, daß du mich mit Namen anredest, Fischweib, wirst du auch wissen, wie es mir im Leben so erging. Ich habe viel vollbracht und behielt nichts davon. Ich wollte ursprünglich, da ich doch bloß ein Halbgott bin, ein ganzer Gott werden. Es mußte mir mißlingen, denn ich habe eine mächtige Feindin, das ist Hera, die Göttermutter. Sie haßt mich, da mich Zeus gezeugt hat mit meiner Mutter. So beschloß ich, wo ich schon kein ganzer Gott werden konnte, wenigstens ein ganzer Mensch zu sein. Ich wurde der Mann der hiesigen Königin, also selber König; ich schlug Feinde und brachte Frieden, ich bin von Geburt ein Mann und will nun zusätzlich noch ein Weib sein. Ein umfassenderer Mensch als ich ist schlechterdings nicht denkbar. Das ist meine Rolle. Ich bin zufrieden mit mir. Es ist, wie es ist.

So sprach Herakles, und das Fischweib hörte ihm zu. Dann schwieg Herakles, und das Fischweib schwieg auch. Herakles betrachtete das Fischweib. Sie war schmal. Sie war zart, hatte viele Runzeln im Gesicht, sie hatte große und helle Augen. Ihre Hände waren nicht, wie die Hände von Fischweibern sonst waren: nicht derb, rot, rissig, vielmehr schlank und sehr weißhäutig. An diese Hände wollte sich für Herakles eine Erinnerung hängen, er wußte bloß nicht, welche. Er wollte ihr nach und suchte sie in seinem Gedächtnis, aber das Suchen bereitete ihm Mühe. Noch niemals in seinem Leben hatte ihm das Denken Vergnügen gemacht, vielmehr strengte es ihn an; seit er nun fett und faul geworden, wurde es ihm förmlich zuwider.

Ich möchte einen leckeren Fisch, sagte er.

Ach, Herakles, seufzte das Fischweib. Hast du jemals bedacht, was wohl deine Mutter sagen würde, sähe sie doch so?

Weiß nicht, sagte Herakles mürrisch. Sie sieht mich nicht. Ich kann nicht sicher sein, ob sie noch lebt. Ich möchte einen Fisch, einen fetten.

Was deine Mutter betrifft, sagte das Fischweib, so kann ich dir aufhelfen. Alkmene lebt nämlich durchaus noch. Sie führte eine kurze Ehe mit Rhadamanthys, dem Richter. Dem ging die unerwartete Freude, des Zeus ehemalige Geliebte ehelichen zu können, offenbar über seine nicht mehr ganz jungen Kräfte. Er lebte bloß noch wenige Jahre, danach war Alkmene wieder Witwe und blieb es; da war aber Herakles, ihr Sohn, schon längst in der Welt, um die Bluttat an seinen Kindern zu sühnen. Die fahrenden Sänger, die nach Theben kamen, kündeten Alkmene von den Arbeiten, den gewaltigen Werken, ihres Sohnes Herakles. Da dachte sie, er würde wohl nun planvoll zu einem Helfer und Weltverbesserer, zu einem besonders menschlichen Menschen. Doch außer den glorreichen Werken von seiner Hand erfuhr sie immer auch Krauses und Dunkles, das bedeutete ihr, daß er immer noch wild in der Weltordnung umhertappe mit seinen kolossalen Kräften, unfähig zu erkennen, wozu er eigentlich bestimmt sei. Und da nun Alkmene niemand mehr hatte, für den sie sorgen konnte, da alle, die ihr sonst nahestanden, längst tot waren, außer Zeus, dem Gott, der sie vergessen hatte, da brach sie auf, um nach Herakles zu suchen, damit sie ihm vielleicht half, indem sie ihm riet, indem sie ihm den störrischen Heroenkopf zurechtrückte. So ging sie den Spuren seiner Geschehnisse nach. Sie ging von den Orten seines Ruhmes zu jenen seiner Schande. Sie verkaufte ihren Schmuck, ein Stück nach dem anderen, damit sie ihre Aufenthalte bezahlen konnte, ihre Reisen auf den Rücken der Maultiere und im Bauch der Schiffe. Zuletzt hatte sie kein Geld mehr und mußte sich Arbeiten suchen, mußte Arbeit verrichten; das tat sie klaglos; sie hätte, wußte sie, auch in Theben bleiben können und wäre dann noch im Besitz von all ihrem Schmuck, aber sie wollte es anders. So kam sie zuletzt in die Hauptstadt von Lydien, und dort traf sie ihn: fett, weibisch, verkommen, mit müßigen Reden im Maul. Da sagte sie ihm: Herakles, meine Schmerzgeburt, mein riesenwüchsiges Kind, ich habe dir etwas mitgebracht. Nimm es und benutze es fleißig. Ich denke, es wird dir helfen.

So sprach das Fischweib. Während ihrer letzten Worte hatte sie einen kleinen silbernen Handspiegel (mit Griff) aus der Tasche ihres Rockes gezogen, den Spiegel überreichte sie nun Herakles. Der nahm ihn, und wie er ihn in der Hand hielt, erkannte er den Spiegel seiner Mutter Alkmene. Er hatte, als er noch ein Kind gewesen war, oft genug in den Spiegel geblickt, er hatte ihm kindische Fratzen geschnitten. Jetzt hielt er ihn wieder. Er blickte wieder hinein.

Er sah sich. Er mußte sich keine Fratzen schneiden. Er seufzte. Er ließ den Spiegel sinken. Er senkte auch den Blick. Er legte den Spiegel auf den Fischstand, zwischen die Muränen. Ohne noch einmal den Blick aufzuheben, ohne auch zu reden, verließ er den Fischmarkt. Er ging durch die Straßen der lydischen Hauptstadt. Er mied den Palast der Königin Omphale. Er durchschritt die Tore der Hauptstadt und tat es zum letzten Male. Er würde die Hauptstadt nie mehr betreten.

XXXI

Herakles ging in die Einöde. Zwei Wochen lebte er in einer Höhle, aß keinen Bissen und trank ausschließlich Wasser. Er betrieb stundenlange Dauerläufe in der Steppe, stemmte schwere Felsbrocken in die Luft und ließ seinen Bart wachsen. Nach zwei Wochen hatte er allen Speck verloren, seine Muskeln waren wieder straff, und jedermann konnte ihn wieder als Herakles erkennen, den Sohn des Zeus, den Helden aus Theben.

Herakles begab sich zu Schiff zurück nach Griechenland.

Die Überfahrt bezahlte er diesmal mit einer Goldkette. Auf dem Schiff erfuhr er von wirren Zuständen in Ätolien, Zuständen am Hofe des Königs Öneus, der eine bildschöne Tochter hatte und derentwegen in beträchtliche Verlegenheiten geraten war. Die Tochter trug den Namen Deianeira. Sie wurde heftig bedrängt von einem Wassergott, der sich in immer neuer Gestalt bei ihr einfand. Herakles erinnerte sich an seine eigenen Abenteuer mit Nereus, der auch ein Wassergott war und gleichfalls die Fähigkeit besaß, verschiedene Gestalt anzunehmen. Vielleicht war der Wassergott, der Deianeira bedrängte, sogar Nereus. So oder so: Herakles hatte seine Erfahrungen, er sah eine neue Aufgabe, er sah mit ihr einen neuen Anfang. Vielleicht konnte er doch noch ein ganzer Gott werden oder, wenn nicht, wenigstens ein ganzer Mann.

Herakles kam nach Pleuron, wo sich Deianeira aufhielt. Die Leute munkelten von einer Hochzeit: der Wassergott ließ sich nicht abweisen; König Öneus war bereit nachzugeben, da der Wassergott von uraltem Götteradel war; lediglich von Deianeira hieß es, sie wolle lieber sterben, als in den kalten veralgten Armen dieses Freiers liegen. Herakles begab sich zu Hof. Vor der Tür des Frauenhauses hockte der Wassergott. Er bot kein angenehmes Bild. Er hatte den nackten Körper eines riesigen Menschen, aber sein Kopf war ein Stierkopf, dem, statt Geifers, vom Maule Quellbäche herabfielen.

He, du Scheusal! schrie Herakles. Du willst ernsthaft die schöne Deianeira in dein widerliches, schlammiges Flußbett?

Ha! machte der Wassermann. Das geht dich nichts an! Ich rede überhaupt nicht mit dir! Ich bin ein Gott!

Das kann jeder sagen! schrie Herakles. Du sagst Gott und meinst Dreckskerl! Du sagst Gott und meinst Feigling!

Ha! machte nochmals der Wassermann. Wenn ich dich zerquetschen soll, dann komm her, du Wurm!

Damit war der Kampf eröffnet.

Hinter den umliegenden Fenstern standen, angelockt durch den Stimmenlärm des Streites zwischen Wassermann und Herakles, allerlei Zuschauer, darunter Öneus, der ätolische König, darunter Deianeira, dessen Tochter, die ihre Absicht zu sterben erst einmal verschoben hatte bis zum Ausgang des Kampfes.

Dieser Ausgang konnte als offen gelten. Noch ein paar Jahre zuvor, zur Zeit des Königs Eurystheus von Mykenä, hätte man unbedenklich auf Herakles setzen dürfen, aber der Herakles von jetzt war nicht mehr der Herakles von damals. Er war älter geworden. Es gab andere Leute, gewöhnliche Sterbliche, die hatten sich stärker und geschickter gezeigt als er; der Wassermann war außerdem ein Gott. Herakles war trunksüchtig geworden. Er war fett geworden. Er hatte sich zum saftlosen Weibmann gemacht. Inzwischen war er zwar wieder trainiert, aber was mochte das wert sein?

Sie standen also da. Der Wassergott mit dem Stierkopf, aus dem die Quellen liefen. Ihm gegenüber der thebanische Held mit der Keule. Beide schnaufend. Der Gott zusätzlich plätschernd, infolge des Wassers. Deianeira, die Königstochter, stand am Fenster. Sie war wirklich schön, und zwar auf die griechisch-klassische Art; dies unterschied sie von der asiatischen Schönheit der Omphale. Der Thebaner gefiel ihr auf Anhieb, und dies war kein Wunder. Wer, sofern er nicht abseitigen Neigungen gehorcht, wünscht sich einen glitschigen Wassermann mit Stierkopf?

Die beiden Kämpen bewarfen sich zunächst. Der Wassergott warf mit Flußfelsen, der Thebaner warf mit gewöhnlichem Gestein. Jeder fing des anderen Steine auf und warf sie zurück. Schaden entstand keiner.

Da senkte der Wassermann den Stierkopf und rannte mit gesenkten Hörnern auf Herakles zu. Herakles wich ihm aus. Der Gott rannte ins Leere. Herakles schlug ihn mit der Keule aufs Haupt. Der Schlag erbrachte Geräusch, aber sonst keinerlei Wirkung.

Von den Fenstern ertönte Jubel, ertönte auch Beifall, obschon zu beidem kein Anlaß bestand.

Jetzt gingen die beiden Kämpen mit den Fäusten aufeinander los. Die Schläge klatschten, die Fäuste flogen, vom Gott rann das gewohnte Quellwasser, von Herakles rann Schweiß. Es gab Haken, Schwinger, Rundumschläge, Geraden. Beide brachten sich Beulen und Quetschungen bei.

Von den Fenstern aufmunternde Rufe. Es war nicht genau auszumachen, für wen.

Jetzt griff Herakles nach dem Hals des Wassergottes, umschlang ihn und würgte. Der Gott wehrte sich mit Schulterstößen. Die Hüften der beiden Ringer krachten aneinander. Jeder versuchte beim anderen den Schulterwurf. Dann gelang dem Herakles ein blitzschneller Griff, er hob den Gott in die Luft, ließ ihn auf die Schultern fallen, daß es knirschte und knackte und knisterte, dann warf er sich über ihn.

Von den Fenstern Jubel.

Der Gott, im Würgegriff von Herakles, verwandelte sich in eine Schlange.

Das hätte er nicht tun sollen. Zum einen war diese Verwandlung ein erstes Zeichen von Schwäche; zum anderen hatte Herakles erfolgreiche Erfahrungen im Umgang mit Schlangen, seine erste Erfahrung im Umgang mit Schlangen hatte er schon als Säugling gemacht. So griff er auch jetzt der Schlange, die ein verwandelter Wassergott war, ins Genick und wollte sie erdrosseln.

Die Leute an den Fenstern schrien.

Die Schlange wurde unversehens zum schnaubenden Stier.

Herakles packte eines von dessen Hörnern. Er beugte den Kopf des Stieres. Er hob den Stier in die Höhe, wirbelte den Stier durch die Luft, schleuderte den massigen Tierkörper gegen eine Säule, daß die Säule barst. Herakles verdrehte den Kopf des Stieres derart, daß der Tierschädel auf der Erde lag; Herakles wollte eines der Stierhörner in den Boden rammen, da brach es ab.

Ohne rechtes Horn stand der Stier, der ein Gott war, auf dem Hof des Palastes, keuchte, grollte, ließ Wasser aus dem

Maul und sah ohne rechtes Horn komisch aus. Ein Zittern überlief ihn. Seine Augen waren rot vor Wut und Ohnmacht. Da wandte er sich und trottete davon. Im Davongehen verwandelte er sich in einen Fluß.

Hier war des Jubels hinter den Fenstern kein Ende mehr. König Öneus lief mit Tochter und Gefolge in den Hof, um Herakles zu freiern. Deianeira umarmte den schwitzenden Thebaner. König Öneus erklärte Herakles zum Gemahl seiner Tochter. Damit hatte Herakles so schnell nicht gerechnet oder überhaupt nicht gerechnet, aber da es sich so ergab, sagte er auch nicht nein.

Es setzte eine prunkvolle Hochzeit, die prunkvollste, die Ätolien bis dahin erlebt hatte; für Herakles war es die dritte. Auf dem Höhepunkt der Feier tauchte auch der Wassergott wieder auf. Er kam in völlig friedlicher Absicht. Er wollte sein abgebrochenes Horn wiederhaben und gab im Tausch dafür ein göttliches Füllhorn, aus dem sich in unbeschränkter Menge Äpfel und Trauben schütteln ließen.

Noch im Jahr der Hochzeit wurde Deianeira schwanger. Als das Kind geboren wurde, war es ein Knabe, den man Hyllos nannte. Hyllos war ein kräftiges Kind.

Herakles jagte viel, war allseitig beliebt, trieb Sport und hielt sich dadurch elastisch, betrunken war er nur ab und zu. Hera hatte ihm möglicherweise nunmehr verziehen. Zeus hatte von seinem Erlösungsplan für Herakles vielleicht doch nicht gelassen. Träume von Göttern, die jambisch sprachen, mochten eventuell die Wahrheit sagen. Gleich im ersten Anlauf war Herakles wieder Herakles geworden, wie man ihn kannte in seiner besten Zeit. Warum sollte nicht sein, daß aus einem Halbgott doch noch ein ganzer Gott wurde?

XXXII

Da stieß Herakles, und freilich war er da wieder betrunken, versehentlich einen jungen Mann die Treppe hinab. Der junge Mann hatte Herakles zum Zeichen der Gastfreundschaft ein Handwaschbecken reichen wollen. Die Treppe, die der junge Mann hinabstürzte, bestand aus Marmor. Der junge Mann brach sich beim Hinabfallen das Genick und war auf der Stelle tot. Herakles war entsetzt, als er es erkannte. Auch sein Entsetzen machte den Toten nicht mehr lebendig.

Wer war hier schuld? War es vielleicht Hera? Für Herakles, als er darüber nachdenken konnte, war es sofort wieder Hera. Für ganz Ätolien war aber Herakles schuld. Der junge Mann stammte aus einer einheimischen, alteingesessenen, einer sehr vornehmen und sehr reichen Familie.

Ehe Öneus, der Vater seiner Frau und König von Ätolien, ihn hätte verhaften können, packte Herakles seinen gesamten Besitz auf einen Esel, er setzte seine Frau Deianeira auf ein Pferd, Deianeira hielt im Arm den schlafenden Knaben Hyllos; so brach Herakles mit den Seinen auf, um Ätolien zu verlassen, heimlich und endgültig.

Herakles wollte sich nach Trachis begeben, wo Keyx regierte, ein sympathischer König, der allerlei Kriege führte.

Auf dem Weg von Ätolien nach Trachis war der Fluß Euenos zu überschreiten.

Dies war kein tiefer Fluß, und es war kein flacher Fluß. Man konnte ihn an keiner Furt überqueren, da es keine Furt gab, jedenfalls dort nicht, wo sich Herakles befand. Herakles war hünenhaft genug, das Wasser allein zu überwinden. Er nahm seinen Sohn Hyllos auf die Schultern, er nahm die beiden Lasttiere am Zügel und zerrte sie, die sich sträubten, hinter sich her; so gelangte er zum anderen Ufer. Er hätte nun zurückkehren, seine Gattin Deianeira aufheben und sie, über seinem Kopfe tragend, auf das jenseitige Ufer bringen können. Er hätte dies tun können, aber er tat es nicht. Es war nicht nötig, daß er es tat. Da nicht alle, die den Fluß überqueren wollten, von jener Größe waren wie Herakles, brauchte es zum Überqueren einer anderen Hilfe. Diese Hilfe trug den Namen Nessos. Seiner bediente sich Deianeira. Nessos war überhaupt bloß da, um beim Durchqueren des Flusses zu helfen. Man zahlte ihm einen kleinen Lohn. Nessos lebte davon. Hatten nun schon Herakles und Hyllos auf des Nessos Hilfe verzichtet, so wollte das Deianeira jedenfalls nicht tun.

Das war gewiß freundlich gedacht, aber es war nicht klug gedacht, denn Nessos war ein Zentaur.

Nessos war artgleich und auch noch nahe verwandt mit Chiron und Pholos, die beide durch Herakles Schaden erlitten hatten, letzterer tödlich. Dabei hatten beide, das wußte jeder, und also wußte es auch Nessos, dem Herakles nichts als Gutes getan. Nessos war entschlossen, Pholos und Chiron zu rächen, und das begann damit, daß er, in der Mitte des Flusses Deianeira, die Frau des Herakles, die auf seinem Rücken saß, derb berührte.

Schwer zu sagen, was er vorhatte. Vielleicht wollte er Deianeira quälen. Vielleicht wollte er Deianeira als Pfand benutzen, um Herakles zu erpressen. Genau wird das alles nie mehr zu erfahren sein. Deianeira, von Nessos derb berührt, schrie gellend; Herakles, schon etwas vom anderen Ufer fort, griff nach Pfeil und Bogen und schoß. Nessos, eben am Ufer, sank getroffen in die Knie.

Herakles' Schuß war genau gewesen und sollte tödliche Wirkung tun. Nessos flüsterte im Sterben zu Deianeira, seiner letzten Traglast, sie möge das Blut aus seiner Todeswunde auffangen; würde sie damit ein Hemd tränken und es ihrem Manne anziehen, so würde er niemals eine andere Frau mehr lieben können als sie. Dies, röchelte Nessos, sei der letzte Dienst, den er noch irgend jemandem erweisen könne, und ehe er sein Geheimnis mit ins Grab nehme, wo es niemandem nütze, wolle er es also sagen, und so sage er es ihr, Deianeira. Sprachs, zitterte noch etwas und verschied. Deianeira fing sein Blut auf in einem Fläschchen, das sie sorgfältig verschloß und fortan ständig in ihrer Nähe hatte.

Herakles kam mit den Seinen nach Trachis. König Keyx nahm ihn freundlich auf. Herakles trainierte das trachische Heer, begleitete es in den Krieg, erfocht Siege, nahm sich ein Haus, jagte, wurde gut Freund mit dem König Keyx und führte insgesamt kein unangenehmes Leben. Herakles zechte gern und ausgiebig mit Keyx, seinem Freund. Schon dachte er wieder an den Heilsplan. Schon war ihm wieder der Halbgott zuwenig, wollte er ganzer Gott sein, ganzer Mensch überhaupt nicht; schon überlegte er wieder seine Strategie. Deianeira verwahrte sorgfältig das Fläschchen mit dem aufgefangenen Blut des Zentauren Nessos; zu keinem Augenblick kam ihr der Verdacht, daß Haß- und Rachegefühle nicht aufhören müssen, wenn der Tod naht, und daß man auch im Sterben durchaus noch lügen kann.

XXXIII

Wir gelangen allmählich mit unserer Geschichte zum Ende. Es wird ein melancholisches Ende sein, ein schreckliches Ende und ein überraschend glückliches Ende doch wieder auch. Hatte Hera abgelassen von Herakles? Wir wissen nicht genau. Sie hatte es und hatte es nicht. Alles, wir sagten es schon, war schrecklich und glücklich in einem.

Aber wir wollen der Reihe nach berichten.

Es brach ein Krieg aus zwischen Trachis, der neuen Heimat des Herakles, und Euböa, wo immer noch Eurytos als König regierte. Herakles als Oberbefehlshaber der trachischen Truppen ließ Schiffe bereitstellen, um übersetzen zu können nach der Insel Euböa.

Ehe Herakles zum Hafen ging und sein Schiff betrat, das besonders groß, stabil und reich geschmückt war, wie es sich gehört für das Schiff des kommandierenden Feldherrn, nahm er Abschied von Deianeira, seiner Gemahlin.

Deianeira war kränklich. Sie war es seit längerem und wurde es mit zunehmendem Alter immer mehr. Alter und Kränklichsein hatten ihrem einstmals wunderschönen Antlitz zugesetzt. Es ließ sich dieses Antlitz immer noch wunderschön nennen, aber es gab darin Krähenfäße, Fältchen, scharfe Linien; vor allem: die Haut des Antlitzes war gerne blutleer und in der Färbung dann gelblich bis grau.

Deianeira lag darnieder. Herakles beugte sich zu ihr und küßte sie vorsichtig auf die linke Schläfe.

Auf Wiedersehen, meine Liebe, murmelte er dabei.

Die Götter seien mit dir, erwiderte Deianeira.

Dessen, sagte Herakles, bin ich eigentlich unbesorgt.

Und siege recht schön, fügte Deianeira hinzu.

Auch dessen, entgegnete Herakles, bin ich so gut wie unbesorgt.

Er begab sich zum Ausgang von Deianeiras Schlafgemach. Der natürliche Ort des Abschieds eines Feldherrn von seiner Gattin, sofern er zu Schiff aufbricht, wäre der Landesteg dieses Schiffes gewesen; Deianeira war aber zu kränklich für einen solchen Abschied. Herakles, schon am Ausgang, hob noch einmal grüßend die Hand, und Deianeira grüßte auf gleiche Art zurück; mit einer Hand, die dünn, blutleer und gelblich war.

Herakles verließ das Gebäude. Er hatte unterwegs noch Hyllos abzuschütteln, seinen Sohn; als echter Halbwüchsiger dürstete Hyllos nach Schlacht und Heldentaten, was Herakles gut verstehen, aber nicht billigen konnte, da Hyllos, wie gesagt, noch halbwüchsig war.

Herakles begab sich zu Schiff. Die Kriegsflotte legte ab und hatte nach einer knappen Wochen die Insel Euböa erreicht.

Vom Kriegsgeschehen selbst ist nicht viel zu berichten. König Eurytos wehrte sich mit seinen Bogenschützen; abgesehen von dieser Elitetruppe war aber das euböische Heer unerprobt und in der Zahl zu gering. Trachis siegte rasch und gründlich. Trachis zerstörte viele Häuser in Euböa, machte Plündergut, legte ausgiebig Feuer. König Eurytos war tot mitsamt allen seinen noch verbliebenen Söhnen. Ein einziges Mitglied der königlichen Familie überlebte, dies war von weiblichem Geschlecht; wir wissen bereits von ihm, denn es handelt sich um Iole, König Eurytos' einzige Tochter.

Sie war immer noch schön. Fünfzehn Jahre waren vergangen seit dem ersten Aufenthalt des Helden Herakles auf der Insel Euböa, vieles war anders geworden, alles war älter geworden um fünfzehn Jahre, aber Iole war äußerlich unverändert. Mühsam lächelnd mit dem Lächeln eines süßen, traurigen Kindes, ging sie zwischen stinkenden, rauchenden Trümmern ihrer besiegten Heimat umher, ihr Anblick griff jedermann ans Herz.

So auch sah sie Herakles, und er bedachte die fünfzehn dazwischen vergangenen Jahre, die, nicht nach seinem Willen, fünfzehn Jahre gewesen waren ohne Iole für ihn.

Inzwischen legten die ersten trachischen Schiffe wieder ab vom euböischen Strande, reichlich beladen mit Plündergut und mit Sklaven, sie fuhren zurück in die Heimat der Sieger. Der Kommandant des ersten Schiffes hieß Lichas, er war ein enger Vertrauter des Herakles; daher führte ihn nach der Landung sein erster Weg in das Haus seines Vorgesetzten, wo Deianeira auf Nachrichten wartete vom Kriegsschauplatz und sich die Zwischenzeit damit vertrieb, daß sie weiterhin kränklich blieb.

Heil dir, Herrin! (Mit diesen Worten trat Lichas vor Deianeira.) Ich bringe dir frohe Botschaft! Herakles, dein Mann, ist am Leben, und Trachis blieb siegreich über Euböa.

Fein, sagte Deianeira matt. Was gibt es sonst? Gute Beute? Viele Sklaven?

Beides, meine Herrin, entgegnete Lichas. Sklaven besonders, und das Juwel unter ihnen ist die gefangene Tochter des getöteten Königs von Euböa, die schöne Iole.

Schön? fragte Deianeira.

Traumhaft schön, seufzte Lichas. Keiner, der sie sieht, kann den Blick wieder von ihr wenden.

Und Herakles? wollte Deianeira wissen.

Der kann das am wenigsten.

Den Blick von ihr wenden?

Du sagst es, o Herrin.

Wie aber das?

Er kennt sie doch und war dereinst ihr Bewerber. Er bekam sie damals zum Weibe nicht und hat sie als Beute nun. Wie denn, du hättest das alles nicht gewußt?

Ich hatte es vergessen, sagte Deianeira matt. Er hat schon so vieles erlebt.

Ja, ja sagte Lichas. Er ist ein großer Held, und seine Abenteuer sind zahllos.

Deianeira hüstelte, Lichas ging. Deianeira erhob sich darauf von ihrem Lager. Sie ging zum Spiegel und betrachtete darin ihr Abbild. Sie erkannte, was zu erkennen war: gelbgraue Haut, scharfe Linien, Krähenfüße und Fältchen. Ihr Gesicht war immer noch schön, es war aber nicht mehr so schön wie dereinst. Sie hatte einen halbwüchsigen Sohn. Sie kränkelte. Fünfzehn Jahre sind fünfzehn Jahre. Iole aber war traumhaft schön, hatte Lichas ihr berichtet.

Deianeira ging zu einer Truhe und entnahm ihr ein weißes Leinenhemd, das gehörte Herakles. Deianeira ging zu einer anderen Truhe und entnahm ihr ein Fläschchen. Deianeira entstöpselte das Fläschchen. Der Inhalt war rot. Der Inhalt war Blut, das sie aufgefangen hatte aus der Todeswunde des Zentauren Nessos auf dessen Geheiß hin. Das Blut sollte Herakles daran hindern, daß er eine andere Frau mehr liebte als Deianeira.

Die Gattin des Herakles ließ sich durch eine Sklavin einen handgroßen Ballen ungesponnener Schafwolle bringen. Sie träufelte den Inhalt des Fläschchens auf den Wolleballen und rieb den Ballen über das weiße Leinenhemd des Herakles.

Das Hemd färbte sich gleichmäßig rot und sah sehr festlich aus.

Es kehrten die anderen Schiffe der trachischen Kriegsflotte zurück in die Heimat, bis zum Sinken angefüllt mit Beute, vornehmlich Sklaven, die wurden bewacht von betrunkenen trachischen Kriegern. Auf einem der Schiffe befand sich auch Herakles mit der schönen Prinzessin Iole. Deianeira, ihren halbwüchsigen Sohn Hyllos an der Hand, stand am Hafen. Sie sah der Landung zu. Viel jubelndes Volk war um sie herum. Deianeira sah bloß Herakles und sah neben Herakles eine junge Frau. Die war nun, nach Deianeiras persönlichem Geschmack, alles andere als traumhaft schön: entschieden zu dürre, allenfalls leidlich gewachsen; ihr Gesicht wirkte recht frisch, ihre Nase war zu ausdruckslos nach dem Geschmack von Deianeira. Ohne Zweifel war es eine durch und durch gesunde Person. Ohne Zweifel wirkte die Person jung oder jünger als sie, Deianeira. Gleichgültig nun, ob sie selber was traumhaft schön fand oder nicht: des Herakles Blick, sah sie, hing an jener Person, als sei er verzaubert, des Herakles Mund war geöffnet, war willenlos, muskellos, fast wie bei einem Kind oder einem kindischen Greis. Deianeira sah es. Sie begriff es alles. Sie eilte Herakles entgegen. Sie umarmte ihn. Die Umarmung geriet flüchtig, von beiden Seiten. Die Umarmung geschah in der Öffentlichkeit, war Teil eines Staatsaktes. Unverwandt, sah Deianeira, klebte des Herakles Blick an Iole, die man schön finden konnte oder nicht.

In Trachis rüstete man sich zu den üblichen Siegesfeiern. Deianeira war wieder kränklich. Herakles wurde häufig im Gespräch mit der schönen Iole gesehen, die war Gefangene, also Sklavin, in dieser Eigenschaft der Besitz des siegreichen Herakles; ihre einzige reale Hoffnung mochte darin bestehen, daß sie, mit welchen Mitteln immer, ihren Besitzer und Sklavenhalter dazu bewegte, daß er sie freigab, womit sie keine Sklavin mehr war.

Mit welchen Mitteln immer? Welche Mittel hat eine Sklavin? Das einzige Instrument, über das eine Sklavin verfügt, ist sie selbst. Iole hatte ihre Schönheit, ihr Lächeln. Daß Iole jetzt wie vor fünfzehn Jahren Herakles an jene Traumgestalt erinnerte, die er Hebe zu nennen durch seine Träume lange Zeit veranlaßt gewesen, konnte Iole nicht wissen; Herakles hatte es Iole niemals erzählt. Also wußte Iole es nicht. Also war sie nicht schuld daran. Hätte sie es gewußt, es hätte sie nicht gehemmt, sondern beflügelt.

Der hüstelnden, kränkelnden Deianeira blieb nichts verborgen. Auch nicht die Gespräche zwischen Herakles und Iole. Vögel zwitscherten süß im Garten. Iole kicherte anzüglich. Der Garten hörte ihr zu, doch sie kicherte nicht nur dort.

Deianeira überreichte, wobei sie auf ihrem Bett lag, dabei mehrfach lächelte, ihrem Gatten ein Hemd, purpurn gefärbt. Es war Purpur im alten Griechenland die Farbe der Freude, des Sieges, die Farbe der Götter und des obersten Gottes, der Zeus hieß, der Vater des Herakles war. Trachis wollte dem Zeus ein Opfer bringen zum Dank für den Sieg über Euböa. Das Opferfest sollte Beginn sein der allgemeinen Siegesfeiern mit Mahlzeiten und Tanz, Trunkenheit, Liebe und Lärm. Ein glückliches Volk bestätigt sich selbst in seinen Festen. Trachis wollte ein Fest. Alle Feste auf Trachis begannen mit Opfern für Zeus, den obersten der Götter. Die Opfer wurden feierlich dargebracht im Vorgebirge Kenaion, an einem überlieferten, ehrwürdigen, heiligen Ort. Aus Anlaß des Sieges von Trachis über Euböa sollten im Vorgebirge Kenaion, an geweihter Stätte, dem Göttervater Zeus geopfert werden zwölf junge und kräftige Stiere.

Als es soweit war, tat Herakles das purpurne Unterhemd an, ihm überreicht zu diesem Zweck von Deianeira, seinem Weib, das immer noch kränklich war. Über das purpurne Unterhemd tat Herakles einen Umhang, über den Umhang tat Herakles sein Löwenfell. Es war das Fell irgendeines Löwen. Es gehörte sich, daß Herakles im Löwenfell ging. Die Leute waren daran gewöhnt. Das ursprüngliche Löwenfell, jenes vom Berge Kithairon, war längst verdreckt, verbraucht und verschlissen.

Wind wehte im Vorgebirge Kenaion. Die Stiere wurden vorgeführt von Tempeldienern. Es waren feurige Stiere. Es waren stolze Stiere. Sie brüllten und ließen Geifer ab. Der Wind schickte Wolken über das Vorgebirge Kenaion. Nebelfetzen trieben und nahmen das Gebrüll von zwölf feurigen Stieren mit.

Die Gemeinde, das waren alle überlebenden trachischen Teilnehmer des Überfalls auf die Insel Euböa und des dort errungenen Sieges, insgesamt mehrere tausend, sie standen Schulter an Schulter. Diese Schultern waren nackt, hatten Feuchtigkeit, klebrigen Geruch. Der trachische Zeus-Priester ließ sich den ersten Stier bringen, er stach ihn ab mit einem Feuerstein-Messer. Der Stier brüllte. Er ging in die Knie. Dampfendes Blut sprang aus seinem Hals und plätscherte auf einen Felsen, wo schon anderes Blut klebte von anderen, früheren Opferstieren; die Schmeißfliegen, die dort warteten, schwirrten auf unter der unvermuteten Störung.

Herakles konnte nicht anders, als sich mit den Fingernägeln kratzen an der Haut von Brust, Rücken und Schultern.

Der Opferpriester hielt sein bluttriefendes Messer in die Höhe. Er verlangte mit solcher Gebärde nach dem zweiten Stier. Die Tempeldiener brachten ihn. Herakles schabte sich Brust und Nacken in einer Art, daß es den Umstehenden auffiel.

Der Priester hatte inzwischen den zweiten Stier geschlachtet, und er schlachtete den dritten, vierten und fünften Stier. Es stank nach Rinderblut. Der Wind nahm den Geruch mit über die Hügel des Vorgebirges Kenaion. Der Nebel wollte sich nicht setzen. Die halbnackten Krieger fröstelten. In den hinteren Reihen der Gemeinde kreisten Weinkrüge, man wollte sich erwärmen. Der Zeus-Priester befahl durch Gebärden den sechsten Opferstier zu sich.

Da begann Herakles zu brüllen. Ohne Rücksicht auf Tausende fromm eingestimmter Krieger, ohne Rücksicht auf Umwelt, Geschehen und Wetter warf er brüllend sein Löwenfell fort und zerriß sich seinen Umhang, unter dem das blut- oder purpurrote Unterhemd war. Große dunkle Flecken wurden an diesem Unterhemd schon von außen sichtbar. Herakles zerfetzte das Hemd, und was darunter zu erkennen war, sah schrecklich aus.

Es schien, als hätte Feuer seine Haut zerfressen. Es war, als hätte Gift sein Fleisch verätzt. In Fetzen hing ihm die Epidermis von den Muskeln. Die Lymphe quoll zu ekelhaften Blasen auf, die platzten und eine Art Schwefelgestank verbreiteten. Beulen, Kerben, Eiter, Schwären und hellrotes, giftig entzündetes Fleisch kamen ans Licht, da Herakles sein purpurfarbenes Unterhemd zerfetzte, und da war er bloß noch ein mächtiges Gebirge aus blubberndem, fauligem Fleisch, er brüllte, er warf sich zur Erde, er wälzte sich, ohne daß es ihm Linderung brachte, er brüllte, daß Tannen umbrachen unter dem Ansturm seiner gewaltigen Stimme und ihres Gebrülls, daß Steinlawinen sich lösten und herabrollten von den Hängen des Vorgebirges Kenaion mit donnerndem Geräusch, aber Herakles' Brüllen war lauter und stärker, da sein Schmerz so war, er schrie, und er wälzte sich, das alles war Werk des Zentauren Nessos, den er getötet hatte, der sich bedient hatte Deianeiras, seines Weibes, die von alledem zu dieser Stunde nichts wußte.

Und da fing Herakles an, Artikuliertes zu brüllen. Alle hielten den Atem an, da sie zuhörten, und sie hörten, wie Herakles dies brüllte:

Seht mich an! Seht mich an! Was ihr seht, ist Zauberwerk, und Zauberwerk ist Götterwerk! Seht mich an! Ich verfaule bei lebendigem Leib am Ort, der meinem Vater geweiht ist, ich verfaule als sein Opfer. In die Welt geworfen durch eine Sekundenlust, hab ich nichts mitbekommen von meinem Vater als Stärke und einen mythischen Anspruch, daß ich werde wie er. Manchmal erschien er mir im Traum. Ich hab mich geplagt, war blind, wollte nicht nachdenken, bloß dreinhauen, so schlug ich Landplagen tot und auch unschuldiges Fleisch. Meine Spur auf der Erde ist Segen und Fluch. Sie wäre besser bloß Segen gewesen. Die Erde hat Segen nötig gegen Zauber, Götterwerk, Opferblut, Ungeheuerlichkeit. Wahrlich, ich empfehle euch: lauft fort von hier! Laßt die Götter Götter sein und seid Menschen! Sie werden krepieren ohne euch! Sie sind nichts ohne euch! Ihr aber seid alles ohne sie! Seht mich an! So ergeht, wer sich strebend zum Himmel bemüht, der Himmel bespeit ihn. Macht Kanäle wie ich! Räuchert Ungeheuer aus wie ich! Laßt Piraten und Blutsauger zur Ader! Aber macht mir nicht die Untaten nach und die Blödheiten! Seht an mir, was es einbringt! Ich verfluch den Olymp! Jetzt, wo ich sterb, bin ich ganz ein Mensch und bin es gern, obschon ich brüll, ja! Seht mich an! Seht mich an! Lernt aus mir! Jetzt verbrennt mich!

So brüllte Herakles. Die Zuhörer hörten es schaudernd. Fleisch fiel derweil in Stücken ab von Herakles. Flüssigkeit rann ihm von den Knochen. Eiter tropfte ins Moos des Waldbodens und ätzte Löcher hinein. Die Helden von Trachis schauderten, klagten; sie schichteten schließlich, da es Herakles ihnen brüllend so befahl, einen Scheiterhaufen. An die Opferstiere dachte keiner mehr, die brachen aus, liefen davon, zupften Gras von den Berghängen, gingen mit gesenktem Gehörn aufeinander los. Niemand sah zu. Kein sterblicher Mensch sollte es hindern. Alle achteten auf anderes. Alle achteten auf Herakles, der, ein brüllendes, zuckendes, stinkendes Gebirge Gottmensch, schließlich auf den Scheiterhaufen obenauf gelegt wurde, auf seinen Befehl hin; die ihn so legten, sahen unter Eiter und Blut weiß schon die Knochen des Helden. Der Zeus-Priester zündeten den Haufen an. Die Stiere brüllten entfernt. Herakles schrie zum letztenmal im aufquellenden Rauch und verfluchte die Götter. Die trachischen Helden zitterten, murmelten. Der Wind trieb das Feuer an und nahm Rauch fort, zusammen mit Nebelfetzen. Herakles pries nochmals die Schönheiten des Menschseins, trotz Irrtum, Vergänglichkeit, Leiden, Gebrüll, ebendarum. Die trachischen Helden sangen, und zwischendurch klapperten sie mit den Zähnen. Die Flammen blakten. Der Geruch war eher eklig. Herakles im Rauch des Scheiterhaufens schrie nicht mehr. Die Flammen gingen hoch und herab, knackend, knisternd. Herakles war tot.

XXXIV

Und da er starb, lebte er göttlich. Da er verbrannt war, ward er neu geboren. Da er endgültig kein Halbgott mehr war, wurde er tatsächlich zum Gott.

Wir können unsere Geschichte jetzt enden: aus den Schwaden des Scheiterhaufens im Vorgebirge Kenaion zu Trachis befreite Zeus, der Göttervater und Vater des Herakles, die solcherart in den Olymp gelangende göttliche Existenz seines geliebten Sohnes; und er geleitete ihn feierlich in den Kreis der Unsterblichen; Hera hatte ihm endgültig verziehen; Hebe, der Hera Tochter und Zeusens Tochter, die der irdischen Iole ähnlich sah oder der die irdische Iole ähnlich sah, daß man hätte meinen können, sie seien ein und dieselbe Person, was sie indessen nicht waren, Hebe also wurde des Herakles Frau, seine vierte, letzte, endgültige, göttliche. Die beiden waren sehr glücklich. Sie hatten viele gemeinsame Kinder.

Oder lassen wir zum letztenmal den Dichter sprechen:

Auffuhr er endlich endgültig und unwiderruflich, da er nun
Heras Vergebung konnt sicher sein. Ebenso Zeusens
    Gebot,
Welches der Herr der Unsterblichen lange verkündet,
    eh Herakles
Da war. Und nun, da ers war und auch hier war, nachdem
    er die Erde

Brüllend verlassen, empfingen ihn Wollaut und Liebe
und Hebe.
Reichlich entgalt ihm der Himmel die irdsche Bewernis.
Reichlicher
Würden ihm sein, unaussprechbar viel, Wonne und Lust,
überm Mond!

Herakles, halb Mensch und halb Gott, war nun Gott. Er befand sich in der erhabenen Seligkeit des Olymp, die bei aller Erhabenheit und Seligkeit auch etwas Langeweile mit sich brachte. Irrtum, Liebe, Haß, Faulheit, Feigheit, Grausamkeit, Wut, Tapferkeit, Besitzgier, Dummheit und Schläue, alles Menschliche lag weit hinter ihm und unter ihm. Er nahm es noch wahr, er dachte weniger daran, manchmal vergaß er es, manchmal nahm er es wieder wahr, manchmal dachte er wieder darüber nach und vergaß es erneut. Er war ein Gott. Er war, als Gott, das schlechthin Vollkommene. Das Menschliche war das Unvollkommene, das Unvollkommene war das Menschliche, und wie war das nun? Eigentlich war das schön. Die Vollkommenheit war nicht so schön, vielmehr war sie etwas öde, da sie nicht erreichbar war und also auch nicht menschlich.

Und das ist es. Alles ist gut nunmehr. Ist alles nunmehr gut? Wieso wurde Herakles Gott ausgerechnet in dem Augenblick, da er es ausdrücklich nicht mehr wollte? Was für eine Frage! Auf die als Antwort auch nur kommen kann: er wurde es ebendeshalb, er wäre es anders niemals geworden. Es gab genug Götter in der Antike, *jeder* Zugang war eigentlich überflüssig, und auch Herakles mußte ein Zugang sein, der überflüssig war.

Nun war Herakles da. Er war da, denn er hatte nicht mehr gewollt. Wäre er nicht Gott geworden mit Sitz im Olymp, das menschliche Gedächtnis hätte einen Rebellen mehr gehabt wider die Götter; eine Welt, wo die Menschen keine Götter mehr wollen, wird keine Götter mehr haben. Wie sagten wir eingangs? Zeus war oberster Gott nur für den, der an Zeus glaubte; wo Menschen nicht mehr an Zeus glaubten, war Zeus tot.

So wurde Herakles statt eines möglicherweise folgenreichen Rebellen ein folgenloser Gott. So kriegte Herakles Hebe. So ging die Antike noch eine Weile weiter. So sangen die Menschen von des Herakles Heldentaten, Irrtümern, Siegen, Niederlagen, und statt sich mit einem Menschen gemein zu machen, verehrten sie bloß einen neuen Gott.

Mit der Zeit allerdings wurde wohl Herakles in seinem olympischen Himmel doch noch deutlich, was mit ihm so geschehen war. Er war langsam im Denken, auch noch als Gott, trotzdem muß er weitergedacht haben. Er fand offenbar, alles mit ihm sei eigentlich heroisch mißraten; da muß er gewollt haben, daß es ans Licht käme.

In genau diesem Augenblick, mit ihm, durch ihn oder ohne ihn, zerfiel die Antike.

Eine neue Zeit brach an. Niemand fragte mehr nach Zeus und Hera, Hebe und Herakles, ihre Namen wurden Rauch, waren allenfalls noch Buchzitat für die Gebildeten; auf dem Vorgebirge Kenaion gingen nunmehr die Ziegen, wußten von nichts, zupften das Gras ab und machten irdisches Geräusch.